MINGUOWUXIAXIAOSHUO
DIANCANGWENKU

民国武侠小说典藏文库

张个侬卷

千里独行侠

怪侠锄奸记
侠女诛仇记

张个侬 著

中国文史出版社

目　录

千里独行侠

怪侠锄奸记

侠女诛仇记

千里独行侠

序

邓飞雄者，一千古奇特人也。此次名伶刘四立来沪，特编斯剧，以励人心，盖以其可深感人心也。

著者不敏，谨于编辑余暇，采剧中大旨，旁搜当年邓之逸事，其他书所未载，常人所未闻者，搜入斯书。为之特编专集，以行于世，以表英雄之自有真也。庶乎为阅《彭公案》者所误，则是作斯书之微意也。

兹当付剞劂，爰书数语，以志简端。

时维民国十二年六月十七日，即大总统被逼出走后之第一星期日也。

编者识

第一回

明曲直师事百鸟仙
辨是非徒授千里侠

话说清朝时代，在雍正以前，顺治以后，这几代皇帝时候，各处侠客甚多。原来这许多侠客，有许多都是明朝遗老之后，所以所做的事，大半是杀赃官、除恶霸，甚而至于连雍正皇帝的首级也取了去。这些人，说不了许多，大约分作两派：一派是不知顺逆，只要图些名利，做个朝廷的走狗，便算是作为了一番事业。这一派有侠客之名，而无侠客之实的东西，大约是一班草莽英雄，不知什么是应当受的利禄。另有一派，做事不求名利，第一个着眼地方，便是为民除害、为国锄奸，从大处着想，并且时时存着个覆清复明的念头。这一派大概有大半是前明遗老之后，真所谓孝子顺孙。在下这支笔，记述了那些侠义行踪，已经出书行世的，如《梁红玉演义》《九龙山盗侠英雄传》《五台山打擂》《一枝兰盗侠演义》等，其中事实，虽不敢说是可歌可泣，但是那些忠臣孝子、侠客烈妇的行藏，及礼、义、廉、耻四字的紧要分际，却也叙述得一丝不苟。在下敢说一句，比那些《彭公案》

《施公案》等书要胜出几倍。看官们不信，不妨买两部回去，仔细看看，便可明白。

如今在下又记出一个大侠的生平来，便是鼎鼎大名的千里独行侠邓飞雄。这位英雄的生平，除去《彭公案》上略微提及之外，他书从未见过。但是清朝时代，文字狱极重，大都编著书籍的人都不敢十分直记，所以这位英雄的事迹，竟无人敢将他直记出来。

在下生在民国时代，有言论自由的幸福，所以偷闲作书，每喜推翻前人的公案，将那真正的事情铺叙出来，使得天下后世也明白这一点儿真假，庶几免得鱼目混珠，将古人埋没了。

看官，在下说这番话，可不是无稽之谈，却是真正的事实，有事可证。请看下文，便可明白在下这番说话。但在此书未开场以前，在下先要申明一下，《彭公案》上邓飞雄与马玉龙及佟家雾及结交郑华雄两事，虽是有的，然而于彭公方面，奏请实授邓飞雄的官爵，这件事却未免冤枉。在下作这部书，也很有些代他抱屈，所以在下要代他表白表白，方才可以显出邓飞雄的本色来。闲言道罢，书入正文。

却说清朝康熙年间，山西太原府有个明朝的秀才，姓邓名省三，乃是饱学之士，有三五万家财。地方上人因他有钱，总格外地巴结他，他却很不谓然。当年吴三桂借兵，明朝亡国，他便抱着个为国报仇的意思，于是使他的儿子，名唤飞雄的，到本省省城玄坛庙内，拜当家老道百鸟仙醉尉迟周敬为师。这周敬本是个绿林豪杰，因为看破尘世，方才洗手。

一日，邓省三老员外到庙内来拈香，与周敬相见。大家谈得很是投机，大家订了生死之交。

据周敬自己说，这个绰号乃是他从前为匪的匪号。因他能学各种鸟语，他一动嘴，可以使得百鸟相和而鸣，所以人就称他为百鸟仙的绰号。更因使得单鞭，面上皮色微黑，所以人又唤他作醉尉迟。他也曾娶过妻子，不幸早故。所生一子，名唤周尽群，此时已九岁了。

自此以后，邓省三常常到庙内来，不是看棋，便是看花。不要说那周敬，虽是绿林出身，但是文的如词诗之类，虽不十分精，然而也很可过得去，所以有时还与邓省三两人唱和。二人水乳交融，非常投契。

这日，邓省三想起国家之事，便想起儿子投师学业，方是正经，空说白话是没有用的。当时便将儿子飞雄唤到面前，将他带到庙内，当面求周敬收他为徒。

周敬见飞雄虽然年幼，然而气概英雄，不比常人。况又是契侄，如何不肯收为弟子？当即答应下来，也就从俗拜师。

自此以后，邓飞雄便在庙内练武，一年三百六十日，无一日间断。

三五年一过，一个瘦弱的小子登时变成个力大如牛的壮士。这时节，邓飞雄已是十四岁了，偏偏那年，邓省三因为下乡收租，得了时症，未曾怎样，便一命呜呼，向来的路上去了。

邓省三死后，家中丧事一切等情，全赖邓家宗族中人多，所以并不吃力。丧事办毕，邓飞雄在家守制，少不得将练武之事要搁上一搁。

此时百鸟仙醉尉迟周敬因为知友已亡，太原已无可留恋之处，便带了傻儿，同回河南朱仙镇原籍而来。未行以前，先到邓省三的灵前哭奠一番，又留下地名，命邓飞雄俟三年终丧，到自己家中去，仍旧学武，免得将生平误了。吩咐以后，方同傻儿回去。

原来周敬的儿子益群，现在虽已十四岁，却是傻里傻气，虽也跟着父亲学了些武艺，仗着自己天生的蛮力，太原府城内谁不知傻儿周益群的名头。当日同着周敬回归故里，抵得家门，已非昔日景况。周敬此时大有少小离家老大回，不胜今昔之慨。

原来周敬未出家以前，在本乡的名誉极好，家财甚大，谁不知他是个财主，人人称他员外。他在外面做绿林，本地人简直可说无人知晓。后来周敬看破世事，心知绿林无甚好结果，况且名誉也不好听，便决计洗手，做了老道。他原配宋氏早亡，所生傻儿，全是自己卖糕饼等类将他养大，带到玄坛庙内，抚养成人。此时见儿子虽傻，所幸宗祧可以不断。不过自想，自己做了一世的机灵鬼，儿子却出了一世的丑，未免有些灰心。

当日到家，家中有个世仆，年已八十余岁，名唤周全。见主人回来，很是欢喜，慌忙迎接。这周全的孙子，恰巧与小主人周益群同年，老头儿很苦，儿子短命，但剩下这么一个孙子。那孙子的性格如火般暴躁，本地人因他是周老管家的孙儿，看在他主人的面情上，不敢欺侮他，他更加得志。街上的人送他个绰号，唤作莽张飞周德昌。此时见主人回来，同着祖父迎接主人。

主仆见面，周全便要给主人叩头请安。周敬慌忙拦住，说："周全，你很大年纪，这许多年我未曾回家，一切全是你的处置，如何还要这般行礼？以后免了吧！"

周全谢了主人。

那个莽张飞周德昌，听主人说了这番话，便插口道："主人这几句话真是不错，这种礼节真是怪麻烦的。我祖父免了，我可也就免了。"

周敬听说，不禁笑将起来，说："孩子，你就免了吧！"

此时周全张罗着酒饭之类，先给主人洗尘。自此以后，周敬便在家中居住，心想，自己的儿子又傻，绝不能够与他掌家，这些家财决定散完，免得造孽。再一想，自己这家财来路本不大正，乘此做个人情，代那失主造福，也免得儿子将来现报。因此一想，但凡一切善举，不知则已，知道必要竭力相扶，助他成功。因此他的声名反因此蒸蒸日上，一连几年，家财也就散去大半。

那日，门上来报说，有个太原姓邓的来访，是个后生。

周敬知是徒弟来了，很是欢喜，说："叫他进来。"自己却也降阶迎接。

到了里面，邓飞雄先给师父叩头请了安，然后与师弟周益群见了礼，这才坐下。

周敬道："贤契你来得好，我正在记念着你呢！这几年你家里怎么样了？你的功夫可还不时地练练吗？"

邓飞雄道："徒弟在家守制，家中情形，一同往日家父在日，毫无更变。不过这两年，地方上荒年，因此不免稍受点儿影响。至于徒弟的把式，每日总练两趟，唯恐忘记了，将来不能做惊人的事业，有负师父教养之恩。二则生疏了，将来恐怕不免令人耻笑，究竟是小孩子，没有恒心，所以每日总练两趟。"

周敬大喜道："徒弟年纪虽幼，志气却不小，将来还可以做番事业。"说着话，回过脸来，看见自己的儿子，触着心事，不禁转喜为悲，反而默然半晌。

邓飞雄知道师父为着傻儿不能克绍箕裘，定是伤感，便想安慰他几句。但也无言可以安慰，只得用话来岔开道："不知师父你老人家这一向身体可好？本地的情形又怎么样呢？"

周敬道："本地也没有什么好坏，风俗比太原却有些不同。我的身体比较前两年已经大不如前，一则现在不比在庙里当老道散落；二则家中除去老仆周全以外，无人可以帮忙，所以身体就与前不同了。"

邓飞雄道："徒弟我说难怪师父怎么改了样子，原来已改了装了。难道师父你老已还了俗了？"

周敬道："我也没什么还俗不还俗，本来做道士与不做道士没甚大分别，俗语道：'心好强如吃斋。'平常心术一正，真个所谓百邪不侵。如是持斋拜佛，口口声声'阿弥陀佛！'满腹中存的些自私自利之心，专门造孽，这些比不出家还要厉害得多。我在故乡从未说是已经出家，今日归来，当然改装，免得本地人士又费许多唇舌，或者还有许多麻烦的礼物送来，所以我一到家，便先改了俗装，免人多话了。"

说着话，周全恰巧走过，周敬叫他见过了邓飞雄，并吩咐他预备酒饭，给邓飞雄接风。

不一会儿，周德昌也由外面走来，先向主人请安。周敬命他向邓飞雄行礼，然后自己同儿子、徒弟直向内书房内坐地，谈了些风俗人情。

不一会儿，周全来请用饭，周敬同二人出来。正厅上列着一桌很丰盛的宴席。依着周敬，便要邀邓飞雄上座。邓飞雄哪里肯依？却坐在下席相陪。

傻儿道："父亲，你老是长辈，如何却恁地客气？依我说，大家爽快些吧！"

周敬道："你懂得什么？"

于是便坐在上首，命傻儿坐了主席。三人对酌，细说别后之事。直吃到金乌西坠，方才住杯。

用饭以后，大家散座。周全早已代邓飞雄在后面预备了安寐所在，他知道是主人的得意徒弟，所以预备得很是周到。当晚，邓飞雄住宿一宵。

次日清早起来，邓飞雄走到后面草地上去，正见师父在后面使刀。只见他寒光灼灼惊人胆，冷风飕飕侵骨寒，果然使得好刀，不禁喝彩。

周敬收刀一看，乃是自己的门徒，便道："飞雄，你怎么大清早地便起来了？"

邓飞雄慌忙行礼请安道："徒弟已经起得晏了，师父你老才早呢！"

周敬道："你这一向的功夫怎样？你可使一趟拳脚我看。"

邓飞雄遵命，便将长衣一掖，将拳脚使将开来。果然手、眼、身、法、步，无一处不好。

周敬大喜，将手中刀递给他道："你再使一回刀我看。"

邓飞雄接过了刀，使将开来。起初还看见人，后来连人都看不见了，只见一团寒光笼罩。喜得个周敬笑道："贤契好刀法！"

邓飞雄使完了刀，仍将刀交与周敬。周敬收了刀，师徒两个一同到前面去用早点。点心已罢，师徒们谈些刀枪棍棒。

邓飞雄问道：“怎么师弟不见，他上哪儿去了？”

周敬道：“这孩子没有出息，一团傻气。他说师兄来了，没什么可请师兄，所以他一早便出去，上山打猎去了。”

邓飞雄道：“师弟如此多情，叫我如何可报？况且深山打猎，又很是危险，如何好让他一人独往？师父，你老如有兴，咱俩同去如何？”

周敬道：“这件事不必，你那师弟，他有些呆气。见有人帮他，他就是得着点儿什么，他也不算数，仍旧要重去的，所以还是由他吧！”

邓飞雄见师父如此说，也就罢了。于是谈了些闲话，师徒两个同到街上去闲逛。自东到西，由南到北，逛了一会儿，又到一爿得胜馆内饮酒。坐将下来，不一会儿，堂倌过来问：“周员外要点儿什么东西？”

周敬道：“不论什么，只要应时可口的东西，拿几样儿来，带两斤真陈绍酒。”

那堂倌答应着下去，不一会儿，送上几样东西，无非是鸡鸭鱼虾之类。

邓飞雄道：“不料此地却有这么一爿好酒店，就这酒上说，已经是顶好的了。”

周敬道：“这爿店乃是多年的老店，真个是远近驰名，遐迩咸知。我们这镇上有爿茶坊，招牌唤作五芳居，也是极有名的，所以本地人有两句口号，叫作‘饮酒得胜馆，品茗五芳居’。”

邓飞雄道："如此说来，真是话不虚传。咱们师徒俩改日再到五芳居逛去。"

周敬道："这个容易，停会儿咱们就去。"说着话，酒菜已吃去不少。

周敬吩咐堂倌，每样再添些来。堂倌答应下去，不一会儿，又添了酒菜。

师徒两个正在饮酒，只见外面走进一个后生，正是周益群。

原来傻儿他一早起来，到山上去找野兽。找了半天没找着，只得回来。到家听说父亲同着师兄到街上闲逛去了，他便一口气赶将出来，逢人便问街上的人。谁不知他傻儿的大名，便指引他到得胜馆来。他走进店内，早就看见他二人。二人也就看见他了，邓飞雄便立起身来招呼。傻儿也不客气，便一屁股坐下。

师徒、父子浅斟低酌，饱餐一顿。正要起身会账，忽见外面走进一人，年在五十以外，身躯高大，英雄气概。周敬一见那人，认得他乃京城有名的赛昆仑铁掌方飞，慌忙让座。那人见了周敬，也就拱手行礼，便走过来坐下。

周敬命堂倌重添酒菜，再整杯盘，四人合饮。方飞问起二人是谁。周敬将二人的名姓说了，然后又命二人拜见方叔父。二人要行礼，被方飞拦住，说："两位贤侄，休要如此多礼。"

四人饮酒，周敬等三人本已吃得十足，此时不过是陪伴而已。饮酒之间，方飞道："周大哥，小弟正要到府上拜访，因为小弟的大徒弟神弹子李昆在外走镖，前日在此地将镖银失去，但不知是何人所为，特地到此拜访大哥，探听是何人所做。如是自己人，免得伤了和气；如是不认识的，咱们也得结识个朋友，岂不是好？”

周敬道：“贤弟所言很是有礼，但不知所失之物，是在何处失去，可曾有何标记留下？况且令高徒的本领，江湖上谁不知名？这个人如何敢这般大胆呢？”说着停杯，两眼直望着方飞，静等他的回答。

未知方飞说出些什么话来，请听下回分解。

第二回

赠宝刀良师传遗命
抚孤儿益友助善举

话说百鸟仙醉尉迟周敬，带着儿子、徒弟在得胜馆内饮酒，遇见铁掌方飞。这方飞乃是京都一带有名的人物，有紫砂手的功夫，大凡一个人，只要给他打了一下，轻者带伤，重者废命，所以人称他作铁掌。这日，他特地由京都下来，乃是为着他大徒弟李昆走镖失了镖银，给人败了声名。因此赶来，想要夺回镖银，给徒弟争回面子。

当时见周敬问他，他便将从前以往之事详细告诉道："李昆保着一支镖，是由开封往归德去的。走到这里，被一个黑大汉劫去。他自称赛玄坛，说：'李五，你不是我的对手，可另请高明来领教。'我那徒弟施展神弹，都被他让过，可知此人倒也不弱，真是可惜了些。"

周敬道："可惜的什么？"

方飞道："可惜的他不懂交情。"

周敬道："不知贤弟可认识此人？"

方飞道：“我要认识他，还说点儿什么呢？就是因为不认识他，所以如此。”

周敬道：“此人劣兄却有些认识。他并非本地人，乃是本省卫辉府人氏，擅使一条单鞭。当年与劣兄曾比过鞭，战了三百余合，未分胜负，因此结拜为友。近来因劣兄在贵乡做老道，大家信息也未通，不知现在如何。”

方飞道：“如此说来，大哥与他有一拜之交，咱们可算都是自己人，就请大哥引见引见，大家结识个朋友，免得伤了和气。”

周敬道：“这个有劣兄我去说，大约无甚不可之理。贤弟你可放心了吧！”

方飞大喜。不一会儿，方飞已是吃饱，立起身来。周敬招呼掌柜的：“这笔账算了我的吧！”

那掌柜的立起身来，带笑道：“员外吩咐，当得遵命。”

周敬走到店门口，让方飞先走，然后自己同着一子一徒走出店门，径回自己家内。

此时老管家周全正同着儿子莽张飞周德昌，因为主人未曾回来用中饭，心中正在疑惑，忽见主人同着小主人及邓飞雄及一个不认识的人一齐回来，心中好不欢喜，慌忙上前迎接。

到了里面，周全忙着张罗茶酒等类。

周敬道：“你别忙这里的事，你可至东村吴家集去，将贺二爷请来，说我有要紧事情相商，请他不要推阻。”

周全答应了一声，领命而去。这里周敬吩咐家丁，预备了一桌上好的酒席，专等赛玄坛来。

原来赛玄坛姓贺名世仁，也是个有名人物，在道上也有多年。这日，碰着李五解镖，他本不预备劫他的镖，因为一出面先给李昆讲交情，叫他先来投帖，然后再行保镖。如果不能投帖，这支镖可就不用保了。

李昆一想，投帖拜山这许多事，要算最难而且是最麻烦的，常言："来者不善，善者不来。""打人不如先下手。"我如今可乘此先下手做了他，免去许多手脚。因此一声喝道："呔！对面小辈听真，你李五爷走南到北，从不知什么投帖拜山。今日你既这般可恶，着家伙吧！"说着，便抡手中朴刀就杀。

贺世仁见他来得不善，便施展出艺业来，将李昆杀败，夺了他的镖。明知他此去绝不甘心，定有能人前来，自己早就算定，准备着与来人相会。

这日，周全来请，他本来与周敬是盟兄盟弟，一见周全来请，当时便更换衣服，到周敬家中来。

周敬接入，分宾主而坐。

贺世仁道："大哥相邀，不知有何事故？"

周敬道："劣兄今日京中来了位朋友，因为无人相陪，所以特请贤弟做一个陪客，委屈贤弟则个。"

贺世仁道："这个不妨，令友可以请来见见。"

周敬道："这个自然。"便道："贤弟稍坐。"自己急忙至内书房内，请了方飞出来。

这个乃是方飞同周敬两人商量定了的办法，预备着先引见，然后提说代李昆讨镖。如是李昆的不是，当然以道歉为入手；如是贺某行强，便与他先讲交情。如讲不通，然后反面，由周敬出来和解。这叫作恩威并济之讨，乃是先礼后兵的作用。

计议停当，贺世仁已来，周敬出外迎接。迎到里面，茶罢之后，方才入内请方飞出去。大家给引见了，各说了几句久仰的套言，然后周全上厅上来，安置席面。

不一会儿，酒席齐备。周敬请二人入席，又命周全到后面去请邓飞雄及周益群两个晚辈同来陪宴。周全去不多时，将二人请到前面，先向方、贺二人行了礼，然后坐在下席相陪。

饮酒之间，方飞提说：“徒弟李五，前日解镖，路过此地，栽了个跟头。这小子未曾懂得江湖规矩，便出来闯道儿，也是应该栽的。不过那劫镖的人也太看小了人，像我虽算不得什么，可也自信有几分能耐，如何便这样看不起我，岂不笑话已极？”

随又换转口气道：“二位仁兄，本地的有名英雄，除二位以外，可还有得别人吗？”

周敬道：“另外可算没有别人，但有一层，咱俩在本地从未作过案子，如何会有这等事？如果真有这等事，咱俩还可以代你追回，以全朋友义气。”

方飞执杯拱手道：“承二位仁兄之情，小弟心感不忘。”

贺世仁道：“但不知仁兄所言令高徒失镖之事，因何而起？况且左近一带能够作案，竟能胜得令徒的，在我想来，已是很少很少，况且也无这般大胆。然而如此说来，令徒的镖竟被人劫了去吗？这劫银的人，小弟我却认识他，不过有一层，仁兄你为此事特地由京都赶下来，可未免小题大做，不知受了何人的挑拨，动了无明火？需知‘兼听则明，偏听则暗’。但未知仁兄现在意下，还是抱定夺镖的念头呢，还是预备和解的？这却要说明白了，然后再行商量。”

方飞道："仁兄有所不知，小弟我的来意是要调查调查，这个人与我辈认识不认识。如是认识，大家讲个交情；如是不认识，咱们也好结交个朋友。如是我那不肖的门徒得罪了长辈，也可以改日命他前来谢罪；如或那位朋友不懂得交情，咱们另想别法。这便是我的意思，仁兄你看如何？"

贺世仁听他这番话，并无一定要反脸的话，便带笑道："仁兄原来不知其详，这'赛玄坛'三字，便是小弟的匪号。你那令徒与我也曾交手，本领很好。幸遇着我，如遇着别人，可还不是他的对手呢！但是小弟也是真汉，咱也用不着空谈，你那令高足素不知道交情，我叫他来投帖拜山，他并不理会，可知他的高傲实在不比常人呢。若论到咱们在此地从来不做买卖，所谓'兔子不吃窠边草'，怎么我又与令高徒交起手来呢？只因那日你那令高足解镖由此经过，一路上口出大言，说：'我李某的镖谁也不敢劫，如是敢劫，他的头也不要了。'这种话传到同道中朋友耳朵里，便有许多人预备给他为难。是我出场拦住，出主意叫他来投帖拜山，试试他的胆量。不料他不问三七二十一，抡刀就杀，武勇虽是超群，胆量可也不小，殊非道中朋友。假使那日小弟手下绝情，恐怕神弹子李五的名儿现在已经没有了。如今镖银分毫未动，为的是使他晓得，天下之大，能人甚多，不可再藐视了人。物件俱在，只要仁兄说一句，便各事都没有了。"

方飞听了此言，心中又气又恼，想说，好李五，你将为师的门风丧尽，如何可以走道儿？眼望着前辈能人在此，便想胡行，那还了得？便说道："仁兄，这件事既是小徒的不是，改日当命他到府谢罪。至于镖银乃是公家之物，这个有关紧要，请仁兄看在小弟面上，将此物交与小弟送往前途。小弟自当将小徒管教一番，免得他再在外面不知世务。”

周敬在旁，听他二人言辞都很和平，便插言道：“两位贤弟，这件事都看在为兄面上，免得大家计较。李小子不懂得人事，所谓初生之犊不惧虎，这种人不栽两个跟头，他也不知道厉害，是应当要吃点儿苦的，方才可保无事。如今此事，大家应着一句俗语，叫作：‘大水冲进龙王庙，自家人害自家人。’大家都是线上的，何分彼此呢？”几句话，说得两人无言。

周敬又解说了一番，两人都碍着情面，不与过于顶真。况且因此结识个朋友也很好，于是便齐声说：“咱们本来没甚冤家，这点儿小事，何能计较？况又是大哥出来和解，咱们各罢干戈，不许再提。”于是两人齐声发誓，不准再谈此事。

于是大家商议，如何将镖银送回。周敬道：“照礼，要李贤侄亲自拜庄，方才可以拿到。不过这么一来，恐怕又生枝节，还是送到我这里，由方贤弟带去，免去许多繁文。”

贺世仁道：“这个办法也很好，不过李五这小子，真算他造化，便宜了他。”

方飞道：“仁兄留情，小弟永感，回去定将小徒教训一顿，以免他下次再出外目无尊长，弄出是非来。”

二人说了些客气话，又添酒让酒。那下席邓飞雄、周益群两人，不时代三人斟酒，三人也不谦让。傻儿本来不知道什么世事，不过他父亲命他斟酒，他便斟酒。至于邓飞雄，却是个明达后生，听他三个老英雄讲的些江湖上勾当，心中很是留意，暗说，这个李五，也实是托大了。

不一会儿，酒席已散，已是掌灯之后，初更时分。大家散座谈心。

当晚，方、贺两人都住在周敬家内，一夜无话。

次日起身，大家梳洗以后，方飞同着周敬，跟着贺世仁，至家中去取镖银，然后到周敬家中用饭。方才别了周、贺两位，解镖往归德去了。后文自见，暂且不提。

且说周敬自此以后，日日在家教徒课子，将邓飞雄的本领教成青胜于蓝的格局。如此日无间断，又是两年。

那日，周敬忽然得了一病，病势日渐沉重。傻儿只是哭，别无什么方法。老仆周全代主人请医调治，无日不忙得不亦乐乎。可是老人家上了年纪的人，如何吃得起辛苦？未曾怎样，主人的病还未曾痊好，自己的病反先上了身了。有年岁的人，怎禁得生病？一生病便与黄泉路途相近了。周全病未多时，已是一命呜呼，向阎王家中去了。他那孙子周德昌呼天喊地，哭得死去活来。周敬因此不免伤感，那病势因此也就逐渐沉重。

光阴易过，周敬一病已是半年。六月间生病，直至十二月仍未轻减，人已瘦得不成人形。自知不起，便将徒弟邓飞雄、儿子周益群唤到自己榻前，吩咐他两人后事。命家人在壁上摘下一把宝刀，乃是孩儿铁打的，善能斩钉切铁、切玉断金，锋利无比，交与邓飞雄道：“贤契，这个乃是我生平所使的宝刀，能辟邪防身，况且能削人兵器，无论是什么东西，都可以挡得。你从我一场，五六年的师弟之情，我的儿子又不肖，还得请你看在我的面上，教训教训他才是。我死以后，我的家财可分一半与宗族，一半分与周全之后，以报他为我家尽力之义。余剩下来，可均留与你那师弟，叫他安分守己，做个良民，万勿再生妄念，以造先人之孽，作现世报。更有一层，这孩子太傻，万望贤契管教管教他，免得他不成器。至于家传的水磨竹节钢鞭，这件兵器仍传与他，叫他好好保存，为祖争光。”

说到这里，周敬已是上气不接下气，停了半晌，复又说道：“贤契你须记着，我这宝刀须要有德行的人方才镇压得住，平常的人要想压得住它，那是很难很难，恐怕还得招殃。你既得刀之后，务要勤修自己的德行，方才可以。我看你心田忠厚，生平无甚不仁不义之心，将来定可有番作为，所以才将宝刀传给你使。你须不可错了念头，忘我遗言，自取其祸。现在绿林中人，个个糊里糊涂，有官做便想自杀同类，这种不仁不义之事，贤契你切莫要做。况且你父亲是前明秀才，终身不事满清，如你不能继父之志，可算是个不肖之子。总而言之，为人一生，总以光明正大为第一，对于百姓方面，只要能够为民除害，便是第一。能够覆清复明，那就更好，这便是我的切嘱。”

说到这里，又咽住气了，意欲再说几句，可怜再也说不出什么来了。眼睛望着邓飞雄，手指着自己的儿子，两眼一闭，已向黄泉路上，追周全去了。

当时邓飞雄同着周益群哭得晕去，后来醒转。还是邓飞雄有些主意，便命人报知贺世仁，前来帮同料理，一面派人到各处报丧，自己里里外外代周家处理一切。好在周家人多，办事并不为难。

丧事毕后，邓飞雄述遗命，遵命支配家产。周家宗族中人个个欢喜。一切办理停当，然后邓飞雄为师父庐墓三年，以尽孝意。三年脱孝，邓飞雄别了师弟周益群，径回山西太原之籍。在路行程无话。

那日到了家，家中有老家人邓福，同着一班家丁，出来迎接小主人。邓飞雄进内坐下，问起家中情形，及从前读书时两个朋友的景况："自我去后，情形如何？"

邓福道："好叫小主人得知，近来那些人的情况很是可惨呢。前年王六家的族中，有一个唤作王无为的，已经病死，丢下寡妇、孤儿，情形可惨。幸亏有几个朋友扶持，方才将孤儿抚养起来，预料将来还可以发达。这都是交着好朋友的好处，否则一个姓王的，定然完结无疑了。"

邓飞雄道："还有一家呢？"

邓福道："还有一家嘛！"

不知所言如何，请看下回分解。

第三回

代友报仇英雄初出手
为兄杀奸豪杰再施威

话说上文节目，乃是抚孤儿、益友助善举，这件事体，似乎未曾详叙。其实编书的为篇幅所限，不得不用省笔，略在邓飞雄主仆谈话之中补叙两句，以点题目。横竖与本书的主人翁邓飞雄无甚关系，恕在下不唠叨多叙了。闲言抛开。

且说邓飞雄幼时文友中有两个同学，一个便是方才邓福口中所说的王六，一个便是柳拾青，这两个同学，与邓飞雄要算最对劲。三人结为生死之交，真可称为总角之好。这王六同柳拾青二人都比邓飞雄年长，柳拾青算是最大，为大哥；王六为二哥；邓飞雄老三。三人神前立誓，所以这日邓飞雄回来，开口先问他俩的情形。因为他俩的家庭比自己要穷得多，所以要问问方才放心。忽然听邓福说他二人死得甚惨，忙问何故。

邓福道："王六自从主人去后，忽然生了肺痨，去年十一月初，方才送命。据人说，其中另有隐情呢。"

邓飞雄道："莫非被人谋害吗？"

邓福道：“可不是嘛，几乎家家都知道了。只因王六的妻子许氏，生得有几分姿色，被东城那个柴大官人看见，一心便想她的念头，于是向王六结交为友。试想天下一个富翁与一个贫人为友，当然是顺水推舟的事情，所以不觉吃力。王六同着柴大官人自从相识之后，两下里交往甚密，如兄若弟。未曾怎样，王六的病就渐渐发作了，如今已死。死后，柳拾青便想代他报仇，请了刀笔，做好呈词，预备到知县衙门告状。不料此风传出，被柴大官人知道，柳拾青还未曾告状，不料已为人暗算，可怜他也死了，死在城外一个田溪内。那种情形，真是可惨。现在王、柳两家的人都派人到朱仙镇寻你老报信去了。今日主人回来，可知真巧呢。”

邓飞雄听邓福的一番话，心中悲愤已极，一时之间，也不知说什么是好。吩咐邓福：“你可关照家中上下人等，外面不许露出风声，说我已经回来。我自有道理。”一面自己到里面去，预备自己的卧室内铺陈。

一切停当，方才出来，在大厅上背叉着两手，走来走去，想如何可以报仇雪恨。这柴大官人是本城一个财主，又中过武举，他父亲是现任山东巡抚，家中有钱有势，眼见得与他到官是不行的，唯有私地里办他一办才好。但是他既是个武举，当然马上步下，样样俱能，自己的本领未曾试过，不知可是他的对手不是。再一想，此仇不报，难道说罢了不成？这可不能如此便宜，须得施展生平艺业，除去这个恶贼，方消心头之恨。况且自己本领也练了几年，还可去得，非得杀奸报仇，方才不失师父教养之力。

想了半天，主意已定，便唤过邓福来问道：“邓福，你随我到后书房去。”

邓福依言，跟着主人走到后边，主仆二人坐下谈天。

邓飞雄道：“方才你说的话仍有些不明白，这王六既是被害，但不知他是如何死法？况且柳拾青死去，有没有什么凭据可以证明他二人是柴某所害？这个乃是法律问题，不可不详细说明，以免误会。”

邓福道：“主人年纪轻，真真不大懂的。这件事你老请想，王六从前是有肺痨的吗？他从前向无此病，自从结识柴大官人之后，方才得了这个毛病，这是可疑的确证。他的浑家许氏与柴大官人通奸，这件事知者甚多，又岂是可以瞒得的？王六一死，柳拾青爷便要去告状，如是没有凭据，如何可以去告他呢？据说他这个法子，是东门那个专做马泊六的车婆所教，用生姜丝过酒，吃酒下肚，可以烂肺。不过不是一时可以见效，总要慢慢地发作，这乃是杀人不见血的方法。柴大官人用这个方法，日日陪王六王爷饮酒，如何不得肺病呢？柳爷只知他和柴某交厚，所以不知这种事。后来王爷临死，对柳爷说明得病的来由，柳爷方才明白，就此一层，已可明白了。至于柳爷之被人暗算，这件事更是显而易见，柳爷早不死，迟不死，偏偏在这个时候死，岂不是明白得很？更有一层，柴某常常派人到咱们家来，暗暗打听你老可曾回来，就这一层上看来，已是可想而知了。”

邓飞雄道：“据此说来，事情已是明亮得很。但不知柴家现在有何举动，他们家里有无准备？更有一层，奸夫、淫妇现在住在何处？王六家中可有人吗？怎么竟连口也不开？”

邓福道：“这个主人你有所不知，王爷家中人见柳爷惨死，是前车之鉴，哪里还敢告状？前次曾命人到巡抚衙门去告，被驳下来，说是越控不受理，真是有冤无处申。现在又被姓柴的威逼利诱，哪里还敢再说？除去派人到河南去寻你老报信设法以外，别无其他法想，真也实在可怜。至于柴家，早已有了准备，家中现成的打手，约有二三百人，并有两个护院的，一个名唤张大，使一对儿虎头钩；一个名唤范能，使一对儿雌雄剑，都能高来高去，善打各种暗器。并且一个张三，乃是张大的兄弟，外号铁弹子，他善打朴刀，两手能发铁弹，更是厉害。据闻，现在柴大官人差他到山东去了，柴大官人同着许氏，现在住在车婆家内后面那间秘密的房屋内，除去车婆以外，外人不能知道。如要知道，非找到车婆不行。”

邓飞雄听了，说：“邓福，你去预备酒饭，给你大爷吃。”

邓福去预备去了。

邓飞雄心想，他家中如此有人准备，我是孤掌难鸣。自古“好汉敌不过人多”，我如何可以去得？但是凭着我师父赐我的这口刀，不妨去冒冒险，如不然，另想别法。况且我与王、柳两人神前立誓，岂可怕死不去报仇？主意想定。

不一会儿，邓福上来回道：“酒饭齐备，请你老自便。”

邓飞雄道：“可搬进来吃。”

邓福答应着出去，不一会儿，同着两个小使，托着两个端盘，送将进来。无非是家常时新菜蔬，放在桌上。

邓飞雄吃了个酒醉饭饱。邓福送上手巾，邓飞雄接过，揩抹了嘴脸，然后立起身来，将长衣卸下，问邓福道：“我关照你不准声张我已回来，你已照办了吗？”

邓福道："小人已经通知上下人等，断不至有走漏。"

邓飞雄道："如此甚好，你可命人到王、柳两家，说我命他们即日连夜起身，往他方去避难。另外每家送五千银子，速速动身，不可有误。"

邓福领命，慌忙去拨银子，命人送王、柳两家，各自投奔去了。

邓飞雄吩咐之后，自己换了夜行衣靠，扎束停当。问明邓福，车婆的宅前有无特别记认，及柴宅的情形。

邓福道："车宅前门是家豆腐店，后门口紧对一个福德神祠。柴宅门前有对儿石狮子，照壁墙上有'鸿禧'两字，这个乃是最明显的记号。"

邓飞雄一想，仇人虽是柴某，但是不除去他的手下，如何可以得手？那些狐群狗党，平素作恶多端，今日非先去除掉不可。

想罢主意，飞身上屋，直奔柴府而来。到得那里，时光尚早，大约初更时分。邓飞雄在屋上向下一看，见下面禁备甚严，无隙可乘。邓飞雄一想，邓福所言，莫非不确？这奸夫、淫妇如不在此，何以这般见神见鬼地保护呢？我今日既已到此，还管什么利害？但有一层，不宜孟浪，这么一下去，未免打草惊蛇。我不如先到车婆家中，捉住车婆一问，自然明白奸夫、淫妇的下落。

想罢主意，飞身直奔东门，蹿房越屋，鹤伏蛇行，不一会儿，已经到了东门豆腐店。直奔后院，自己所谓艺高人胆大，也不投问路石，便跳将下去。沿着屋檐，直向内走。见一面房内微露灯光，邓飞雄直向灯光之处而来。到了窗外，用舌舐破窗槅纸，朝内一看，乃是一个男子向着一个妇人做那不堪言状的丑态，似乎有什么要求的样子。那男子约在二十以外年纪，妇人堆着一脸脂粉，却有五十余岁光景。

只见那人道："哼哼，老娘答应你，代你撮合，固然容易，但是你这小子，每次许我的谢仪，总未曾取来，可见你是个无情的人。这一回非得将谢仪取来，定不代你想法，让你馋死了再说。"

那男子央求道："干娘，你休着恼，我所许的谢仪绝不失约，如失约，便不算人，定死于刀剑之下。"

那婆子道："哼哼，小子，你休当老娘是呆鸟，这种牙痛咒，我也听得厌烦了。像你这样胡乱发誓、空口说白话是没有用的。"

邓飞雄听到这里，暗想，这个婆子，莫非便是车婆？不要管她，且等我试她一试，看她是不是。如不是，也以杀去为是，免得这种畜生在世间害人。

想罢，便将手轻轻将窗槅一弹，唤声："车妈妈，你老可曾用过夜饭吗？"

里面婆子闻言，回声："吃过了，谁呀？请进来坐吧！前门还未关吗？"

邓飞雄听她口气，果然是车婆，不禁怒从心上起，恶向胆边生，腰间拔出宝刀，一抬腿，将窗槅踢开，走将进去，顺手一刀，先将那个无耻的男子杀死在地。车婆一见大惊，回身拔脚就跑。邓飞雄一个箭步，早已纵到车婆的前面，拦住去路，一声断喝："呔！老虔婆，你可实说，我不怪你。你将柴大官人及许氏二人的下落从实说出，免汝一死，否则看刀！"说着，将手中刀一扬。

那婆子究竟是个虔婆，胆识俱优，定了定神，从容答道："冤有头，债有主，柴大官人与许氏的下落，是在他自己府上。从前虽曾住在这里，乃是暂掩耳目。如今人已到他自己的家内去了，与我们这里丝毫无关。"

邓飞雄听她此言，心中一想，这句话有几分对，如是奸夫、淫妇在此，她焉有不防备之理？我不如杀了虔婆，割她首级，到家中祭奠王、柳二人在天之灵，以慰死者于地下。便道："虔婆，你可知道我是谁？"

车婆道："实不知道好汉是哪一位。"

邓飞雄道："你这虔婆害人无算，我那王六、柳拾青两位结拜弟兄，须不曾与你有仇，你却要害死了他，今日我邓飞雄回来，特地前来报仇雪恨。你要想活，除非转世投胎。"

说罢，手起刀落，将虔婆砍倒在地，再一刀割下首级，提在手内，一直向内杀去。不分良贱，杀个净尽，共计杀死野鸳鸯三对儿，本宅上下人等十三人，连前面豆腐店内的豆腐西施一齐杀了个干净。然后飞身上屋，提着车婆的首级，再奔柴府而来。

到了柴府，在屋上向下一望，依然照前一样的灯光明亮，底下的看夜之人仍是如前严肃。一想，照这样厉害，无处下落，还得另想主意。一想，有了，我何不用调虎离山计，将这些人引到前面去呢？想罢主意，便飞身向前，到前面放起火来。后面的人见前面失火，个个都去救火，但剩下张大一人在后面看守，并无他人。

邓飞雄放火之后，由前面跳到后面，飞身下去，迎着张大就是一刀。张大大吃一惊，赶着将身旁靠着的虎头钩一顺，向邓飞雄劈面就刺。邓飞雄将宝刀一挡，那根虎头钩早已分为两折。张大左手的钩又到，也被邓飞雄的宝刀削了。

张大知道不是对手，将手中两根已断的半截虎头钩向邓飞雄一扔，喝声："小辈，着家伙！"回身撒腿就跑。

邓飞雄喝声"哪里走！"一连几步，赶到张大背后，一刀劈去，将张大连背带肩，劈成两半。

邓飞雄此时一想，车婆的首级已有，唯是这奸夫、淫妇的首级到何处去寻呢？正在转念，忽见后面来了一个小丫鬟，一见地下杀死一人，吃了一吓，转身立脚不牢，跌倒在地。

邓飞雄赶着过去，用脚轻轻踏住，喝声："小丫鬟，我且问你，你柴大官人和新来的姨太许氏现在住在哪里？你可说明，我便饶你；你如不说明白，看刀！"说着，将刀一举。

那丫鬟乃是个小孩子，如何禁得起吓？便道："爷爷饶命，我便实说；如不饶我，我可不敢说。"

邓飞雄道："你说，我绝不杀你。"

那小丫鬟说出奸夫、淫妇的去处，独行侠要代兄杀奸报仇，请看下文分解。

第四回

见字柬县令勘冤狱
送消息豪杰避奇祸

话说千里独行侠邓飞雄问小丫鬟奸夫、淫妇的所在，小孩子不经吓，便直说道：“我主人同新姨太在后面第五进那间套房内居住，因为前面失火，特地命我到前面去看看火势如何，可曾扑灭。”

邓飞雄道：“我是奉了圣旨，到此捉拿柴家全家。你是小孩子，犯不着也死在此地。你可快快收拾东西，由耳门中逃去，不要冤枉死在此地，快快逃命去吧！”说着，提起脚来，直奔到第五进来，飞身上屋，向套房内一看，果然里面有人说话。

邓飞雄在屋上细听，只听得一个妇人道：“前面的火起得有些奇怪，前面这么许多人，又不烧饭，哪里来的火烛？就是他的不小心，也不至于如此厉害。莫非有人放火？”

邓飞雄一听那妇人的声音，正是许氏。原来王六与邓飞雄是拜把兄弟，本来不避嫌疑，所以常常会面，口音也分别得出。

再听一个男人声音道：“美人，不要疑惑，慧娟已去了，不一会儿就有回音。”

那妇人道：“这小孩子能懂得什么？”

邓飞雄此时正所谓仇人相见，分外眼红，心中恶念一生，不禁将手中宝刀一顺，向那窗槅上一劈，咔嚓一声，窗槅已分作两截，向内直扑进去。

那柴大官人也是个会家，一见有夜行人来，心中已明白大半，知是前面放火，调虎离山，便一抬腿，将桌子踢翻，为的是桌上灯亮，于自己不利。邓飞雄既是夜行人，本来有个逢灯而灭的规矩，所以见灯熄了，也很满意，乘着他踢倒桌子的工夫，一刀先将许氏砍死，然后与柴大官人在暗地里动手。

这柴大官人的本领，叙起来本不在独行侠之下，只因他贪酒好色，身体上色欲过度，功夫也就散了许多。况且手无寸铁，所以未曾怎样，已被邓飞雄的宝刀砍翻在地。邓飞雄俯身取了奸夫、淫妇二人的首级，抽身跳出窗外，直向前面行去。一想前面人多，索性杀个爽快，便左手提了三颗人头，右手提着刀，向前面杀去。逢人即杀，遇人即砍，不分老幼，杀个痛快。正杀得兴起，迎面来了一群打手及护院的范能。

那范能手持朴刀，到前面救火。此时一群打手及守夜之人都已惊醒，一齐到前面救火。救火之后，方才到后面来。迎面见一虬髯大汉，手持宝刀，一路向外杀来。那些打手以多为胜，一拥齐上，围将上来，将邓飞雄围在垓心。

邓飞雄心中大怒，大喝一声，将刀法使将开来。只听扑哧咔嚓，那些打手的兵刃一齐给削作两段。

范能大怒，说：“众位让开，待我擒这小辈。”说着，提刀向前，与邓飞雄杀在一起。

邓飞雄初时本有些心中着急，后来见这许多人全都没用，知道是些废物，借着会几手毛拳，胡乱骗人，只好在那三家村上欺压良民，这种人实是可恨已极。将刀法一变，上三下四，左五右六，直向范能杀来。

那范能虽然有些本领，怎奈既要顾人，又要顾刀，一失神，早被邓飞雄砍翻在地。那些打手大吼一声，一齐向后倒退，走得快的，逃了几个，其余被邓飞雄一顿干砍，大家不死也得带伤。邓飞雄只顾杀得高兴，猛抬头一看，见天色已有些光亮，知道再延下去，定要于己不便，便飞身上屋，退回至自己家内。

此时邓福还在那里盼望主人呢，一见屋上跳下一人，手中拎着三个血淋淋的人头，吃了一惊。定睛一看，不是别人，正是主人回来，不禁大喜，连忙上前接住。

邓飞雄道："快排香案。"

设了王、柳两人的虚位，将现成的酒菜取来，点起香烛，供了人头。然后倒身下拜，细说自己报仇之事，并灌了酒。然后痛哭一番，直哭得死去活来。

邓福上前劝住。邓飞雄收泪停悲，吩咐邓福将祭礼等物撤去，将三颗人头用布包起，今晚另有用处。又命邓福到外面去打听消息，速来回报。这才饮了几杯酒，换了衣服，埋头睡在内书房，不在话下。

却说其时豆腐店内有个伙计吴仁，昨夜因爹娘有病，自己不得不回去，所以回家去。今日一天亮，便回到店内。推门进来，一直向内，见尸身横七竖八，自己吓了一跳，连忙朝外就走。心慌意乱，脚下未曾留神，被死尸一绊，一跤跌倒在血泊子里，身上跌成个血人。爬起来往外就走，直奔到自己家内。不敢说明，怕的是娘闻言受惊，只得作为无事，回到自己房内，埋头睡下，也未曾换衣服。

不到一刻，来了地方马快，将吴仁提到县里。

原来保甲等人正因豆腐店今日未曾开门，不知所因何事，门又开着，街上又有血迹脚印，知道另有原因。便到里面一看，见里面杀死多命。立刻出来，飞奔知县衙门，报告这件事。

知县见是人命重案，不敢怠慢，立刻差人同地保先去查拿凶犯，将凶手提来，一面命人去搭席棚，传仵作去相案。吩咐已毕，地保同着捕快去捉凶手。因为街有血迹，便跟着脚迹，一直进到吴仁的门口。

大家说道："吴仁这小子是最好的，平常又孝顺又和气，如何却做此凶暴之事？其中定有道理。"

捕快道："管他什么道理，抓他去交差就是。"

于是铁链一抖，将吴仁套上就走。吴仁不知所为何事，只得含泪跟着到官。

此时知县已接到柴府家人的状子，告的是半夜盗劫，杀死一门良贱计二百余人，劫去金银财帛无算。

知县接了这个状词，吓了一跳，暗说，一波未平，一波又起。

看官，这县令也是个贪赃的糊涂官，闹这个乱子，可真闹得不小。柴家的势力又大，如何是好？再一想，有了，只要捉住一个，在他身上要人，不怕不将凶手招出。

主意想定，不一会儿，出外坐轿，到两处去验了尸，填了尸格，吩咐地方看守，然后回衙。

此时，地保、马快已将吴仁捉到。这吴仁尚不知为着何事，又恐此事被娘知道了，急出别的事来，那可更糟了。

县官升堂，地保、马快上堂叩头回话，说将凶手吴仁捉到。

知县说："带上来！"

下面答应一声，将吴仁带到当堂跪下。知县见他满身血迹，先就动了疑，便问道："吴仁，你住在哪里？做何生理？因何昨晚在豆腐店内杀死多人，又杀死柴公馆内一家老小？你可从实说来，绝不难为你。否则，你的狗命立刻死在当堂。"

吴仁一听，直唬得魂飞魄散，一句也回不出来。

县官见他不言，只道他是情虚，惊堂木一拍，喝道："吴仁，快快招来！"

两旁皂役也齐声吆喝快招。

吴仁道："小人从来安分，哪里会杀人？真冤枉啊！"说着，大哭起来。

县官说："这个狗头如此放刁，左右，看大刑侍候！"

两旁一声答应，将夹棍朝堂上一掷，哗啦一声，放在就地。

吴仁从未见过这般威严，心中一吓，不禁浑身打战，带哭带说，一发弄不清爽，吁天呼地，净喊冤枉。

堂上吩咐用夹棍。这吴仁如何禁得起？哎哟一声，早已昏了过去。

知县一看吴仁的形状，说他是装死，吩咐收紧。

下面皂役看得清楚，朝上回道："老爷，这小子昏过去了，不能再收绳子。”

知县座上沉思，这吴仁情形可怪，看去并非盗贼。如系盗贼，如何不能熬刑？但是现在他身上穿着血污的衣服，如何不是他的罪名？况且柴家势大，如弄糟了，将来自己的前程很是不稳。想了想，狠了心，只得预备明日再审，务要逼出他的口供来，搪塞柴家。如今两案并一案，不去管他，就将他定成罪名。只要我的功名在，哪能管得平民的性命呢？

心中打算定了，吩咐：“暂时带去收监，明日早堂再审。”

这个消息被邓福探听明白，心中大喜，暗说，姓吴的真晦气，做了咱们主人的替死鬼。便回来暗暗说与邓飞雄知道。

邓飞雄心中暗想，这吴仁为我受难，岂不可怜？我何不如此如此，做一番惊人之事呢？

想罢主意，便道：“邓福，你可改扮乡间一个农夫，送上二百两银子给吴仁家中，就说是吴仁差你送回来的，他本人两三日内就可以回来了。先去安了他老娘的心，然后我自有办法。”

邓福领命去了。

邓飞雄等到夜间，提笔写了张字柬，揣在怀内，也不换衣靠，将长衣掖起，提了布包内三个人头，带上百宝囊，由院落中上屋，直奔知县衙门而来。

到了县衙，已是二鼓之半，知县此时正因两处人命案为难，与师爷商量办法，还未曾安歇。

邓飞雄在屋上偷瞧，看得明白，便将屋上的屋瓦揭去，将人头望下一扔，喝声“着宝贝！”一支镖同着字柬，直向知县面前的两张书桌上插着。

知县同师爷吓了一跳，抬头看时，房上揭去一大片瓦。只因同着师爷谈心，未曾听见。一看那地上，放着一个大布包。那个师爷走过去，打开一看，不看犹可，一看，魂魄俱无，直吓得目瞪口呆，半晌说不出话来。

知县见那桌上笔直插着支镖，顺手拔将出来，将字柬一看，上面写：

> 两处命案，均系我做，与吴仁无关，冤有头，债有主，何得张冠李戴，误杀好人？若论吴某嫌疑，可以从详推勘，仔细问明。如要捉我圆案，请看布包内首级为例，先取尔首级也。
>
> 吴仁如不释放，两日内定取尔首，勿谓言之不预。

知县看了半天，吓得作声不得，急唤："师爷快快来看！"

师爷本来为首级吓得昏了，被他一喊，方才惊醒。回身来到桌边，接过字柬看了，便道："我明白了，这三个人头定是那车婆、许氏及柴大官人的。但有一层，如不放了吴仁，果真这位侠客半夜光顾，那可真不得了；如果放走吴仁，这件事实在无人可找。如今我有办法。"便向知县的耳朵里，如此这般地说了一遍。"如此事体既可办得明白，况且也不要紧。"

知县点头称赞，立刻唤人。此时半夜里只有一个门子在那里侍候，一听有人叫唤，走将进来。

知县道："你可传鼓，今夜二堂夜审，快快！不得有误。"

那门子应声"是！"退了出去。不多一刻，复又来回："三班六房捕快均已传齐，在二堂伺候。”

知县同着师爷步出二堂，升了公座，命人到监提出吴仁，到了堂上跪下。

知县道：“吴仁，本县问你，你家住哪里，做何生理，昨夜因何做下如此人命重案？从实说来，免得受苦。”

吴仁叩头道：“回大人，小人本城东门居住有年，向来守分。我今日到豆腐店内去上工，因为我是伙计，忽然见店门大开，走进去，见满地躺的死人，吓了一跳，脚下一绊，跌了一跤，爬起来就跑回家去。到了家里，未曾怎样，就被捉来了。这是实在情形，其余一概不知。”

知县道：“本县问你，这车婆是做什么买卖的？她与柴大官人平常有无来往呢？”

吴仁道：“他们是认识的，很有来往。其余一概不知。”

知县听了，点头说：“吴仁，你现在是嫌疑犯，姑念你有老母在堂，无人侍奉，你可取保回家。”

吴仁叩头下去，取保回去。

这里知县依着师爷的计策，一面命人收尸，一面详文上宪，一面暗暗调查柴大官人生前与何人有仇，如得到确实消息的有赏。所谓：“重赏之下，必有勇夫。”未曾怎样，便被他打听着了。

这柴举人同许氏的事情，王六、柳拾青的命案，及此次王、柳两家突然不见，其中定是因此而生。前日闻人言邓飞雄回来，但总未见面，想来定是他干的。如今只有请提督军门，同着副将等武官，调兵围住邓宅，捉拿邓飞雄到案，方可水落石出。

知县得信，赏了探事人，便乘轿去谒见各上司，调省城大小武官，带三百人马，到邓宅捉拿邓飞雄。不料此信为邓飞雄得知，已经鸿飞冥冥，到外方避祸去了。

看官，你道这个消息如何会被邓飞雄知道呢？所谓无巧不成话。看官莫要心慌，下文便知明白。

第五回

避祸惹祸独侠落店
杀贼遇贼英雄洗山

话说知县用的那个门子，原本是邓福的儿子邓小毛。这小毛听见要捉他的主人，他心中大吃一惊，假装腹痛大解，一直溜到邓家，见了他老子邓福，一五一十说了一遍，叫他快快请主人逃生，自己不能久耽搁，恐怕见疑。说完了话，回身就走。回到县衙，不动声色。

这里邓福赶紧入内禀知主人。邓飞雄一听此言，暗说，三十六着，走为上着，随即改扮起来，由后门出去，带了一切应用之物，如飞而去。

出得城来，一想，此去应当投奔何处呢？想了想，我今日此去可投山东去闯闯道儿，然后再绕道去朱仙镇，看看师弟近来如何，然后再往别处去。想罢，便取路直奔山东。一路之上，宵行夜住，慢慢地行，一则看看风景；二则打听打听江湖上朋友。因此一来，江湖上因他是一人独自闯道儿，人又正派，不做无为之事，一切行侠作义，是个真正好汉，大家便送他个外号，唤作千里独行侠。自此以后，邓爷的名气，山东道上几乎无人不知。

那日，邓爷在路上，心想，山东登州一带绿林甚多，我何不到彼一访？倘有一二可以作为之人，同志相联，将来或者也可以做一番事业。想罢主意，便取路往登州来。

那日，到了登州所管的乌家集地方。那集上也是个小镇市，人家不多，约有一二百家人家。邓爷住在一个客店内，那客店招牌写着迎宾客栈，仕宦行人，客寓客商，地方虽不甚大，倒也很是清洁。邓爷住下。

到了半夜，邓爷想起，此次代友报仇杀人，而逃离故乡之地，一时不能回去，非得在外面闯闯，增长阅历，方才可以成人。正在胡思乱想，忽然听见隔壁人家有救命之声。邓飞雄心中大疑，顺手在床头取了宝刀，将鞋子穿好，也不穿衣服，顺着声音，纵上屋去。

到隔壁院落内往里面一看，只见里面一个男子，抱住一个女子求欢。那女子不从，喊叫救命。那男子用手掩住她的口，不许她开言。邓爷一见，心中大怒，大喝一声，一脚踢开窗户，向内冲去，往那男子便是一刀。那男子撇下女子，伸手取了张椅子，便与邓爷交手。被邓爷一刀劈去，一张椅子劈落在地。那人撒腿就跑。

邓爷追赶不上，回身来问这个女子："方才此人姓甚名谁？与你因甚纠缠？你可说与我听。"

那妇人见邓飞雄的那副神情，虬髯碧眼，威风凛凛，但是并无半点儿邪意，知他是个英雄，便道："奴家徐氏，丈夫瞿玉出门去了。这个天杀的，是隔壁迎宾客栈的掌柜，名唤熊达，本是个绿林出身，在此开设黑店，代登云山打眼。前数日便想与奴家行强，因为碍着我丈夫在家，不敢公然行凶。今日丈夫出外，他又来行强。如非好汉到此，奴家性命休矣。请问好汉姓名，日后丈夫回家，也好告诉他知道。”

邓飞雄道：“我唤邓飞雄，外号人称千里独行侠。你们既住在客店旁边，本应该就搬。况又明知他是个黑店，如何好这般糊涂？你们既经这番虚惊之后，赶紧设法搬家才是。”说罢，便纵身上屋，仍旧回到店里。暗想，这店既是黑店，掌柜的又与我交过手，如何肯轻易放过？定要前来与我为难。自古“打人不过先下手”，我何不乘此先与他作对？再一想，慢来，方才那个妇人的言辞或是信口开河，亦未可知，我何能孟浪？不如在此店内多住两天，看他如何。如有动静，再与他个冷不防，使他一齐剪绝。

主意想定，便在床上等候。等了一夜，并无动静。

到次日白天里，前后都去走遍，详细察看，然后静心等候。到了夜间，仍旧没甚动静。心中一想，奇怪之极，怎么竟无人来找我呢？如此又是一夜。

次日起来，自己提心吊担，防了两夜，并无消息，心中也未免懒了。这日人也略觉疲倦，便老早睡了。

到了半夜，究竟心中有事，不能大意。正在似醒非醒之间，忽然见床前那块地板一动，自己知是有人来了，慌忙将床头宝刀拿在手内，轻轻下床，掩在床横头，静等动静。只见那地板又一动，忽然掀将起来，露出一个人，晃了两晃。邓飞雄知道，此乃木头做就的替身，所以并不理会。只见那替身晃了两晃，复又下去。

不多一刻，接着又是一人由下面上来。邓飞雄一想，此时不杀，更待何时？便握紧宝刀，向着那人一刀砍去。那人应手而倒，由地道中跌落下去。

邓飞雄不开口，仍旧等着。忽听一棒锣声由地道中响到户外，原来那个地道乃是由夹墙中砌起的，直通到掌柜的房后。此时一个伙计被杀，大家有数，便敲起棒锣，齐上前来动手。别看这小镇市上没甚大不了的，然而十家竟有七八家是做没本钱生意的，所以一闻锣声，大家都抄家伙朝外就走。不一会儿，人已齐集，到迎宾客栈来。

邓飞雄在里边等了半天，未见动静，但只听见锣声，知道是招集人的暗号，便将衣服掖紧，提着宝刀，挂好百宝囊，将房内灯火向帐子上一凑，登时烧将起来。自己开门闯出，正逢着那个掌柜的熊达，手使一柄三股托天叉，直向邓飞雄刺来。邓飞雄将手中刀一挡，只听咔嚓一声，那柄叉已分为两段。

熊达吃了一惊，大叫："兄弟们，留心着，别中了他的宝刀。"一面喊，一面退后一步，换了一柄大砍刀，向邓飞雄便砍。

邓飞雄用刀架过，一齐杀在一处。二人战有四五个照面，这熊达如何是邓飞雄的对手？一失神，被邓爷一刀砍倒在地。那些伙计同着一班毛贼，一见首领也被他杀了，知道不是对手，见亮回身就跑。有跑得快的，被他跑了几个；有那不见亮的，未曾走，却被邓飞雄的宝刀一刀一个，断送了性命。

邓飞雄杀了半天，带上自己的东西，在柜房里面寻觅了二三百两银子，打在包裹里，背了包袱，挎上宝刀，大踏步向外便走。

此时已是天明时分，走到日午时候，自觉腹中饥饿。原来杀了一夜，早上又未用早点，此时自觉肚饿，便走到路旁一家饭店内吃了几杯酒，因想登州一带强人素多，我今特地到此会会，初次见面，便杀了这一伙，代地方去了一害，这件事才算做得爽快。不过因此一来，登州地面上定然有了冤家，前面却不得不防呢。想罢主意，便起身会钞，出了店门，往前赶路。

正走之间，后面追上两骑马来，马上的人一个是武士打扮，一个是镖师装束，追过了自己，忽然停马，向自己看了又看。等自己过去，复又追上前来。这个乃是响马放马的预告，邓飞雄如何不知？暗说，好小辈，胆敢与他老祖宗讲绿林规矩，别忙，待我今日收拾了这班小贼，免得他们害人。

想了半天，仍旧前行。将近一座树林，只见那两个骑马的将马勒住，拦住去路，口中说道："对面小子听真，咱俩在此等候多时，从此经过，将衣物给留下再走。"

邓飞雄道："好个小辈，你也不知你大爷是谁，敢这般无礼。你两个毛贼唤作什么？在何人手下，敢如此猖狂？"

那武生打扮的道："俺唤屠龙，他唤屠虎。你这小辈是谁，敢冲撞你家寨主？"

邓飞雄道："小辈你站稳了，你大爷便是千里独行侠邓飞雄，自称赛判官的便是。你这两个无名小辈，也要说寨主，哈哈！你大爷是你们的总寨主呢。"

屠龙二人大怒，各摆兵刃，上前动手。邓飞雄知道善者不来，来者不善，此时抽出宝刀，向两人的家伙一找，只听扑哧一声，屠龙的刀已落地，只捏着一把刀柄，大吃一惊，忙唤兄弟留心。屠虎见兄长的刀给削了，知道来人用的是宝刀，便留心自己兵器，别再给人家削了。屠龙偷空在背后拔下把单刀，弟兄两个双战邓飞雄。邓爷的一口刀上下翻飞，全无一点儿破绽。

那两人杀邓飞雄不过，口中说道："邓飞雄，你敢追咱们到山寨里去，便佩服你真是个千里的独行侠客。来来来，咱俩在山寨内候教便是。"说着，两人一齐拉马跳出圈外，两腿将马一夹，直向登云山如飞而去。

邓飞雄一想，这两个人倒还不错，可惜一味恃强。他既这样说，我如不去，是怕他了，谅他也无甚要紧。便尽力追来，一面走，一面腰中掏出一支钢镖，向着二人打去。

此时，屠龙在前，屠虎在后，屠虎听背后声音，知有暗器，忙将身体一侧，让了过去。屠龙在前面未曾提防，及至知道暗器到来，躲让已来不及，不偏不斜，正中在后心。哎哟一声，穿心而过，屠龙已是跌于马下。

屠虎见兄长被人打死，眼都红了，回转身来，便是一支箭直向邓飞雄发去。邓爷连忙一让，虽然让得快，左耳上已被射了一下。心中大怒，提宝刀向前就杀。屠虎也死命相扑。

二人恶斗十余合。屠虎究竟不是邓飞雄的对手，况又用的短家伙，坐在马上，许多不便，很是吃力。无奈只得拨转马头，望登云山便逃。邓飞雄施展陆地飞行功夫，尽力追赶，直赶到登云山下。屠虎拨转马头，复又死命相扑。一声呼哨，山下巡山喽兵看见，飞报大寨。

一会儿，山上冲下四匹马来，来了四个凶怒之相的强盗，一个使叉，一个使月牙铲，一个使流金镗，一个使狼牙棒，四人一拥齐上，将邓飞雄围在垓心。邓飞雄左冲右突，前遮后掩，将刀法施展开来，真个是风不透，雨不漏。

山上的人愈来愈多，四面发喊助威。邓飞雄愈杀愈勇，杀得性起，大吼一声："你们这班鼠辈，也不知你大爷是谁，别走，看刀!"说着，将刀法一变，换了一路花刀，将各人的兵器一齐给削了。又一个进身，杀死了两三个头目。这么一来，山上的人吓得魂胆俱丧，一齐口呼扯活，四散奔逃。

屠虎见众人四散，自知非一时所能报仇，只得虚晃一刀，拨马就走。四个头领一齐高呼："屠二寨主，咱们一齐走吧!"

邓飞雄道："小辈别走，你大爷今日定要你的狗命。"说着，一个箭步，纵到屠虎的马前，一刀砍去，将屠虎的马一刀砍倒在地。那马一痛，屠虎也被掀下地来。邓飞雄乘势一刀，挥为两段。

那四个头领一齐大吼，直奔邓飞雄。邓爷将宝刀一架，遮隔架拦。战有十余个回合，邓爷火起，擒刀将刀向四人的下三路砍去，盘头盖顶，不到数合，那个使狼牙棒的早被杀死。其余三人见不是对手，一齐乘空逃走。邓飞雄一连几纵，纵到前面，又将一个使叉的杀死。再有两个，已是追赶无及。

邓爷一想，这登云山地方既大，绿林也多，今日幸是我，如是他人，性命定然不保。想到此山终是有害行旅，我何不上山将山洗去，以免将来行人受害。想罢主意，便回身奋勇杀上山来。

此时山上头目见五个寨主、头领逃的逃，死的死，像这样的恶战，从未见过，大家正预备各自逃生，因为分派一切，很是不便，尚在会议，忽然喽兵来报说："那个虬髯大汉又杀上山来了。"各头目各取兵刃，迎将出来。到得半山，正遇邓飞雄。

此时已时近黄昏，两下里在半山恶战。邓飞雄奋勇冲杀，直杀到初更时分。山上喽兵高挑灯笼火把，死命相扑。邓飞雄大展神威，指东打西，指南杀北，一连砍倒十几个。其余的人见不是路，大家分头逃散。邓飞雄又赶上去杀死十余人，然后一路奔大寨杀来。杀到大寨，一路逢人便杀，见一个杀一个，见两个杀一双。直杀到后山后寨，连一班强盗的夫人一齐也杀死了。打开山上囚牢，救出许多良民客商，又救出许多难女，又放出许多绑票。

看官，绑票便是民人勒赎，强盗称为肉票，限定多少时日，家中设法来救。如过期不赎，强盗将肉票杀了，名为撕票。这种事体，惨无人道。但也有一层可取，被劫的大半是富翁绅士，那些为富不仁的狗男女，平时欺压良善的手段极辣，让他们被劫，也是天理昭彰，报应不爽。闲言少叙。

且说邓飞雄救出这许多人来，在聚义厅上将强盗劫来的财物分给众人，分途下山，各自回家，众人叩谢而去。

邓飞雄将散碎金银揣了些在怀内，然后插了宝刀，放火烧山。借着星月之光，慢慢地由后山下山，迤逦往东而行。

未知此去如何，请看下回分解。

第六回

冤家路窄巧遇仇人
黑店锄奸欣逢侠客

话说上文说到千里独行侠邓飞雄，在登云山杀了一群山寇，为民除害，洗了山。借着星斗之光，由后山直向山后大路而行，走下了山，一直向东而行。走到天明，望见前面一条大河，河水泛泛，约有十丈多阔，跳也跳不过。

正在思想渡河之法，忽听有咿呀之声，芦苇之中摇出一只船来。飞雄见了，心中非常高兴，连忙叫道："船家，请你将船摆拢来，渡我过河，我多与你银两。"

那船家听了飞雄的声音，好似山西口音，乃将船就拢上岸去。

此时天虽已明，但还在初明的时候，星光已暗，对面看人尚不甚清楚。飞雄见那船已拢上岸来，乃将身一跳，跳上船去。

那船主就是张大的兄弟张三，绰号叫铁弹子，本领非凡，善使铁弹子，百步打人，百发百中。而他使弹子与众不同，不用弹弓，就用两个指头环成弓形，将弹子置在其中，用力一弹，其弹力真是不小。今天见了邓飞雄上船，得遇仇人。

原来张三的兄长张大，前被飞雄所杀，后来打听得知，方知飞雄的相貌。故今见飞雄上船，不问已知他是邓某。记起前仇，欲与乃兄报仇，就将船摇到河中，遂一篙子在河心中撑住，那船停住了。

飞雄在船中见他摇到河心就停船，知事有变，乃将兵刃擎在手心。忽见船主张三手持朴刀，走进船来对飞雄大声道："你可认识你爷爷铁弹子张三吗？"

飞雄听了，也不回言，只作不知。

张三见他有意不作声，怒气格外大发，不分皂白，就抡起朴刀砍去。飞雄早已提防，见张三一朴刀飞来，连忙举起宝刀，上来迎战。两个就在船中大战起来。飞雄嫌船狭窄，使转不出本领，就将手中宝刀向上一格，将铁弹子的朴刀格开，乘势就向船后跳去。再连跳，跳上了岸。

张三见飞雄跳上岸，疑他败了下去，欲与兄长报仇，哪里肯舍？随即追上岸去。见飞雄早在岸上等候，两个人又在岸上大战起来。此时在岸上厮杀，地步敞大，不比方才在那船中使不出本领。飞雄乃变了个刀法，上七下八，杀得好似飞雪一般，银光闪闪，令人目眩。幸铁弹子张三的本领也非凡，所以两个人战个对手。一来一往，约战有五十余个回合，不分胜败。

飞雄杀得兴起，抖擞精神，勇猛厮杀。张三见飞雄愈战愈勇，知非好弄的，乃心生一计，虚劈一刀，飞雄随即一闪，张三乘势跳出圈子就跑。飞雄见他刀法并未曾败，为何要逃？知是有计，虽然猛力追赶，一面留心提防他的暗器。

追了约有一里多路，忽见张三回首将左手一扬，觉得一道寒气直奔面前而来。飞雄知是暗器，连忙将头一低，避过弹子，仍复勇力追上。张三见一弹打他不着，心头火起，又弹第二弹。谁知飞雄留心提防，第二弹仍未打中，仍复回身再战。两人又战有三十六七个回合，仍是不分胜败。

飞雄见张三本领高强，又能暗器，心中恐战他不下，心中也就生了一计。两人正战得起劲，飞雄大叫道："今天就饶了你，让你多活几年，老爷有事，不暇与你厮杀。"说毕，虚砍一刀，跳出圈子就逃。张三仍是拼命追去。飞雄故意脚下放慢，等得张三追到将近身后，回身就是一刀砍去。张三险些被其砍中，幸而身体灵敏，闪得快，避过那刀，然亦险些。

飞雄见这一刀砍他不到，知得打他不得，两个人仍在那里大战起来。一来一往，又战有二十余个回合。飞雄仍是诈败而逃。张三也仍是追赶飞雄，且战且走，意欲走远去再使计砍他。谁知张三的刀迫得非常之紧，飞雄无法，只得回身再战。

战有六七合的光景，飞雄就卖个破绽与张三。铁弹子因报仇心切，见有破绽可砍，不知利害，就一刀砍去。飞雄连忙一闪，张三砍个空。飞雄乘势一刀砍去，张三又险些被他砍中。两个人真是棋逢敌手，将遇良才，一个朴刀抡动如飞，一个宝刀门路精通，变化无穷。两个自早战至午，仍不分胜败。飞雄虽然猛勇，渐渐实在有些力怯。张三本是力大无穷的，然飞雄英雄不比等闲，与他战个平手，真是不易，实在也有些力乏，两个人皆有罢战之念。但是大家不肯先开口，恐怕被笑，仍是拼命似的死战。张三想使铁弹子伤他，乃虚晃一刀，又乘势跳出圈子就跑，意欲使飞雄来追。谁知飞雄因有些力怯，见张三逃去，也不追赶，提了宝刀向后就走。

张三见飞雄不来追赶，自己也因力乏，就停了脚，倚个朴刀，坐在地下，喘息了一会儿，仍旧回船不提。

却说飞雄因见张三败去，自己也实在无力再战，提了宝刀，一直向大路而去。行了有四个时辰的光景，看看天色将要晚了，心中就打算投宿客店。忽见前面有一家极大的大客店，飞雄见了，心中自然高兴，就走进那店前去投宿。一进店门，见店中陈设甚为美观，又见掌柜的是个关西大汉，身穿一件元色胡绉短靠，下身穿着一条品蓝胡绉裤子，白绫缎袜，元底白花快鞋，方面大口，两条乌浓的目眉，一面凶相。飞雄见了这副气概，知是歹店，意欲调宿别家客店。但是已经走进了门，如缩出，未免有些不好意思，乃开口道："店中可有清洁上房?"

店小二连忙答应："有有，请客官过来。"

飞雄就随了那店小二进去。走到一间房中，飞雄一看那房甚是舒畅，乃命小二速取馒头或面来饱肚。

小二答应一声道："知道了。"随即出去取了三十个肉馅馒头、一壶酒、一双筷、一只匙，走进去摆在飞雄面前。那三十个馒头装了一大盆，也摆在飞雄面前。

飞雄知此店不好，留心看他的破绽，乃顺手取一个馒头在手中，分开来一看，见其中的肉馅气味有些不佳。再细细看看，见其中有人头发在内。飞雄见了，知是人肉馒头，晓得此店定是黑店，心中暗想道，如欲一出手，恐怕寡不敌众；如不出手，又恐受了他害。乃叫店小二说话。

不一会儿，店小二来了，对飞雄道：“客官呼唤小的有甚事，可是要添酒？”

飞雄道：“不是要酒，我问你一句话，你们那个掌柜的姓甚名谁？”

小二道：“客官，你不要多管闲事，问他作甚？”

飞雄道：“我与他倒像有些相识，但是又一时想不出他的名字来，故请你小二哥前来问问，好与他去谈谈天。”

那店小二听了这样说法，以为他真相识的，便道：“我家掌柜的姓黄名霸，他有万夫莫敌之能，使两把方天短戟，重有二百多斤，抡动如飞。从前专做打家劫舍、杀人放火等事，现在已算洗手，所以开这个客店，做做生意买卖的了，再不做从前那种恶事，如有现成送上门来的还要做。”

谁知小二说到这里，知道说得不对，连忙住了口，不再往下说了。

飞雄是个极聪明的人，听到此处，早已是知道底细了。即对小二道：“你可出去吧，我略停一会儿，就拜望你们的掌柜了。”

小二听了，信以为真，欣然而去。

飞雄又叫道：“小二哥请转来，还要问一句话。”

小二道：“客官还有何事要问？”

飞雄道：“你们掌柜的那对方天短戟放在什么地方？”

小二道：“他那对戟好似性命一般，放在店内后面他住的卧房中，随便是什么人，终不可去弄的。如去弄了他的，被其看见了，就要打死，方能息其心中之怒。”

飞雄道：“知道了，你快快出去吧！”

小二走了出去。

飞雄独自一个思想思想，这个人真是厉害，如要破他，非先盗了他戟，方能动手。又是一个人，如何能够做这桩事?

正在为难之时，忽闻外面有人叫客人之声，飞雄倒吃了一惊。走出房来一看，原来也是一个投宿的客人。飞雄忙问:“客人尊姓?快请进来房中坐。”

那人就同了飞雄走进房来，便答道:“小人姓吕名杰，今有一事与阁下商酌，但不知阁下有这样胆去做吗?”

飞雄道:“有何事?请讲出来，或者小弟可以做得。”

吕杰道:“阁下尊姓大名还未请教。”

飞雄答道:“小弟就是邓飞雄。”

吕杰道:“莫非就是千里独行侠英雄吗?”

飞雄道:“不敢，小弟正是。”

吕杰道:“久闻大名，如雷贯耳。今幸相见，真是三生有幸了。”

飞雄道:“不敢不敢，小弟无能，多承谬赞，惭愧之至。”

吕杰道:“闲话且不说，你是一个英雄，想来终已有些觉得。”

飞雄道:“小弟毫无得知，何事?请快说来。”

吕杰道:“你可见本店掌柜的那副神气，绝非好人。店中住的商贾都是不中用的，恐皆受他的害。”

飞雄道:“不瞒阁下说，小弟早已预备那厮了，听说此人本领甚高，惯用一对双短戟，重二百多斤，抡动如飞，甚是厉害。我们破他，必须先去盗了他的戟，然后才可以与他动手。”

吕杰道："老哥究竟是英雄，知道关节。但是我们两个人恐敌他不得。"

飞雄道："这倒不要紧，去盗他的戟，却是第一要事。"

吕杰道："盗戟的事，由小弟担任便了，但是小弟向后去盗戟，老哥须在半途中守住，恐被那厮知道了，追了进来，那就弄巧成拙了。老哥在路中守住，见进来，就与他战。小弟盗到了戟，再来帮助老哥杀他。"

飞雄道："这个办法甚好，就请老哥去盗戟，小弟在途守住便了。"

于是吕杰向后去盗戟，飞雄就持了宝刀，立在途中把守。

吕杰走进去找了半天，始见有一所卧房，装置却甚精奇。吕杰细细一看，知道这个卧房必定是那厮的卧室，就用刀尖扒开窗槅一看，见一对儿雪白光亮的宝铁双戟放在那里，遂即从窗槅中跳了进去，不分皂白，就将那双戟拿了出来。因那戟十分沉重，拿之跳不出去，吕杰就先将那戟向房外抛来。谁知那戟跌在地下十分的响，却惊动了那掌柜黄霸，忽闻此声，知是有人盗戟，连忙跳了进来。走到半路，恰巧遇见邓飞雄。

飞雄大叫道："恶贼，哪里去？老爷在此等候多时了。"说毕，就是一刀砍去。

黄霸知有变，因手无兵刃，不能与飞雄争斗，乃避过飞雄的刀，就跳进去预备取戟，谁知已被吕杰盗了去了。心中好不恼恨，拿了一支枪。适逢吕杰盗去了戟，预备来战黄霸，恰巧两人碰个正着。吕杰冷不提防，却被黄霸一枪刺死。背后飞雄追来，见黄霸刺死了吕杰，心头火发，挺宝刀来战黄霸。两人战有二十合，黄霸因兵刃不合手，被飞雄一刀砍中左肩，复一刀结果了性命。

此时全店客人都出来了，飞雄即命众人收拾行李，将那店放火烧了，各自散去。飞雄也带了行李而去。

走了多日，那日将近朱仙镇，见前面一个庄院，走出一个少年英雄来。飞雄细细一看，原来是师弟周益群的家人莽张飞周德昌，随即问道：“周师弟可在家吗？”

德昌道：“在家的，快请进庄来。”

不知飞雄进庄去否，且听下回分解。

第七回

傻儿见师兄殷勤留榻
巧妇嫁莽汉冶容诲淫

话说千里独行侠杀死了黑店主人黄霸，放火烧了该店，一直向东而行。走了多日，忽见前面一座庄院，庄门开处，走出一个少年英雄来。飞雄细细一瞧，认识是师弟周傻儿的家人莽张飞周德昌。乃问明益群在家，就进庄拜访。

师弟周益群见师兄来了，连忙前去迎接，亲自奉茶。又命人速速备酒款待师兄。飞雄见师弟殷勤之极，心中暗想道，凡遇有些勇气及莽撞之人，其心必定忠恳可亲。如师弟周益群也是有勇气的人，所以待我就如此殷勤可爱的。别的朋友虽亦有款待过我，与师弟比，到底是场面上不得不为耳，哪里有如师弟的真心可敬也。一个人低垂了头，只管想。正想得出神，忽闻一声哈哈大笑，送入耳中来，把飞雄一个冷不提防，倒吃了一惊。抬头一看，原来是傻儿，见师兄只管低垂头，似呆非呆的样子，所以哈哈大笑起来。

飞雄见傻儿哈哈大笑，连忙问道："师弟有何事如此大笑？"

傻儿听见答道：“未有什么事可笑，我笑师兄多时不见，如何发傻了？”

所以凡遇傻呆的人，他自己终不肯承认自己是傻呆的，所以傻儿自己是傻头傻脑的，尚且不知道，如今反说起飞雄发傻了，这真是傻人说傻话了。

飞雄听他说两个发傻字，晓得自己是因思想他忠心可亲的事了，又想他自己也是个傻人，倒反说起我傻来，不觉也大笑起来。傻儿见飞雄大笑，疑为果真发傻了，不觉复又大笑起来，一个是笑傻人不知道自己是傻人，一个是笑好好的一个人也发了傻，两个人你笑我发笑傻，我笑你天生是个傻人。两个笑了好多一会儿，方才笑毕。

飞雄道：“愚兄到此，就要多多地叨扰，心实不安。”

傻儿道：“师兄你说哪里话来？我们虽是师兄弟，比较亲兄弟还要亲呢，何必要如此的客气？”

此时酒席已摆好，傻儿连忙地请飞雄入座。两个人真比亲兄弟还亲密，吃酒谈心，一直饮至晚间午时，方才散席。

飞雄见师弟如此款待，心中实在有些不好意思，就要辞了师弟他往。傻儿听见师兄要去，哪里肯放？一把就将飞雄拉住道：“师兄何以如此看不起师弟？我确是真心待你，你为何到深夜还要走？”

飞雄道：“我因有事故，要告辞老弟，你一定要小兄住一宿再走，为兄的也只可从命了。不过老弟要如此破钞，小兄实在不敢当的。”

傻儿连声道：“晓得晓得。”

飞雄遂不再告辞，就在师弟家中住了一宿。是夜，师兄弟两个一床而卧，两人谈心一夜，到天明方始谈毕。飞雄胡乱睡了一觉就起床，傻儿也就随之起床，连忙命人置备洗面水及早点心。飞雄乃洗了面，用了点心，辞别傻儿就走。傻儿看来也留他不住，乃亲自送去有十里多路，然后再说两句不忍分离的话而别，暂且按下。

却说离傻儿家不多远有个徐姓，家业有田数千顷，颇为富饶，而主人年事已老，膝下有一男一女，男名佩君，通诗文，又能武艺，性极鲁莽；女名秀鸾，年十六岁，姿容极美，体态极轻盈，窈窕可亲，颇知文字，聪明过人。唯性甚杨花水性，不甚合守妇道。其父母见之，心中颇不为然，欲嫁其出门，可待其受公婆之规矩，使其觉悟，而改前非。谁知一时又许配不出，实因其名誉不甚佳，该庄所近邻居，无不知其品行不好，故人多恶而弃之，虽貌美而心慧，竟不能使人欲爱，所以人生在世，名誉是第一要紧的，所谓名誉即性命之第二，此言信不诬矣。闺阁更须保守，如不保守，坏了名誉，嫁不出去，倒是极可烦恼的事。如嫁了一个穷苦人家，夫君的相貌奇丑的，那真真吃亏一世了，可怕不可怕？

看官晓得这个徐姓才貌聪明的女子，后来究竟嫁与何人为妻？说来真真要令人代为不平，然亦是她自作孽，毋怪其命不好，竟嫁与莽张飞周德昌为妻。德昌这个人面貌粗陋，其黑似漆，性情既极蛮横，又复莽撞不堪，也不知儿女情长为何物，又是一个家人，究竟是下等资格，虽与秀鸾成为夫妇，在于周德昌自然是心满意足，在于秀鸾却是要嫌丈夫的不好。幸亏在清朝时代，未有离婚的一个问题，如要想与周德昌脱离，那是万万谈不到的了。所以秀鸾自嫁与莽张飞之后，也从来未有一日快乐。有一天，看看周德昌实在气恨已极，就独自一个人上街去逛逛，解解胸中的愤闷。

走出了家门，行不多路，忽见前面来了一个少年人。秀鸾留心一看，那人面如冠玉，相貌堂堂，仪表不凡。身穿品蓝绣花外罩，内衬粉红色夹衫，脚蹬粉底乌靴，头戴英雄帽，步履稳健，颇具一副英雄气概，几乎看得秀鸾出神。那人走上前来，与秀鸾四个目光相射，也留心将秀鸾上下一看。只见她身穿大红猩猩兜风，生得不长不矮，一副面貌秀色可餐，一双眼睛正若流水秋波，令人见之，魂魄都要飞到九霄云外去，如何能叫那个少年人不动心呢？秀鸾见少年拼命地看，她虽然是水性杨花，到底终有些闺阁气味，自然是有些怕羞，不觉两颊泛了桃花色，低了头，就回身转去。

那少年正看得出神，忽见秀鸾回身走去，随后就跟了她走。走了不多时，秀鸾已到家。临进家门时，知少年随在后头，就回头对那少年嫣然一笑，随后再走进门去。

那少年看秀鸾这一种情形，已经魂魄都出了窍，哪里还可以再经得起她似乎含情一笑？那少年自然是要做出意外的事来了。见秀鸾对他笑了一笑，心中有点儿不知所以，急欲跟她进去。但转念一想，若她家中男人知道，那倒不好，遂即住了脚。将她的家门看熟了，记了方向，预备停了一会儿，到夜间好来越墙进去，做那云雨之事。于是就回到家中，恰巧他的师兄黑宝奎在家。

宝奎见他回来，乃大声道：“西门杰师弟，今天到哪里去玩的？叫师兄在此等多时了。”

西门杰连忙答道：“小弟有事出外，未得迎接，罪甚罪甚。”

宝奎道：“师弟今日有何事在心，为何面呈忧色？”

西门杰恐被师兄晓得了，似乎有些不好，乃答道：“小弟实非因他事故，不过昨日略受了些风寒，今天精神上似乎受了束缚似的。”

宝奎道：“你不要来骗我，我看你的面色不是病容，定是有了不如意的事，你与我说了，或者小兄也能够与你分忧，或者可以与你帮助帮助。”

西门杰听了师兄这一番话，晓得瞒他不过，也叹了一口气道：“实不瞒师兄说，小弟方才在街坊上遇到一个美女，看她的神气，似乎可以入门。但是又不知道她家中有男人未有男人。”

宝奎道：“你可知道她家住在哪里？”

西门杰道：“她住在街西十字路口第三家。”

宝奎听了道：“噫！那是莽张飞的家，主人一副面貌，恰甚姣好，恐她是不爱周德昌，故出来招人了。你如与她姘识后，恐怕那个莽张飞不肯与你甘休呢！”

西门杰道：“那个确是不妥。”

宝奎道：“师弟，我不是说，你还是留住些吧，不要去做那种不正经的事。”

西门杰听他的话，知道师兄是不赞成他做这事，便答道：“小弟并不是定要做那件事，不过亦是一时的偶然而已。”

宝奎道：“如此乃就罢了，免了惹出祸来。”

西门杰道："承师兄爱顾，感激之至，小弟绝不去就是了。"

黑宝奎道："小兄今天有事，就要去了，改天再会吧！"

西门杰道："也不敢屈留。"就送他出了门。自己就回到家中，左思右想，仍是要想秀鸾家中去，但是终想不到进门去的方法。又想到莽张飞也不是好惹的，如不去，万难销去这一番思想。

一个人在那里胡乱思想，不知不觉天已晚了，乃命人备了晚饭，吃饱了，睡过一觉。此时已有二更天了，乃换了软靠，带了暗器，一个人就出了大门，一直向街西十字路口而来。走到秀鸾家门口，因系做偷取买卖，不敢打门进去，乃使起飞墙走壁的功夫，跳上屋去。见各处灯火皆熄，唯有一个房间中，如豆似的一灯燃在那里。西门杰偷眼进去一看，正是秀鸾的卧房。又细细地一瞧，见她只有一个人在屋中，喜不自胜。

原来今天恰巧丈夫莽张飞在周益群家未回。西门杰乃轻轻地由屋上跳了下去，见房门虚闭，就仗着色胆，推门进去。

秀鸾独自一人在房中，因莽张飞尚未回家，只管在那里想日间遇到的那个少年。忽然听见房门咿呀一响，心中一怔，疑为是莽张飞回来。抬头一看，见是一个生人，不觉大吃一惊。

那西门杰见秀鸾一人独坐在房中，在灯光底下显得格外出色。西门杰本是个色中饿鬼，此时真是情不自禁，管不得一切事，拼命似的就向秀鸾怀中抱去。秀鸾面上羞得满面桃花春色，意欲狂叫救命。细细一看，就是日间遇到的那个少年，乃就住了口，尽西门杰在身上摸索。西门杰见她不作声，知她是有允意，就将秀鸾抱上床去，用左手就与秀鸾去解衣裳并裤子，右手就将自己的裤子也解了下来。

秀鸾见他来解裤子，究竟有些闺阁气味，觉得羞愧非常，两颊如火烧一般，连忙用手将裤子摁住，不过也是半推半就而已。虽然用手将裤子摁住，不与西门杰解下来，但是秀鸾浑身骨头都酥了，手上哪里还有力？被西门杰轻轻一拉，就被他拉了下来。秀鸾知裤子已被西门杰扯了下来，乃就含羞与他交欢。

两个正在巫山之时，忽然莽张飞回来了，闯进房去。见老婆与那人在床上叽叽咯咯，不由得心中火起，举起朴刀，杀进房中。惊得一对儿野鸳鸯逃躲不及。西门杰见事已急，连忙从床上跳起。莽张飞一朴刀已飞到，西门杰乃提椅子相迎。两人战有三四合，西门杰因无兵刃，战他不过，乃趁个空儿就逃。莽张飞拼命追赶，追有二十余里，赶之不及，乃气恨恨地回家。走进房中，见老婆徐秀鸾自缢死在那里，心中一想，如此一个绝色老婆死了，如再要娶个一样的，恐就未有了，倒又觉伤心起来。放声哭了一场，心中是愤恨西门杰，乃就草草地将秀鸾成殓了，走至东家周益群家，将一切情形告知主人。

益群听了大怒道：“你快将那厮的形状说与我听。”

莽张飞就将那人的如何形状，穿的何种衣服，说一长篇。

益群听了点头道：“这人定是西门杰，我与你报仇便了。”

不知莽张飞的主人周益群如何与家人周德昌报仇，且看下回分解。

第八回

假意殷勤独侠入狱
真心送饭傻儿探监

话说周益群听说家人周德昌的发妻被奸自缢身死，欲与之报仇，恰巧千里独行侠复回益群师弟处来。两人正在议论报仇之策，忽见邓飞雄去了数日回来，乃高兴非常，连忙地迎了上去，叫道：“师兄为何去了数日，复又回来？”

飞雄道：“小兄因事经过贤弟宝庄，特来拜访的。”

傻儿道：“不敢，但是恰巧小弟有一桩事要请师兄帮助。”

飞雄道：“贤弟有何事？小兄如能尽力，愿效死力，以助贤弟。”

傻儿道：“师兄肯允帮助，就感激不浅。”

忙命周德昌向飞雄谢过。飞雄见师弟命德昌向自己叩谢，心中莫名其妙，乃道：“贤弟究竟何事？快请说来。”

傻儿即将周德昌的妻子被西门杰奸后自缢身死的一切情形，告知师兄。

千里独行侠是秉忠的豪杰，听了西门杰如此无礼，周德昌的妻子死得冤枉，心中不觉大怒道："西门杰做出这种无人情的事来，真真令人可恨。这厮住宅离街西十字路不远，我们前去结果了他，与德昌报仇。"

德昌听了，欣喜非常，乃又向飞雄行个谢礼。飞雄乃叫益群、德昌预备器械，前往杀贼不提。

却说西门杰自被周德昌打败回家，愤恨异常，乃去请朋友铁弹子张三来商议，欲将周德昌杀死后，将徐秀鸾劫为己妻。不料正在商议之间，忽然一阵杀声，西门杰听了，就知道周德昌杀来报仇。连忙就关照铁弹子张三，速拿了兵刃，迎上前去。

恰巧张三遇着千里独行侠，原来冤家遇了对头，一个是本要找你与兄报仇，一个是愤恨你助恶兼之原来是冤家，于是两人大战起来。铁弹子张三本领虽然高强，到底是敌不过千里独行侠的神勇无比。两人战有二十余合，铁弹子知道战他不过，预备用暗器伤他，乃跳出圈子，连忙置铁弹子在手。正要打出去，谁知飞雄的刀飞也似的砍来，弹子尚未打出，腿上已着了一刀，叫声不好，就栽倒地上，被飞雄加刀又一砍，就结果了性命。

飞雄已杀死铁弹子张三，随即又来找寻西门杰厮杀。原来西门杰早已被周益群、周德昌主仆二人战住。西门杰本亦是绿林中有名的人物，英雄无比，使一支方天戟，力能敌万夫。恰巧遇到周益群力大无穷，周德昌亦是刀法精通，两只大虫战住一只勇狮，杀到三十回合，不分胜败。

飞雄赶来，见两人战他不下，乃大吼一声，好似半天起个霹雳，飞起宝刀，就向西门杰杀来。西门杰力战两人，虽然未曾败下，然要取胜已不能了，哪里还经得起再添一个神勇无比的人来？自然要心中发急。又见飞雄的刀法非等闲可比，叫声不好，就向周德昌面门一戟刺来。德昌一闪，被西门杰趁势跳出圈子而逃。

德昌见仇人要逃，哪里肯舍？拼命追来，冷不提防，却被西门杰一镖飞来，打中面门，叫声不好，栽倒在地。

周益群见德昌被他打倒，心中烦恨，追赶而来。西门杰还要用飞镖打他，谁知益群步法甚快，早已追到，一刀砍来。西门杰见来不及发镖，连忙举戟来迎。两人就在那里动手，大战起来。战有二十余合，不分胜败，西门杰又跳出圈子要逃。益群拼命赶来，西门杰仍欲用镖打他。将镖置在手中，正要打出去，不防邓飞雄在旁，见西门杰要用镖打周益群，乃飞起一刀砍去。

西门杰正要发镖打益群，却被飞雄一刀砍中左臂。西门杰大叫一声不好，人已倒下去。又被益群顺手一刀，砍为两段。

飞雄与益群两人见仇敌已被杀，复无所恨矣，乃将周德昌扶起，安慰几句，各自回府不提。

却说西门杰之叔西门士，知道自己的亲侄儿被人所杀，欲与之报仇。又因自己无本领，左思右想，不得其法。忽然来了一个朋友，姓王名学伦，现在县里充当司令，为县令极信任的，与西门士也是至交。

西门士见王学伦来了，心生一计，乃连忙上前迎学伦道："王大哥多日不见了，何故今日想着小弟前来舍下？"

学伦道："小弟因近日县中的事忙得了不得，故久未问候，至今天始略暇一些。小弟得了些暇，就来问安老哥。"

西门士道："既如此，小弟不敢当了，快请坐下，小弟还有一事要求老哥代为帮忙。”

学伦道：“老哥有何事故？请先说来，小弟如力能及的，准由小弟一力担任可耳，不用老哥费心。”

西门士道：“既如此，老哥肯与小弟出力，乃感激不尽了。”

就将西门杰被邓飞雄所杀的话说了一遍。

学伦听了，皱了眉头道：“那个事情着实辣手，倒不好办的。如要将邓飞雄提到县里去治罪，那邓飞雄非等闲之辈，要捉就捉将来。他本领神勇莫敌，何敢前去拿他？况他的名誉又是极好的，素不杀无辜之人。今令侄被其所杀，其中必有缘故。”

西门士听他说了这番话，心中倒略为一怔。眉头一皱，又生一计，遂即走进房去，用红纸封二百两银子，送与学伦道：“这点儿是小弟敬老哥的车马费，如不嫌少，望乞收纳。”

学伦见了，哈哈地笑道：“老哥你何必如此？我们是与自己兄弟一般的，这又何来？”一面说，一面已将西门士手中的银子接了，放在怀中。

西门士又命备酒。

学伦听了西门士备酒请他，心中是格外高兴，乃假意地说道：“小弟有事，不敢叨扰了。”

西门士又道：“老哥到此舍下，别无他物以为敬之礼，特备水酒一杯，以敬老哥。如老哥一定要走，乃是老哥太看不起小弟来了。”

学伦本是假意推辞，又见西门士说了这番话，就乘势坐下。

不多一会儿，酒已备好，西门士忙请学伦坐首席，学伦有意假作推辞一番，仍坐了首席。两人就饮酒谈心。

西门士道："那个事终要请老哥设法与小侄报仇。"

学伦因得了他的银两，便道："这种冤仇，如何不报？"

西门士见学伦言语中已转了过来，便又进一步道："这报仇的法子，终要烦老哥想一个最妥当的法子才好呢。"

学伦即答道："这事不难，小弟已有一个法子在此，但不知县令肯代为出力否？"

西门士道："如县令不肯出力，那时还有法想否？"

学伦道："那倒也不难，不过须费银两，方可办得。"

西门士听了这话，又知已有门路，便道："那个县令处，又要烦老哥设法，但不知要多少两银子方可办得？"

学伦道："如有小弟即去与县令斟酌，只要有五百两就够了。"

西门士听了，将舌头伸了两伸，自思道，官场的心真黑，这个事是县中应该要办的，送了他二百两，还要强索五百两，这个事真是难了。如不答应他，那二百两就白送了，又不能与他侄儿报仇，便咬着疼痛答应道："只要烦老兄办妥就是了。"

学伦答道："那个自然。"

西门士将五百两银子封好，交与学伦。学伦接了，酒罢，就回衙去，将这个情形告知县令。

那县令本是个贪官，见有银两进账，自然是高兴极了，就对学伦道："久闻千里独行侠本领非常，恐捉不到他，那时如何？"

学伦道："那不要紧，可用一个计，叫王三侠去骗他进县，然后再擒他下狱，置死了他，那不是就好了。"

县令听了大喜，忙命王三侠进见。

原来三侠是县中的捕头，与独行侠是相识的，但也不十分亲近。三侠见了县令，县令就将须骗独行侠进县的话说了一遍，并说道：“如能骗进来，必有重赏。”

三侠领命而去，就在街坊间打听千里独行侠在何处。打听了一天，未打听得。到第二天，在东街茶店中吃茶，恰巧遇见邓飞雄，就上前去迎接道：“飞雄老哥，今日为何在此？多日不见了。”连忙请飞雄坐在自己的台上敬茶。

谈了一会儿心，三侠付了茶钱，又请飞雄到酒店上去吃酒。飞雄不肯去，三侠拼命似的定要请他。飞雄见他如此殷勤，却之不恭，乃随之三侠到酒店上吃酒。三侠有意拼命劝酒，飞雄的酒力本不甚好，受三侠强劝，多吃了几杯，不胜酒力，不觉酒性发作，坐立不住。三侠见了，知道机会来了，乃扶了飞雄，一直向县里去。

此时飞雄虽困于酒，究竟是英雄，心中仍是明白。明知三侠扶他进县，而飞雄心中意为进县也无甚紧要，就随进县。三侠将飞雄骗进县来，遂即禀知县令。县令知了，遂即坐堂，命人将飞雄押上堂来。

飞雄见了这般光景，知道中了奸计，然心亦不甚惧，见了县令亦不跪。

县令见他不跪，心中大怒，乃大叫道：“强贼，见了本县，为何不跪？”

飞雄带醉道：“老夫是有名的大英雄，岂肯跪见你这种贪官？”

县令遂命人将刑具上了，押进狱去。

飞雄困于酒未醒，身上无力，乃任他上刑具，心想，且待酒醒了，再与他计较未迟。谁知待酒醒转，却被刑具上牢，虽有万斤力，也使转不起，只好被押狱中，再想法逃出，以报雪此恨不提。

邓飞雄的师弟周益群因飞雄自早出去后到晚未归，乃与家人德昌两人就出外四处找寻。得县里的副都头告知，始晓得邓飞雄被诱骗入狱。益群得知了，就与德昌回家，商议救飞雄的事。

德昌道："这个何难？我们今晚两人就去劫狱，救他出来，岂不就完了吗？"

益群听了，便点头道："使得，但不知看守得严密否。如看守不甚严密，我去劫他一个不备，救了他出来，你快去预备饭来，待我假装了送饭的人，前去探他一探，然后再去未迟。"

于是德昌就用一只碗，盛了一满碗饭，又用一只碗盛了一碗菜，将一饭一菜置在一只篮里。周益群就装了家人模样，提了那篮菜饭，就出了门，一直向县狱里走去。来到门首，看门的不许益群进去。

益群道："公人，可否方便方便？"

看门的道："方便倒是可以，只要你懂规矩就好了。"

益群听他说要懂规矩，就知道他是要钱。遂从怀里摸出纹银五六两，向看门的怀里一塞。

看门的得了银子，便对益群道："老哥进去，不过进去顶多只可一个时辰就要出来的。"

益群连忙道："晓得晓得。"

提了饭篮，一直向狱中而来。四面一瞧，见飞雄睡在那里，就上前唤醒了他。

飞雄正在梦中，忽然被周益群唤醒。开眼一看，见不是别人，却是师弟周益群，乃谢道：“贤弟关心，特地送饭来，实在感激不尽了。”

益群乃将头凑在飞雄耳边，低低地道：“小弟不是特地送饭来的，特地是来探探狱中的情形，预备明天来劫师兄出狱。”

飞雄道：“承情相救，实在令人铭感不忘。但是如来劫狱，候于明日晚间，多约几个人来，将我的宝刀亦带来。小兄去了刑具，得了宝刀，任他有多少人，也不怕他了。”

益群道：“晓得。”

即刻辞了师兄，奔回家中。到了次日，就与德昌商议前往劫狱的事，益群又请了两个朋友来帮助帮助。

到了晚间，益群与德昌等皆饱餐了夜饭，带了兵刃，并带了飞雄的宝刀，出了家门，一直向县狱来劫监，以救飞雄。

不知能否将千里独行侠邓飞雄劫出，如何与官兵厮杀，且听下回分解。

第九回

独行侠大闹朱仙镇
九头鸟剪径费家坟

话说周益群与德昌主仆等四人，带了暗器，一直就向县狱而来。到了监门口，看守监门的不放他们四人进去。

益群道：“老公人，请你方便方便，我等是进去看一个朋友的。”

看门的道：“你昨日是像来过的，怎么又来了？”

益群道：“那个朋友在狱中有病，我们今天特地送药来的。”

看门的道：“既来过的，应当晓得规矩。我们是靠山吃山，靠水吃水。”

益群道：“那个是自然的。”就从怀中摸出一两来一块银子，递与看门的。

看门的接了银子，放在手中试一试，觉有一两多重，就带笑地对益群道：“这个地方是有规矩的，来监中看人，只可以一人进去，万万不能一同进去的。”

益群听他说这个话，就心中一想道，好好，我一个人进去。

对德昌使个眼色道："你在此处等我便了。"

德昌会意，晓得是叫他在外面接应，就将身体斜倚在狱门上，望益群进去。

不多一会儿，益群救了飞雄出来。飞雄的刑具亦被卸去了，手中持了宝刀，神勇赳赳，人莫敢挡。

后面牢头禁子追赶上来，将飞雄一把拉住，大叫道："该死的囚徒，逃往哪里去……"

一言未了，早被飞雄举起宝刀，手起刀落，砍牢头禁子于地下。

看监门的知道出了事，随即将监门关起来。恰巧德昌在门口，手起一棍，将看监门的打翻在地。飞雄、益群两人杀出，德昌在门口接应了。

此时，已有流星飞马报告县令。县令闻报，随即叫大小营出来捉拿。谁知飞雄等人早已走远了。

不说大小营回去之事，却说飞雄、益群、德昌等逃了一会儿，回看后面已未有追兵了，五人方始放心。回到朱仙镇周益群家坐了一会儿，三人又出来找店饮酒。走到朱仙镇西面，见一家酒店门面甚大，店中陈设尚亦精雅，三人就走进去，唤酒保斟酒，三人各自吃了几碗。

飞雄留心看那店中陈设过美，恐不正当，乃格外留心。又见这酒店未有招牌，心中又格外奇怪，乃唤酒保前来问道："你们这家酒店叫作什么招牌？"

酒保道："我们老板姓朱名仙，正是这朱仙镇上第一家好酒店。从前的招牌是叫醉仙楼，后来大家来吃酒，总叫老板的名字。现老板已经去世，这店掌柜就是老板娘娘，每天的生意也不晓得什么地方来的，挤推不开，铜钱是也不晓得进了多少了。现在的人都一齐误叫本店作朱仙镇，如说醉仙楼，竟是不晓得了，所以本处也不挂招牌，就依了大家叫朱仙镇。横竖来这朱仙镇的人，也未有一个不叫我们店名字为朱仙镇的，已经相沿了好多年，如改了回来，恐与营业上有关系。”

飞雄听了这话，才晓得这店的历史，于是三人仍是饮酒。飞雄因昨日被三侠假意殷勤，骗入狱中，心中是非常愤恨，又多吃了几杯酒，不觉酩酊大醉。

忽然酒保送上一盘熟牛肉来。飞雄因酒醉，分不出好歹，吃了一块生肉，误以为是人肉做的，不觉大怒起来，随手就将一盘牛肉向地下一掷。酒保见了，连忙上前拾起来，说道：“客人，这牛肉是鲜鲜的。”

飞雄听他说是鲜鲜的，又误他是方才杀的人，伸出手去就是一掌，打得酒保满口是血，便勉强地骂道：“你不识抬举的人，为何这样无礼？”

益群见飞雄吃醉了酒，连忙将酒保劝了过去。那酒保气愤愤地走到酒店后面，告诉酒店的总管店赵勇。

这赵勇从前也是绿林中的名手，现在已洗手，在朱仙镇酒店里当管店人，极义气，本领极好。闻得客人如此无礼，不觉心头火起，立刻来到前面，对着飞雄大骂道：“你这直娘贼，不识好歹，你以为仗着本领就敢在店中逞能？你可认识你老爷赵勇吗？”

飞雄听他说出“赵勇”两个字，忽然想道，江湖上倒也曾听见赵勇这个人，晓得他是能耐的，然而自己又要失面子，乃举起一张椅子就打了去。

周益群与德昌两人连忙地出来，将椅子接住，就劝赵勇道：“他今天因吃醉了酒，故有此举。我们既然大家是明亮的，由小弟赔个不是，算了吧！”

赵勇见益群劝解，倒也就一口气吞下了，便对飞雄道：“老爷今天不看那位客人的面上，定要打你个死去活来。”

飞雄是何等样人？又在醉的时候，哪里听得了这不入耳的话？不觉怒从心头起，提起拳来，一拳对赵勇面上打来。

赵勇本要打他，因受了益群的劝，不过也是勉强将这口气吞下。忽然见飞雄来打他，自然要大发其火。赵勇抬起左手，格开飞雄的拳，乘时进一步，起右拳，对准飞雄的肋穴打来。

飞雄虽吃醉了酒，究竟英雄无敌，身手敏疾，见赵勇来得猛勇，知道不是等闲，乃抖擞精神，将身一闪，避过赵勇右拳，起左腿，一脚对准赵勇下部肾穴踢来。赵勇眼快，连忙撤回右手，钩开飞雄左腿，进一步起左拳，一拳从心穴打来。飞雄见赵勇拳法精极，连忙将身体向右后一侧避过赵勇那拳，顺手一拳，打赵勇的血海穴。赵勇连忙使个童子拜观音的解数，来解飞雄那拳。

两个人就在店里一来一往，大战起来。战有二十余合，不分胜败。两人真是棋逢敌手，将遇良材，一来一往，打得煞是好看，将益群与德昌二人都看得呆了。店中的人也有是看呆的，也有吓煞的，也有不敢来看的，所以他二人拼命似的恶斗，店中的人都一个个呆看。两人又战二十余合，不分胜败。

益群看了半天，知道两硬必有一伤，连忙上前立在两人的中间，说道：“你们两个萍水相逢，远日无冤，近日无仇，为什么要打？不如交个朋友。”

飞雄听说，还是气愤愤的，就走在一边去坐。赵勇见益群解劝，也就走进店里面去。两人的一场恶斗，就此算终结了。

益群见两人已走开，料想不会再打起来，就在怀中摸出银子来，把酒账算还了，携了飞雄就回家去。

过了一日，飞雄因劫监的事，恐县里要找了来，就辞了益群等而去。走到西街头，忽见一个驴贩，赶了一群驴子走来。飞雄往驴群中一看，见有一头长驴壮肥之极，全身黄毛，无一根杂色，高大为群驴之冠。飞雄见了，甚爱那驴，乃命赶驴的停下，问道：“你驴每头要卖多少银子？”

贩驴的道：“我的驴子除了一匹外，余者都要卖五十两。”

飞雄道：“除去哪一匹？”

贩驴的道：“除去那一匹顶高的。”

飞雄道：“我就是要买那一匹。”

贩驴的道：“那一匹我花二百两银子买来的，预备自己骑坐的。”

飞雄道：“你们是贩驴的，好驴子时时有见，你将这一匹卖与我，你随后见了好的，还可以再买的。不比我们是难得看见好的。”

贩驴的先是不肯卖，听了飞雄这话，倒觉得不错，便道：“既你客官一定买，我就卖与你。但是价钱却照原价加五十两，沿路也要用费。况且我们买了这样良驴，也是难得遇到的，须要加几个钱。”

飞雄道：“那个自然，不过要加五十两，未免太多了。我加你十五两用费，十五两你的购头，共计算二百三十两吧！”

贩驴的道：“客官，你买一匹驴子，只要它脚下快点儿就有了，何必要与我们计较那二十两的小数？请客官添作了二百五十两吧！”

飞雄被他说不过，便道：“不要计较了，共计算二百四十两吧！”

贩驴的道：“客官多数出了，何必定要计较这些小细的数目？就算是请我吃酒的，多赏十两银子吧！”

飞雄见他这样说，知道是不能够再少了，乃道：“好，就依你，二百五十两就是了，你快将那驴牵出来。”

贩驴的听他已出足价，心中自然高兴，连忙地将那驴从驴群中牵出，递与飞雄。飞雄就用一手牵住了驴，取出两封银子交与贩驴的，另外又取出一包碎银子约五十两，交与贩驴的，便道：“二百五十两，一些也不错，你收好了。”

贩驴的道：“不错不错。”

飞雄得了这驴，心中非常高兴，不用鞍子，光背就骑了上去，连加两鞭。那驴好似飞也似的而走，驰骋于郊野之间，驴过尘起，大有赤兔之概。飞雄骑在驴背上，愈走愈快，飞雄也愈骑愈高兴，一直就向东而去。

走了半日，也不知走了多少路，正走之间，忽然一只大虫由坟间跳出来，挺朴刀向飞雄的驴头劈来。飞雄知是剪径贼，连忙将驴头一提，随即跳下驴来，将宝刀握在手中，问：“是何人敢阻老爷去路？快通名来，你好受死！”那人叫道：“老爷九头鸟焦宝奎，今天遇着你爷手里，要想过去，放明白些，快将怀中的银两及那匹驴留下。否则就要动手，叫你回不得家乡，见不得爷娘，那不要懊悔?”

飞雄听了，有意装着害怕的样子，抖抖地说道：“我的银子分一半你吧!”

焦宝奎见他有害怕的形状，以为他是好惹的，便道：“你要是非分一半银子不可，你的头颅也要与我分一半。”

飞雄听了，怒气直冲心头，强作镇静道：“好好，银子就全数与了你，我这匹驴子是骑的，不可以与你了。”

焦宝奎听了，暗想道，你该死的囚徒，银子都与我了，还怕你的驴子不与我？便道：“你快把银子拿出来。”

飞雄道：“请待一待，等我将驴子拴好了，再拿银子与你。”

就将那驴子向树上拴好，手提宝刀，走到焦宝奎面前说道：“我本要把银子尽与你，不料我看银子的那位将军不肯与你。你如真要，你自己去问那位将军要去。”

宝奎听了怒道：“你的看银子将军在哪里?”

飞雄将手中刀擎起，对宝奎道：“在这里。”

宝奎听了怒道：“你死在临头，当还不知，还要弄舌掉口。不要走，吃吾一刀。”

飞雄连忙来迎。两人在费家坟大战起来。

九头鸟是绿林中的老手，本领也甚高强，又兼之力大无穷。恰巧遇着个千里独行侠邓飞雄，英雄无比，刀法绝伦。两人一来一往，战有二十余合。飞雄见战他不下，心火乱爆，乃抖擞精神，变个刀法，上七下八，左六右五，杀得好似一座银山，寒光万道，闪闪逼人。

九头鸟虽猛勇，然终不敌飞雄之绝伦超群。再战四十合之间，九头鸟渐渐抵敌不住，乃虚砍一刀，乘势跳出圈子就逃。邓飞雄哪里肯舍？勇力追来。看看赶上，忽见九头鸟回身一镖打来。飞雄眼快，伸手接住，还一镖打来，却被九头鸟接住在手中。

九头鸟还想打他，谁知飞雄已近身来，一刀直向面门劈来。九头鸟连忙举刀来迎，两人又一来一往，战有二十余合。九头鸟到底战他不过，又将败下来，仍虚砍一刀，想跳出圈子逃走。飞雄仍是勇力追赶，知道九头鸟用暗器伤人，留心提防。

九头鸟正逃走之间，忽脚下被石块一绊，跌倒在地。邓飞雄见了，举刀就砍。

要知九头鸟性命如何，且看下回分解。

第十回

郑华雄结识独行侠
净街王逞强黄花铺

话说邓飞雄见九头鸟逃走，拼命追去。九头鸟正逃之间，忽然脚下一块石头一绊，跌倒在地。飞雄见了，举起宝刀就砍。九头鸟还想拿刀来招架，谁知已来不及，早被飞雄一刀砍为两段。

飞雄见杀死九头鸟，藏了宝刀，走到原处，上了驴，一直而去。

走了半日，看看天将暗下了，欲找客店投宿，四面一望，并未有客店，心中倒有些着急。正走之间，忽见前面一座庄院，飞雄心中暗喜，预备至庄口借宿。走到庄前，即见庄门开处，走出一人，相貌堂堂，仪表不凡。飞雄乃下了驴，上前作个揖道："老哥，小弟路过贵庄，因是外乡人，不知此地客店在何处，一时找寻不着，要求借宿。明日一早就行。"

那人见飞雄一种英雄仗义气概，真实为可爱，乃道："可以可以，快请进来。"

飞雄就随了进去，到书房中，两人坐下。

仆人送茶至，飞雄吃了口茶道：“请问老哥尊姓？”

那人道：“小弟姓郑名华雄，此庄就叫郑家庄。请问老兄尊姓大名？”

飞雄答道：“小弟姓邓名飞雄。”

华雄道：“莫非是千里独行侠英雄吗？”

飞雄道：“岂敢！”

华雄道：“久闻大名，如雷贯耳。今幸相见，不胜荣幸，真是三生有缘了。”

飞雄道：“不敢，小弟无能之辈，敢受老兄谬赞，惭愧之至。”

两人说说谈谈，颇为投意。郑华雄又是最爱英雄的人，一连留飞雄住了四五日。

一天，飞雄定要走了，辞别华雄。华雄知留他不住，就亲自送他出庄。两人皆有依依不舍之态，飞雄上了驴，一直而去。

行不多路，忽见前面一家酒店，抬头一看，只见那店甚大，装潢也极美观，又见牌上写着三个大字“悦宾斋”。飞雄忽然想，这店中定有美酒，不免进去吃他几碗酒。那就下驴，将驴拴好了，走上楼去。刚到楼上，酒保就一愣，绿眼珠一转，一部乱髯长得似判官钟馗。

找了张桌子坐下，那酒保过来说道：“客官，你请到楼下去吃吧！”

邓飞雄见他叫自己到楼下去吃，乃怒道：“为什么叫我下楼去吃，莫非我不给你钱？”

酒保道：“客官，不是的，今天这楼上头是我们这里黄花铺恶霸净街王黄勇包下来请客的，不叫再卖与他人。”

千里独行侠道：“他先来订的座，可是先给了许多钱？”

酒保道：“不是不是，向来不给钱的，只要黄花铺上酒店，他都不给钱的。”

邓飞雄道：“他是这条街上酒店东家？”

酒保道：“他也不是东家，也不是掌柜的。这楼上也未有外人，我告诉你吧，他是这黄花铺上的一个大恶霸，结交官长，走动衙门，家里养着几十个打手，本地没有一人不见他怕，也没有一人敢惹他的。你是外乡人，走在这里，吃点儿什么，回头要撞着了，那是不得了的。”

邓飞雄听了，哈哈大笑道：“我只当得订座吃酒给钱，是个好主顾，原来敢情他是个恶霸。我自出世以来，未有见过不得了的事。今天你只一说，我倒不下去，定要等他来给我不得了。我要见见这个恶霸，给你们本地除害。”

酒保道：“客人，你是外乡人，俗语说得好：‘强龙斗不过地头蛇。’都是他手下的人，你受了他的算计是白白的。今天楼上没人，要是有人，我真不敢说。这个要是他余党听见了，定要把我们这店打翻，我们这一方都没人惹他。”

邓飞雄乃是个行侠仗义的人，听他这话，半信不信的。自己心中想，倒要见见这个恶霸是真是假，他真是果然，我自有道理。要了两壶酒、两碟菜。酒保见飞雄不走，又长得凶恶，也不敢强命他楼下去。

飞雄正自斟自饮，忽听得楼下一阵大乱。飞雄侧耳一听，有人说：“我们大爷叫我来问问订的菜全不全，你们不要耽误了，如果耽误了，大爷说要放火烧了你这店。”

下边伙计、掌柜的齐声道：“不敢耽误，早已齐备了。大爷哪时候来……”

正说着，忽听得楼梯一响，上来一个人。飞雄一看他身穿蓝布裤子，面皮似黑漆，相貌凶恶。见飞雄坐在楼上吃酒，把眼睛一翻，对酒保道：“吩咐你们楼上不叫卖座，怎么仍是卖座？”

酒保道：“这位老爷初来的时候，我说楼上不卖座，他不答应，不卖不行。”

原来这人就是净街王黄勇的家人，叫作地来炮黄述，见飞雄强欲坐在楼上，大怒道：“你是哪里来的这么个小子，不知我们净街王把楼包下了吗？你岂敢强占这楼，还不快些给我滚下楼去。”

飞雄一听此言，禁不住怒气上冲，过去就把手一晃，顺手一个嘴巴，又是一腿。那个黄述正被踢到楼梯口，这么一滚，就顺着楼梯滚了下去。

这地来炮爬了起来，道：“不要放他走，出去告知净街王。如你要走了，不是好汉。”

酒保对飞雄道：“客人，你这一来，惹出大事来了。他是净街王的家人，倚着他主人的势力，时常在外欺人。他回去了，回头来的打手共有四五十个。”

千里独行侠听了，又是哈哈大笑道：“他这无名小辈，叫他把他主人叫来，只管齐人来，我在这里等他。”

酒保不敢往下多说。

歇了不多一刻，就听见楼梯上噔噔噔的几响，上来一人。飞雄将他一看，那人身长九尺，扫帚眉，大环眼，身上穿蓝湖绸的短衣，下身穿的是玄色湖绸裤子，白袜黑底，白花的半靴，带了六七个跟人。内中有一个就是方才滚下楼去的地来炮黄述。原来他见了主人，并未敢提及被飞雄踢下楼去等事。

黄勇坐在了一张桌子上，见了邓飞雄也未言语。

酒保见了，连忙过去说道："净街大王来了，快给菜。"说着话，连忙把干湿新鲜果品排上一桌子。

就听黄勇说道："庆儿、寿儿，你二人去把刘成快快叫来。"

这两个家人应声下去。又歇了一歇，只见两人揪了一人上楼，揪的那人就是刘成。

这刘成约有六十多岁，身穿花布裤褂，白袜黑鞋，是一个老实忠厚的样色，来到楼上，唬得战战兢兢地跪下来说道："庄主老爷不要着急，我这里给你老人家办着钱呢！"

净街王黄勇道："不要还我了，你好大胆子，我打发家人到你家里要钱，你不但不给，还要口出恶言。今天我把你叫来，你预备给我多少？"

刘成说道："小人近来实在买卖不好，不然，应早奉还你老爷，绝不敢拖欠到这些日子。"

黄勇说道："你把女儿与我，给我做个丫头，我本要买个小女子做丫头，咱们两下就算完事。你如不把女儿给我，恐怕你的老命不能保呢。"

刘成说道："小人的女儿早早有了婆家了，我哪里还能够自己做主？如果我女儿是没有婆家，庄主爷要，哪里敢违背呢？"

黄勇听了此言，怒气上冲道："你这个老匹夫，真给你脸不要脸。"

千里独行侠在旁边听了此言，不觉得打抱不平，就立起身来，把刘成一拉就拉了起来，对刘成说道：“老丈，你在这一边坐下。”

黄勇将飞雄看了一看，仍不言语。

飞雄对刘成道：“老丈，你总共欠他多少钱？还过他没有？你对我说实话，不可说假话的。”

刘成说道：“小人是做成衣铺手艺的，先是我们三个人过日子。我的妻子蔡氏，有一个女儿，给了人家，尚未娶去。只因我妻子一死，小人一病，一文钱没有，无法度日。忽遇着净街王的家人，说净街王有钱，愿借小人，小人就借了十吊。到家一数，每吊短少二百五十文，原来是七五扣，十吊给七吊五百文，每月要四吊的利钱，他还不算，过两天或三天，就要来取一月的利钱。自去年到今年，今日恰巧是一年，小人给了四十八文利钱，定行不算，又强要小人的女儿。”

千里独行侠邓飞雄听了，便说道：“我要救了你，你须要搬家。你如不搬家，我走了，他更格外愤恨于你，格外要来欺负你。”

刘成说道：“小人家的房子是我祖上的，我也没有什么东西。我带着女儿投亲去，女儿给的是临安城，我到那里去投奔。”

千里独行侠道：“既然如此，我助你二十两银子做盘费。”

刘成说道：“多承英雄相救，老汉在此拜谢了。”

那千里独行侠连忙阻住道：“不用不用。”

刘成说道：“我就快走，我要上车去了。”

邓飞雄连忙从怀中摸出二十两银子，提给了刘成。刘成接了，又道了两声谢，连忙上车而去。

邓飞雄见刘成去远了，仍旧坐了那桌子上吃酒，也不去睬黄勇等。

黄勇歇了一个时辰的样子，便开口对飞雄说道："你既代他还账，为何不把银子拿来？你可晓得老爷的大名吗？"

邓飞雄道："老爷早晓得你是个恶霸，你可晓得你老爷的威名吗？你欺压良善、鱼肉乡人，今日遇着老爷，恐怕你这净街王活不成了。"说毕，抽出宝刀，一刀砍去。

净街王见飞雄抽出红毛宝刀上来动手，急忙举起椅子来迎。两个一来一往，就在楼上大战起来。净街王虽然是勇力过人，哪里是邓飞雄的对手？两边战有二十合的光景，飞雄按住刀，用个扫地势的解数，将净街王绊倒在地。

飞雄说道："我不杀你，听说你家里还有四五十个能手，快快回去，叫他们都来试试你老爷的手段。"

黄勇在地下爬起来，还勉强地对飞雄说道："你别要光棍打光棍，一顿还一顿。"

飞雄听了笑道："老爷不走，在此等你三日。"

黄勇说："好！"就同了一群恶霸走下楼去。

旁边一个酒保过来对飞雄道："客官，你老人家听我好言相劝，你快下楼，骑了驴子走吧！怕他回头再来，你老人家受了他的暗算，那时就悔之不及了。"

飞雄说道："你不要管我，你说的话却是一番好话，我在这里必是要等他做出样儿来。不然，我如走了，岂不要被贼人耻笑我胆小吗？"说毕，向酒保要了洗脸水，洗了脸，仍是坐下吃酒，并无半些惧色。

吃了有三四碗酒的工夫，就见得外面一阵大乱，心中已知道是黄勇叫了一班贼党来了。

那个酒保说道：“不好了，那个打架的叫了多少兵来了。”

邓飞雄就由楼窗往下一看，只见果真来了七八十人，个个手执刀枪，耀武扬威地杀奔悦宾斋来了。还见黄勇在后面督队，前面是几个家人带路。

将近悦宾斋，便有人说道：“哪个野种，敢在黄花铺上来动土，把他揪下来打死也不过是块地土……”下面就是破口大骂的话。

千里独行侠听了大怒，用绢帕包头包好，收拾好了，拿取红毛宝刀，往下看了一看，由楼窗跳到外面，两脚落地，金鸡独立的架势，把宝刀向怀中一抱，这只手一扬，说道：“哪个敢向前来打架？看热闹的在后些，我的宝刀无眼。”

那边见飞雄只有一个人，以多为胜，齐心一拥上来，就刀枪并举、剑戟齐刺。飞雄见一齐拥上，就使起宝刀，左右上下，前后乱削。贼人的兵刃只听见咔嚓咔嚓一阵乱响，一件一件都剩了半段。

大家知道不好，正要想逃命去，忽听得有人大吼一声。

不知是何人上前助战，且听下回分解。

第十一回

透瓶香醉倒千里侠
三绝计陷诬郑华雄

话说千里独行侠邓飞雄将众贼寇的兵刃都削作半段，众贼正要逃走，忽闻有人大吼一声，上前来助战。

邓飞雄看时，乃是孟士德。孟士德是黄勇家中的教师，见众人都要败将下来，似乎与教师面上不好看，乃挺起手中叉，直奔飞雄而来。飞雄扭身一闪，躲过叉头，用宝刀向上一架，将贼人的刀架为两段，一翻腕子，直奔孟士德的脖颈。孟士德叫声“不好!”赶紧使个缩颈藏身的架势，想躲宝刀，谁知已来不及，脑袋皮早削去一块，唬得孟士德连忙逃命而去。

净街王看见邓飞雄如此英雄，料敌不过，带着众人就跑。大家看得齐声叫好，都说：“恶霸素常欺压良善，没人敢惹他，现在终于来了一个敢惹他的了。”

黄勇与众人都散了。

邓飞雄仍回到店中，因溅了一身血迹，回归酒楼，叫酒保打了水洗脸。把自己包袱打开，换了一件干净衣裳，开了酒饭店账，问酒保道：“你们这里有店没有？”

掌柜的道：“店是有的，小人不敢留客官在这里住宿，请你另找店去吧！”

飞雄说道：“也可。”

叫他们把驴子备好，飞雄就出了悦宾斋楼。走到一家店家问道：“可有上等客房？”

那小二道：“上房早已满了，你到南边去找吧！”

邓飞雄连问八九家，都说没有上房。又走到一家大字号，名叫聚兴店，飞雄就问道：“可有上房？”

小伙计说：“有上房。”

飞雄说：“有上房，把我这褥套搬下去，将驴刷饮好了喂饲，明日多给酒钱。”

小伙计答应道：“是。”把褥套搬到房间。

飞雄进来一看，倒很干净，顺窗户有张八仙桌子，一边一张太师椅子，东墙是炕，炕上有八仙桌，挂着几张字画。伙计打了洗脸水，倒了茶，便问姓甚名谁。

飞雄回道：“我姓邓名飞雄。”

伙计又问吃什么东西。

飞雄道：“我方才吃了东西，现在还用不着呢，吃碗茶歇息吧！”

伙计道：“邓客官，你未曾到我这里来，所以不知我这里有好酒，名叫透瓶香，味道可口，真是好喝。”

飞雄说道：“现在不用，少歇一会儿再喝。你且出去，叫你再来。”

小伙计出去了。邓飞雄独自一人坐在房中，思想方才之事，又可气，又可乐，总是我自己的不好，欢喜多事，如不多事，没有这一场气闷。歇了半天，一无解闷，把伙计叫来：“要一桌好菜，预备几瓶好酒来。”

伙计转身下去，取了杯盘摆上。

飞雄斟上好酒一杯，觉得异香扑鼻，细细看其颜色，并无什么缘故，自己就放心吃酒。吃了好几碗，天已起更，叫伙计撤去残桌，就翻下身体，倒在炕上昏昏睡去。

谁知邓飞雄中了净街王诡计。皆因白天黄勇被邓飞雄杀败，他告诉黄庆：“给各店送信，有绿眼乱髯，拉着黄驴姓邓的，各店不准留他投宿。谁若留他，我明天告请他吃官司。”

各店得信，谁还敢去留他？唯有南头一家聚兴店是黄勇所开，预备一班贼在店中等候，料想他别人家不可投宿，一定是他家店中去的。等了一会儿，果然邓飞雄牵着一头黄驴来了。用好酒与他吃，待他吃醉了，给送信与黄勇。

黄勇本是绿林中坐地分赃的贼头，恰巧今天有两个贼在里面宿，给他想个法儿，叫他：“用鸡魂失命香，熏了他过去，绑他足来，明日送他到悦宾斋门口去，待兄长痛打他一顿，叫众人看看，收回这个面子，仇也总算报了。”

黄勇听了道：“甚好。”

店中一个小伙计来送信，说飞雄睡着了。黄勇连忙叫一个小贼拿鸡魂失命香来熏他过去。只见一人手中捧着一个盒子，走到飞雄睡的房间外面，将盒盖开了，用火将香烧着了，由窗槅中烧进去。不多一会儿，就把邓飞雄熏过去了。乃即拨门进去，把飞雄捆去了，便道：“今日你有飞天本领，也不能逃去了。”一面禀报净街王黄勇知道。

黄勇乃命人：“将他看了一夜，待到明天早饭后，在悦宾斋门口找回昨天的脸面。”

众人答应来看守了，一夜无话。

次日早晨，邓飞雄醒过来，自然知道被人家捆了，乃破口大骂，众皆不睬他。黄勇同大家吃了早饭，把邓飞雄捆了结实，来到悦宾斋门口。众人一看，大家都喊道：“这位英雄昨天把黄勇打败，今天怎么被他捆住了？”

飞雄虽然被捆，但能说话，乃对黄勇道：“你算不得好汉，一刀一枪把我拿住，我姓邓的算服了你。只是你偷狗盗猫的，虽被你拿住，令人心中不服。”

黄勇哪里与他讲英雄不英雄？乃命：“打！”

有人答应，拿绳索过来，将绳索在盐水里泡了，只伤肉不伤骨，就把邓飞雄打得浑身是伤。

正在这时，忽然一人骑着马跑过来，众人皆往前边一闪。那人下马一看，见是邓飞雄，不由一怔，不知飞雄怎的被人捆了。

这来的乃是郑华雄。郑华雄是本地响当当的人物，连黄勇也惧他几分。

郑华雄问明缘由，乃对黄勇道：“把人给我，既是我出管，焉能叫你们逞事呢？他的东西都拿来交还他。”

黄勇就叫人将他行李及宝刀一概拿来交还了他，一匹黄驴也牵了与他。邓飞雄心中的愤怒气恼，真可谓罄竹难书。

邓飞雄咬了牙齿，对黄勇说道：“只要你爷有三分气，定报今日之仇。”

郑华雄道：“老哥不要生气，快到小弟家中去养病，待养好了再说话吧！”就扶了飞雄到家，请了一位名医来，给他上些止痛的好药，贴在没痛伤的筋骨处，再内服清火散瘀活血之剂，自然一天一天地就好起来了。

不到一月的时光，飞雄已复原状如初。黄勇也时常使人送东西来与他，又托华雄从中周旋，欲与飞雄结交为朋友。奈飞雄恨黄勇彻骨，哪里肯与他结为朋友？将他所送来的东西都命人送还他，一概不收。

飞雄好后，感激华雄之德，华雄亦敬爱飞雄是英雄，两人就结拜为义兄弟，甚是相得，一住经年。

书中却要补叙一事。郑华雄有个妹子，名唤瑞兰，面貌姣好，真个是端庄静肃。因为一日在本镇那个弥陀寺内烧香，恰巧被净街王黄勇一眼看见，一打听是郑华雄的妹子，邓飞雄的义妹，自己实在相思，无法下手。恰巧此时郑华雄因为淮阳地方，各佃户三四年未曾收租，刁顽无赖，要想自己去，家中无人，分身不开，与邓飞雄商议。

郑飞雄道：“兄长，此事何难？我横竖闲着无事，明日便可动身前往。你可将账交给我，有甚事情，也能办得清。”

郑华雄大喜，便将一切细账交与邓飞雄，托他速去速来，务要一劳永逸，办得有条不紊。

当日郑华雄兄妹为他置酒送行，次日邓飞雄动身，不在话下。

且说邓飞雄动身之后，黄勇得了消息，暗想，郑瑞兰如何可得到手？这件事倒要想个妙法才行。我想心腹之人毛顺可以商量，便请毛顺来商议。这毛顺乃是大盗出身，绰号神偷照不宵，本领倒也不弱。他与黄勇是拜兄弟，此时在黄勇家内名为当看庄护院之人，暗中实是个二庄主。这日与黄勇商酌，黄勇便将想娶郑瑞兰的顾虑告知："如与他动手，未见得是郑华雄的对手；如与他动官，恐怕是不行。咱们当用何计策呢？"

毛顺道："小弟有个计较，所谓三绝计。"

黄勇道："怎么唤三绝计呢？"

毛顺道："近日县牢里新收入的两个合字，乃是卞龙、卞虎弟兄。他哥俩与我相识，我明日探监与他说了，叫他将郑华雄扳下来，此是一绝；收监之后，与他说明求亲，他如不从，要与县官说通，将他定成死罪，此是二绝；一面命人到郑家去说亲，定了日期，将郑瑞兰抢来，还怕什么不成？此为三绝。这条计虽平常，然而对付郑华雄却是绰绰有余。"

黄勇道："贤弟怎说怎好，照办就是。"

毛顺道："非钱不开口，至少须一千两银子，方才可以买通上下。"

黄勇道："只要事成，有何难处？便是一万八千，也可照付。"

毛顺依言，便去与县里师爷曹德正说了。又到监内对卞家弟兄说了，布置已毕。次日，县里果然出签，捉拿郑华雄到案。

郑华雄虽然英雄，所谓："君子可欺以其方。"官厅来提，竟服服帖帖被捉，丝毫不强项。到了衙门，方知受人诬扳，哪里肯招？当日寄监，牢头禁子百般苛待。忽然禁子头儿走来向郑华雄说，要他妹子配黄勇为妻。

郑华雄一听大怒，不禁破口大骂，无论如何，绝不答应。那禁子回复毛顺，毛顺心中大怒，便履行三绝之计，准备抢亲。好在家中有现成的打手，传齐了人，直奔郑宅来抢亲。

此时，郑华雄的妻子王氏，正同着姑娘郑瑞兰在家中等候县里消息，忽然家人来报，说到监去看主人，禁子不许进去，不能会面。

王氏闻言，去对姑娘说知，连夜回娘家去见哥哥，商议救丈夫之策。

姑娘道："嫂嫂自应回去设法，家中一切都有我呢！"

王氏正要起身，忽然黄家的打手随着毛顺前来抢亲，进门抢了郑瑞兰就走，放在轿内，抬到黄家。姑娘已在轿内自尽。原来姑娘早有准备，身上带了小剪刀一把，在轿内用剪自刺其喉。

黄勇一见抬了个死人回来，便命毛顺将死尸抬回郑家去。

次日，王氏的兄长出面，邀请本地的绅士，共计四五十名，联名具保，保郑华雄并非强盗，交保释放。县官强不过公论，没法，只得放了郑华雄。

郑华雄到家，见妹子已亡，只得含悲收尸，一面送上祖坟掩埋，一面与黄家打官司。由县至府，由府至道，由道至省，官司打了三年，黄家未能动得分毫，自己的家业花费得半文无有，借贷度日，哪里还打得起官司？自己想法去报仇，又明明晓得寡不敌众，白白送死，心中这口怨气，竟无处可出。满心只望邓飞雄收租回来，一则可以商酌商酌如何报仇；二则也有钱花，不致如此为难。真个是：

雪中送炭真心少，锦上添花假意多。

人情冷暖，千载一律。郑华雄此时一贫如洗，仰屋兴嗟，直等邓飞雄回来，请看下回分解。

第十二回

邓飞雄取租救佃户
金眼雕演说佟家雾

话说净街王黄勇依毛顺之计，扳倒郑华雄，谋娶郑瑞兰为妻，这件事的结果如何，请看官们详观本书第二集，便知本书是实事求是，不尚空谈，不似《彭公案》信口开河，胡说一番，便是了事。况且一集有一集的精彩，第二集就在这千里独行侠为郑华雄报仇的事上，与《彭公案》已是不同。况且佟家雾一事，邓飞雄因何而投入为会总，因何而灰心反正，这件事乃是独行侠生平最吃辛苦的地方。《彭公案》上但说马玉龙怎样怎样，那些事情说话，无非是代马玉龙拍清朝马屁，马是旗人，所以说他好，其实是讨好而已，吹牛而已。如今本书根据当年的实事，将邓飞雄的实在心事补叙出来，这个都在下集表明。如今闲言休提，书归正文。

话说邓飞雄自从别了郑华雄，往淮阳去收租，一路晓行夜宿，自己暗想，好笑，我家中租账从未自己出去收，往年父亲在日，都是他老人家同着邓福去收。如今父亲亡故，仍旧是邓福去收，而且那些佃户也很和平，常常不要收的，自己送来。不像郑大哥的佃户如此放刁，三五年不曾收得。我这几年未曾回家，也不知家中情形如何，柴武举家中如何，王六、柳拾青两家家眷如何，我虽有信到家，关照邓福常常送钱送米，接济王、柳两家的孤儿寡妇，但是这许多年数，也未曾去打听消息，心中未免不安。再想起自父亲葬后，祖坟未曾上过，真是不孝之罪，上达于天。想到这里，不觉黯然。再一想，张三那厮本领不弱，无缘无故，为着他兄长张大之仇，与我争斗，九头鸟焦宝奎那么大的气力，终为我所败，我可算自生人以来，未曾逢过敌手。师弟周益群为人极好，真是个君子，人以为他傻，可惜世人都太乖巧，我如能照他一般的傻，何至争名利，这般胡闹呢？又想登州的那些事，我本想去会两个名家，不料却杀了不少的人，这种事，实在出于意料之外，所谓："天有不测风云，人有旦夕祸福。"天下的事，真是意想不到的。又如黄花铺这件事，如非郑大哥，可不要糟糕了。我虽未栽什么跟头，然而为这杯中物，连累了几次，几乎大大吃亏，可知为人在世贪杯，不但暗伤身体，并且是误事的根苗呢，以后总要戒酒才好。一路在驴背上胡思乱想，思前想后，慢慢向淮阳进发。

那日到了淮阳，向各佃户收租，自己住在客店内，每日催讨。那些佃户不是说荒年歉收，便是话地方不靖，土匪满地，难以兼顾。收了多时，都是刁顽不交。邓飞雄心中一想，这件事很难办，非经官不成，便请刀笔手做了呈子，到淮阳县衙门去告那些佃户，逐一控告，逐一收欠，三迫五逼，把一班佃户迫得不敢不交，只得将租米交出，有的交钱。邓飞雄在那里一切开支均有细账，都是用的私款，绝未动用郑华雄分文。

一切事项弄得停妥，将米、麦等物一齐折成现款，并成包袱，预备动身。因为自念这班佃户刁顽，非订个一劳永逸的办法不可，遂又呈请县衙。官断下来，下次如来收租，不得再如此推三阻四，如再如此推托，这定要从重罚办。

约过二三年，如此一来，方才将事办好。忽然又想起，这两年在此与众佃户都与相熟，我与他们因为郑大哥的事，如此决裂，像他们专靠种租田过日子的，情形也就很难，因此一想，心中反又不忍，便挨次到各家去辞行，并看情形，送他们些银钱做饭资，吩咐他们下次不可如此刁顽，又安慰他们一番。

那日到了一家人家，这家佃户主人姓朱，名唤有得，年纪已经六十多岁，正在床上生病，一个儿子也生了病，只有一个孙女儿，年约十六七岁，家中几乎要断炊。邓飞雄来了，那个小女孩子本不能出来，他父子两个都害着病，没法想，那个女孩子才含羞出来见客。邓飞雄本想就走，又因这件事甚难，如是朱老父子断炊，这种情形，何忍置之不理？想了一会儿，便问朱有德父子可曾延医服药。

那女子名唤幽芳，虽是乡村女子，倒也端娴静雅，见问，不禁含泪答道："现在柴米还是问人家借的呢，至于请大夫这件事，一则要有人，二则要有钱。现在无人进城，谁肯去空跑？请个医生来看病，非得谢些力钱，总不然，也得请他吃点儿东西。如今半文无有，如何举办呢？前次县里来催租，那些差人不知人家甘苦，只好如俗语所说，'有钱钱医病，无钱将病挨'了。"

邓飞雄听到这里，心中一酸，几乎落下泪来。再看那姑娘时，可怜已是泪流满面了。邓飞雄也不言语，在怀中摸出五六十两银子，放在桌上，对那姑娘道：“姑娘不要愁伤，这也是年灾月晦，你先将这个银子使用，医生我去给你请，一切都凭着我吧！”

说罢，回身出外，跨上驴，径奔城内，访问名医。有人说：“淮阳本地，只有王小吉是个名手，专能治一切男妇大小方脉，真有药到病除之功，人家称他王一帖，确是一个国手，你想可好吗？”

邓爷谢了那人指教，径投王大夫家来请他医病。那医生真正可恶，嫌远不去，又说：“乡下人如何请得起我？我的出诊要二千钱呢！”

邓飞雄听得一肚皮气，但是要他医病，没奈何只得依允，并请他带了被褥等物一齐前去，俟治好了病，再回来许他每日十两纹银，另外供给膳宿。王小吉方才依允，带了手下人、药箱等物，乘了轿子，跟着邓飞雄直奔朱有德家而来。到了那里，代父子两个诊脉，无非是些风湿入于表里之症，急切须不得好，非一月、两月不能成功。

邓飞雄道：“便请先生住在这里，无论要多少使费，都是我的。我另外请人代你跑腿，专门进城送信取药。”

一面传命左近村庄，如有病人，无钱请医服药，可乘此前来治病。此风一开，朱有德家中来求治的甚多，每日总有五六十人。

邓飞雄专门照应外面，里面都是幽芳姑娘照应，不到一月，朱有德父子两个病症已逐渐痊愈。邓飞雄仍请王大夫在此治病，足足费了两个月光景，方才痊愈。

王大夫开了张药方，在彼购药，调理病后，邓飞雄送王小吉六百两银子，另外送他的手下人总共一百两银子，这回一来，连一切使用，邓飞雄共计用掉千两以外，但是救活的性命却是不少，大约总有二三百人。这些佃户个个前来叩谢。邓飞雄谦逊不暇，又想，朱有德三代三口，将来如何了局？便另外送他一千两银子，将来慢慢度日，免得再有这样的事情发生。

诸事停当，邓飞雄离了淮阳，取路望黄花铺郑华雄家中而来。一路无话。

那日，骑驴和车夫押解着一切所收的租银等物，来至一处，地名叫作柳村。迎面来了一个老翁，童颜鹤发，健步如飞，及至走到面前，认识此人，乃是江湖上无人不知的金眼雕邱成。他年已八十，还是如童子一般，功夫第一，外内软硬俱全。在京都康熙皇帝驾前，曾封过他“报应”二字，因此“报应”两字无人不知。他一生忠正，不与平常绿林结党。邓飞雄要论起班辈来，还是他的晚辈呢。

当时一见邱成来到，便急忙跳下黄驴，迎面行礼，口尊师伯。

邱成一看是邓飞雄，便道：“罢了，你这一向在什么地方？我前月到朱仙镇，遇见你师弟傻小子，他说你已几年不通音信了。这几年你好吗？”

邓飞雄道：“小侄托福还好。师伯，你老人家好吗？”

邱成道：“也还罢了。”

邓飞雄道：“小侄一向东荡西漂，无有定处。现在代一个朋友郑华雄收租，收全了解回去。师伯，你老人家往哪里去呢？”

邱成道：“我是闲云野鹤，没什么事，我此刻由潼关佟家雾来，现在想到庆阳府去，寻找师弟马玉龙去，和他谈一件事。”

邓飞雄道：“师伯，请借步到前面村店里吃酒，大家叙叙，何必这般急促呢？”

邱成道：“这个很容易，我便陪你去喝两碗酒。”说着，便回身跟在车后。

邓飞雄牵了驴儿，慢慢跟随，一路上闲谈土俗民情，不一会儿，到了一家村酒店门口。停了车子，命车夫看守。邓飞雄拴好驴子，一面同着邱成入内，吩咐酒家做了些鱼肉之类，送将上来。两个人一面饮酒，一面谈心。

邓飞雄道：“闻得佟家雾有个佟金柱，乃是个有名的英雄，手下能人甚多，并有个什么天地会，兴什么八卦教。现在招军买马，意欲造反，不知有无其事？”

邱成道：“这件事现在闹大了，京内得了风声，特派兵部大臣彭朋，带领手下一班侠义英雄，查办西下，意欲剿灭佟家雾。我在佟家雾得了消息，彭朋现已出京，一路查办，并不是专为此事，如系专为此事，怎么陕西也不安宁？陕西的巡抚及地方官，可不都成了饭架饭囊吗？北京也明知佟家雾虽然声势浩大，但是不久便要派兵征讨。我为此事，想到庆阳府去，等候我师弟马玉龙，暗暗知照他一件事，这天地会的实情如何，免得他们这班办差事的人毫无法想。”

邓飞雄道：“这天地会八卦教是如何呢？”

邱成道：“天地会八卦教，他乃是太极生两仪，两仪生四象，四象生而八卦成。天、地、人三才之意，里面的名目甚多。佟金柱弟兄三人，弟兄名玉柱、保柱，都有武勇，金柱自称为王，两弟称东王、北王。另有天文教主张洪雷等一班人为国师，又有个瘟瘽道人叶守敬，手下一切头目都唤着会总，有都会总、散值会总等名称。现在会总里定了服式，凡是入会的、不入会的，大有分别，头上用白抹额，身上服式一律有暗记。外面的人到佟家雾，先要挂号入会，也要有人介绍，并且还要发誓。现在叶守敬等一班人专门代为招聚天下绿林，加入天地会，现在声势又不比从前了。”

邓飞雄道：“他们的字号如何？如是能够代百姓造福，我们何不去加入，何必定要做这亡国奴？”

邱成道：“我也是这般说，不过我那师弟，他乃是自称忠义侠，马玉龙本是旗人，不能怪他。咱们各行其是，我因为佟家雾总不能成其事，况且人心不齐，各有心思。佟金柱虽是英雄，但是实在也是无用的一个人。他们会里的宗旨太不正大，不能明白表示，如是能明白表示，定可成功，此乃最要紧的地方，竟无人注意，可想而知了。”

邓飞雄听到这里，暗想，我何不到佟家雾去走走？探听探听，如能正大光明地做一番事业，代先人吐一口气，也是好的。想罢主意，不说别的什么，便与邱成饮酒，也唤车夫吃酒饭。

邱成喝了几碗，又说了些闲文，起身告别。邓飞雄送将出来，回身命车夫套车，忽然看见将收的租银，及一切衣物等件，连自己的牲口全不见了。忙问车夫，那车夫也说不知。邓飞雄往腰间一摸，连宝刀也不见了，邓爷这一惊可真不小。

不知后事如何，请看下集分解。

下集中有邓飞雄寻宝刀、租银、牲口奇怪事节，妙在三样东西，三个大贼所做，各不相关。为此事，邓飞雄祸中得福，及救郑华雄。用奇怪方法，投佟家雾，先正后反等情，与其他坊间说部完全不同，请一看便知分晓。

怪侠锄奸记

自　序

窃谓跛者不忘履，瞽者不忘视，盖天性使然，而非矫揉造作也。若夫神奸巨憝，死犹不忘其诈，则其欺人自欺，黔驴技穷，聊以自解于当世，而未可遮掩于永久，其用心綦苦，而行尤靡可哀。嗟乎！人又何苦而为奸宄，使人追詈于其后哉？

吾为此说，盖为吾书中之主人，大学士穆彰阿临死辞行一事而发也。

当时之士仅知其知几，而不知其为朝廷所不容、人民所诟病，及怪侠之惩创，乃不得不速死。虽其死不忘诈，得能蒙人于一时，然而终又何益哉？只徒使后人哀之而已。

吾撰此说部，下笔辄发遐想，以为当今之世，尽多苛政猛于虎，而乏壮士气如虹。使吾书中之怪侠而生于今日，得能摘奸发伏，锄恶除佞，使一切土劣贪污无复存在于世界，则岂不大快？斯毋怪司马子长撰《游侠列传》，以抒其抑郁不平之气矣。以故，吾生今日，虽未克睹怪侠之行，而为之传其生平，使不湮没，为世人风，则亦与有荣施焉。

书成，缀数言于卷首，拉杂志吾之感慨而为之序。

民国十八年六月一日

丹徒张个侬识于编辑室

第一回

纸帐梅花春未晓
红袖添香夜读书

读者诸君，编书的在写出本回回目之后，先得向诸君说明本回回目的来头，和借来作本书楔子的原因用意。

原来本回回目，是上海的一位洋场才子赠给不佞预贺纳宠的联语。不佞因此想起清朝道光年间，有位史籍不载、稗官失传，反而在里巷琐谈、故老闲话间，振振有词、朗朗上口的怪侠崔名世，当年任侠尚义、愤勇锄奸的故事来，大可将这副联语移作本回的回目。一则情节根由颇为切合；二则吉人天相，逢凶化吉，有情人终成眷属，也颇可给不佞将来如果纳宠，作个去凶存吉、说破大吉的预兆；三则联语香艳，恰合佳人才子、名士风流的身份，因此不佞大胆，用作本回的回目，且为本书的楔子。

不过有一层，不佞借用联语，老老实实地说是不佞纳宠的预贺联语，未免有些愧汗，恐怕要被读者诸君讥讪说一句颜厚罢了。其实说到田地，不佞的纳宠，终不过是纸上谈兵、画饼充饥，将来未必能成事实。而书中人之佳偶天成，为造化所戏弄，演出许多悲欢离合的情节来，作成不佞编出这部《怪侠锄奸记》来，供给读者诸君，作兴奋情感，激动心弦，兼为提倡急公好义、尚武精神的吗啡针，更可作为茶余酒后的谈助。这却要感谢这位洋场才子赠联给不佞，引起不佞文思来的一番巧合作用呢。正是：

摭拾乡谈朝野事，编就齐语侠义书。

看官们，编书的提笔说了这许多闲话，做本书的楔子，究竟是说的些什么事？那怪侠崔名世是何来历？这一层，请诸位读者静心细读下文的平话吧！

却说逊清道光年间，其时大学士满人穆彰阿当权专政，满朝文武、外省疆吏，差不多都是他的门下，因此他权倾中外，大有炙手可热之势。那时北平城内石驸马胡同，有位赴京会试、落第的才子，姓章名景珂，乃是江苏省丹阳县城内人氏，年纪适正二十四岁。章家世代书香，家资富有，他祖父、父亲都是进士出身，在福建、湖北任过府县等官员。章景珂生性聪慧，颖悟非常，七岁即能为文，又秉承庭训，家学渊源，自然学问日进，精益不同凡俗。少时即有神童之目，应县考、府考、省闱，连战连捷，无不名列前茅，小小年纪，高高得中。因此丹阳一带地方上的宿儒，都窃窃私议，说他是少年才子，真应了孔老夫子所说的后生可畏。

章景珂在故乡梓里，既得到社会上这样的好评，精神一振，当然格外地勤学不倦。满望十年窗下，一旦成名，方才不负师长父老们的期许和家庭亲友的嘱望。谁知他省试获中之后，进京会试，偏偏事与愿违，遭逢顿挫，竟致名落孙山。他因为一失望，心中怅惘已极，思念由家乡进京，长途跋涉，颇不容易，而且鏖战棘闱，失败而归，怎生有面目见人？不如住在京城，用苦温习三年，等到下次考试时，再博最后胜利。故此他即住在京城，暂不南旋。只写封禀函，打发家人章宗福回家去禀告父母，说明本人的志愿，请堂上二老放心。他此番由丹阳家中出来，主仆一行，原是三个，一个便是家人章宗福，一个乃是他自幼伴读的书童章逸安。

这章逸安乃是世仆章宗祯的儿子，从小即服侍章景珂，所以二人虽名义上有主仆之分，实际上竟如手足般亲热。那逸安服侍公子，十分忠心，而且做事颇有肝胆，为人又颇机警，故此章景珂的父母打发他同着宗福一齐服侍景珂进京赴试。这时，宗福奉小主人之命南回，临行再三谆嘱逸安，好生服侍公子，各事务必小心。逸安唯唯应命。

宗福去后，章景珂因为在京长住，不比得临时应试，遂和同房考试，亦被落第的人商量，寻觅一所公寓，住下候考，比较住店便宜。于是遂在石驸马胡同寻着一所公寓，移居住下。

这公寓乃是一种人家专备租给赴试之士居住的。地方雅洁幽静，不比得旅舍喧哗。住居的人可都是些咬文嚼字的酸子，不比得客邸的人品庞杂，故此章景珂住在公寓内十分安静，可以专心攻读。

其时公寓中同居的有两位文士，也都是南方人，一位名唤荀瑞卿，一个名唤齐世昌。这二位乃是扬州人氏，一般也是赴试落

第的，与章景珂的遭际正是一般，又兼大家都是南方人，可算得是大同乡，彼此客地相逢，颇为亲近。因此时相往还，讨论文艺。日期一久，顿成莫逆之交。

荀、齐二人有一种嗜好，便是《孟子》上齐宣公对孟老夫子所说的："寡人有疾，寡人好色。"二人在扬州二十四桥的北里勾栏中，原是志同道合的嫖友，进京原是同来。他俩进京的目的，虽然为着求取功名，想鳌头独占，得能飞黄腾达，但他俩因为家道富有，并非是贫寒出身，一半却也有些羡慕京都繁华、观光上国之意。尝说在扬州、苏州、南京等处，已经饱赏过南朝金粉，如今得有进京之便，岂可失去机会，不品评北地的胭脂？但是二人到京之后，只因为功名要紧，所以未曾到章台折柳（不佞所著花事小说《折柳趣史》，是记述最近上海嫖界的种种，与本书完全无涉，读者只可另阅，不可合观。附注于此，以免误会）、女闾品花。及至考试结果名落孙山，二人见功名无缘，本想南归，但因北来不易，又兼未及畅游名胜，月旦名花，故此以公济私，写信着家人回去，告禀各人的父母，说是留京候考，倘下次再不能高中，方肯死心塌地地归家。其实他俩的心事，无非借此为名，要想演一回《玉堂春》剧中王金龙嫖院的故事。因此二人住在公寓内，往往白天出外，游赏名胜，或是傍晚出去，流连娼家。为时不久，二人在妓院中都和妓女结了相好，竟至往往成日成夜地不归公寓，简直将妓院当作公馆，下处变作寄物通信和安住底下人的机关。

初时，章景珂见二人偶尔不归，还不介意。后来见二人连夜不回，于见面时，不免动问。

二人初还隐瞒，说是被朋友留住，饮酒赋诗、谈论时文、研究古书。后来章景珂在二人带来童仆的口中探听出二人的秘密，因此于见面时，遂以诤友自命，劝二人绝迹花丛。

二人见遮瞒不住，索兴对他说明，又将各人自己和妓女订交的定情诗背诵给他听，更说上风流自赏的一番风流话来道：“章兄，你不曾到秦楼楚馆去走动过，自然不晓得其中的滋味。其实客邸寂寞，借以遣怀，也未尝不可。这正所谓逢场作戏，有何不可？倘然遇着个多情的名妓，彼此倾谈起来，也未尝不可解闷消愁。”又说：“天地钟情，原在我辈。那些凡夫俗子，懂得什么怜爱？一味地铜臭熏天，哪能得美人的青眼？所以说是真名士乃风流，正是我辈今日的铁板注脚啊！章兄如果不信，不妨同我们齐往，赏鉴赏鉴，做一个走马看花的王孙。章兄试想，年华逝水，人生在世，岂可误却青春年少，不及时行乐啊！倘如碰着个关王庙赠金的玉堂春、怒沉百宝箱的杜十娘、钟情卖油郎的花魁女、精通翰墨的苏小小，那也未尝不是风尘知己、客途腻友啊！”

章景珂见二人迷恋得十分厉害，知道劝说不醒，也只得付之一叹，说：“二位别将古人演说，其实哪有这些事？不过是从前的无聊文人播传的假话。后世的读者上他的当，误信为真罢了。”

二人笑道：“章兄这话未免说得太苛，太把古人一笔抹杀了。果真照这样说起来，一部二十四史，哪一件事是后人亲眼见过的？难道也算不得数吗？”

章景珂被二人一句话住，一时无言可答，只得说：“我辈读圣贤书，所学何事？岂可如此自暴自弃？”

二人笑道：“章兄真有些书呆子色彩。试想，古来文人，载酒看花的，在历史上要有多少？真是更仆难数。总之，同是天涯沦落人，相逢何必曾相识？古人已先我辈而言，我辈又何必这样道学自守呢？”

章景珂叹道：“既二位不听我言，我也只好不说。”

二人一笑而散。

有一天，二人从外面兴冲冲地回来，拿了一首诗送给章景珂看道：“章兄，你看这首诗作得好不好？”

章景珂接过来看时，见那张狭长的诗笺上写着一首七言律诗，上面题目写的是“有感偶成”，下面写着“兰亭别墅未是草”四句诗，平仄格律无不切合绳墨，而且词义极新，颇有怨慕身世、孤芳自赏的深意。措辞极为含蓄，不但诗句工整老练，而且字迹娟秀，颇像女子的手笔。不由赞道：“好诗好诗！不知道‘兰亭别墅’是谁？想系二位的别署雅号吗？”

二人笑道：“你看这字迹可像我二人所写的吗？老实告诉你吧，这首诗是目下京城第一名诗妓金凤鸣所作。‘兰亭别墅’乃是她悬牌的芳标，我二人因为你不信风尘中有才色双绝的佳人，故此将她的近作偷了一页来给你看。”

章景珂心疑是二人捏造出来的，忍不住笑道：“诗妓虽有，但大都是请人捉刀的居多。这首诗大约是二位中一位的大作，故意命一个写得好正楷小字的女子誊写了，拿来骗我，好堵塞我的嘴的。”

二人听罢，齐说：“岂有此理！谁来骗你？既是你不信，来来来，我们同去走走，使你见着本人，便可立刻无言，还恐你要拜倒在石榴裙下呢！”

说罢，不待章景珂多话，一人扯了他一只手，拉着他就走。

章景珂道："别开玩笑，何苦拉我出去充本地军？其实要我同到六街三市去逛，散散步也不妨，何必推说什么诗妓？快些放手！"

二人道："你别嚷，反正叫你见见金凤鸣的面，便可闭口无言。"

说着，各挽着章景珂的手，出公寓，穿街过巷，转弯抹角。不多时，来到一家人家门口道："到了到了。"

章景珂抬头一看，见门头上横着块菊花扎成的横匾，嵌就"群芳院"三个大字，下面悬着好些小牌子，也有铜的，也有木框配着玻璃的，也有黑地金字的，也有金地红字的，形色也有方形圆的，也有腰子式的，也有长方的，也有扇面式的，也有三角形的，等等不一。牌上的字迹，写着些"荷花仙馆""留春小榭""凌波仙子"等等名目，果然有块牌上写着"兰亭别墅"四字。

章景珂虽然不曾逛过窑子，但是也常听见别人说过。经这一看，已知道果真是妓院了，便说："二位别开玩笑，恕我不奉陪一同进去。"

二人道："不行，既已到此，焉可过门不入？"

说着，扯住章景珂，向内便走。章景珂无奈，只得面红过耳地跟着二人，一同进去。二人将章景珂扯上楼去，一径走进一间房间，便猛可里听见龟奴一声吆喝："兰亭别墅客人来咧！"早有一个花枝招展般的人迎将出来，让三位里面坐。

三人到得里面，那姑娘向三人行过礼，让三人在椅子上坐下，捧过银制的水烟袋，请三位用烟，又早有侍婢般的一个姑娘给三人献茶。那姑娘先向荀、齐二人招呼了，便请问章景珂尊姓。问得章景珂面红耳赤、羞愧难当，一句也回不出来。二人即代他说了姓名，遂说：“章兄，这便是兰亭别墅，你看她人品如何？可当得起‘秀外慧中’四字吗？”

章景珂见问，格外地大僵特僵，呆望着兰亭别墅，一言不发。只见她生得修短合度、肥瘦适中。那白玉嫩藕般的皮肤真个是吹弹得破，流眄的秋波真可勾魂摄魄，樱桃般小口，红菱般莲钩，尤其惹人怜爱。

看官们，章景珂不见这姑娘则已，既见之后，登时将往日的道学迷迷糊糊完全抛却，竟至流连在温柔乡里，乐不思蜀。由此惹下相思债，结下风流缘，消受了无限艳福，生出了一场风波，引起怪侠锄奸的义勇事实。请待下回续写。

第二回

盟啮臂名士钟情
煞风景纨绔用武

话说章景珂被兰亭别墅一问，问得格外羞人答答，开口不得，望着她发呆。话虽如此，毕竟章景珂不是古代坐怀不乱的柳下惠，从来艳色天下重，爱美本是人之本性，所以章景珂虽然发呆，究竟他那双俊目却情不自禁地由上至下，将兰亭别墅看了个饱。只觉得她芙蓉如面柳如腰，秋水为神玉作骨，尤其是明眸流眄的秋波、含情微笑的素口、雪白粉嫩的皮肤、柔荑春葱的玉手、红菱瘦细的金莲、吹弹得破的面庞、温文静雅的神态、浓纤适中的衣服、修短合度的身材、莺声娇呢的喉咙、乌黑光亮的头发，不独由头至足，无一处不是美而艳、婉而媚、华贵而雍容、富丽而堂皇。便是走几步路，如临风杨柳，也可人意。虽不疑她为王嫱转世，也要猜她是太真复生。

章景珂这时正合着《诗经》上的两句话，所谓“亦既逅止，适我愿兮”。不由自腹中寻思道：“我真不信，风尘中竟会真有这样美丽端庄的女子。”边想又不由将双目看了她一眼，正是：

彼姝者子，婉且清扬。亦既逅止，适我愿兮。

章景珂既看兰亭别墅看出了神，免不得美目留情，流露于不自觉。兰亭别墅原和齐、荀二人是认识的，平时以为我阅人多矣，像荀、齐二人已可算得个中佼佼，这会儿见了章景珂，只见他面目清秀，容貌端庄，举止大方，服式整洁，态度温文，一望而知是个读书种子、多情人物，尤其是一派正气，令人肃然起敬，大有不怒而威、不寒而栗之态。古人所说的葳蕤整肃，正合着此人的神态。看他面容身材，大可称一句美男子，看他面红耳赤，知道系初入娼门，未经此道，从这上面一比较，竟觉得荀、齐二人面目虽好，才学虽有，实不足比拟此人。因此兰亭别墅的芳心媚目中立刻将三人分了彼此，情不自禁地轻移莲步，笑盈盈地走上前来，向章景珂万福请安。弄得章景珂不知如何是好，竟立起身来，还了她一揖道："姑娘请坐。"

荀、齐二人见了，不由哈哈大笑。兰亭别墅又让章公子请坐，亲自捧烟袋过来敬烟。章景珂本来不会抽水烟，这时竟觉得美人之贻，有些不好意思拒绝，遂接将过来，送到口边来吸。哪知他不会抽，一吸气竟吸了一口烟袋水，又辣又臭，急急要吐，又怕吐在地板上污了地毯，和溅了她的绣鞋，没奈何，只得立起身，走到痰盂面前，哇一声吐在痰盂内。急取过茶杯，呷了口茶漱口。偏巧那茶是刚泡的滚水，他一口喝得太猛，竟又将舌头烫得麻辣辣的生疼，忍不住吐在痰盂内，唤了声："哎呀，好烫！"

荀、齐二人见他这副形容，格外笑得合不拢口。连兰亭别墅和那侍婢也忍不住抿着嘴儿微笑，几乎笑出声来。格外涨得章景珂面红，如同上火一般。兰亭别墅知道章景珂不会吸烟，遂将烟袋放下，走过去将系在衣襟上的丝手帕拿将下来，给章景珂口边的烟袋水和茶汁移开。章景珂只觉得一阵异香沁入心脾，又被她那双羊脂玉也似白嫩的手给自己抚摩口唇，只觉得滑腻馨香，登时竟将疼忘却，反而说："别将你的手帕污了，我不曾烫着。"

荀、齐二人狂笑道："章兄，你平日的假道学往哪里去了？今儿才知你是狐狸精现原形，露出尾巴来了。"又说："金凤鸣，这位章公子，他生得多么俊，正和你是一对儿。我们今儿将他拖了来，给你做个媒人如何？"又说："章兄，《西厢记》所说的，你好事从天降，大约就是说的你俩吧！你俩今日正是两才相遇，正好联句吟几首定情诗，我们两位正好做大宗师。明儿你俩如不能交卷，可是不答应的。"

二人这一番嘻嘻哈哈，说得二人不好意思起来。

章景珂恼道："你二位拖人下水，还要说这些俏皮话。稍后我定要问你个清白，绝不宽恕你们！"

二人笑着立起身来道："章兄，你请在此坐一会儿，我们去去就来，再见再见！"说罢，拔步向房外就走。

章景珂忙说："要走一齐走。"

却被二人回身一推，直推倒在床上。二人方才匆匆跑出房外，一径下楼，各自往各人相好的姑娘香闺内去寻乐去了。

章景珂起身要走，早被金凤鸣一把扯住道："你往哪里去？难道怕我们这里有老虎吃人不成？"

章景珂被她这一扯，周身筋骨忽然酥软，神经恍如受了麻醉，不知不觉地竟一屁股坐在床沿上，再也狠不下心起身再走。

金凤鸣将他扯着坐下，自己一旁偎依着问章公子寓在何处，一面命侍婢奉茶敬客。章景珂实说了自己的下处，遂说："听你口音，不像北方人，为何流落在此？"

金凤鸣叹道："一言难尽。我原是苏州人，幼年因父亲早逝，母亲度日维艰，没奈何，将我卖给人家为婢。不料那家人家却将我转卖到妓院里，做这下贱生涯，妓院鸨母又将我转包出门，于是遂沦落到此。"说着，那泪珠儿竟不知不觉地落将下来。

章景珂听了，也不禁给她唏嘘，动了身世之感。于是二人坐在床沿上，竟成为一见如故，情切切地仔细谈起家常来。

话不多时，二人不由都相见恨晚，本来人们在众生之中，原是最富于情感的动物，离家数千里后，最重乡谊，这本是最普通的现状。章景珂本是向不喜好风月的书毒头，万不料一踏进群芳院兰亭别墅的香闺，见了金凤鸣的面，忽然将态度陡变，竟登时成了个潇洒风流的才子、多情倜傥的书生。本不喜倚翠偎红的性情，忽变为怜香惜玉的旨趣，这并非章景珂变得太速，在事实上十分的突兀，不过是离家千里，陡遇着同省的美人，既重乡谊，又爱美色，况兼金凤鸣才色俱优，谈吐风雅，从来说得好，叫作是："真名士自风流。"章景珂在往时何尝真如太上忘情？不过因为未曾遇着有可谈情之人，所以才绝口不道"爱情"两字。这会儿既见着兰亭别墅，虽然是乍相晤面，然而风尘知己，未尝不可以缔结深交，因此章景珂便情不自禁与金凤鸣喁喁情话，色授神与起来。

看官们，这并非编书的信口开河，大凡涉猎情场、未遇意中人，忽遇意中人的，大概总有这一番变态阅历，可以无须深说。

当时章景珂既见兰亭别墅之后，一往情深，陡将道学面孔变为儿女情长。那金凤鸣既爱章景珂之才，又重章景珂之品，忽然引起自己的身世之感。本来金凤鸣沦落风尘，原非得已，久欲择人而事，无如自视太高，不愿与伧父俗子为伍，所以才蹉跎光阴。刻下既见章景珂，正合着《诗经》上的两句说话，叫作“既见君子，不我遐弃”。深觉得“国风”篇中的几句诗词，像“今夕何夕，见此良人；子兮子兮，如此良人何”几句，正与自己今日的处境相同，因此遂动了送客留髡之意。当晚坚留章景珂在院中夜饭，并留他住宿。章景珂既蒙美人垂青，正所谓受宠若惊，这正是他意念中所想望的事，焉有拒却之理？因此遂含笑允诺。这一夜二人谈诗饮酒，直到夜深方睡。少不得颠裳，颉之颃之，相怜相爱，饱尝温柔乡滋味。

当夜，章景珂即席吟了两首定情诗。金凤鸣也和了两首。两下一个诗句中，露着山盟之意，一个表示海誓之情。第二天，各将诗句誊录出来，写在一张纸上，彼此越看越爱。正在看得神往之时，猛不防荀瑞卿、齐世昌二人拍手哈哈地闯将进来，笑说：“好一位道学先生，如今怎么样了？”

二人吃了一惊，赶着由金凤鸣将定情诗塞在袖管里，含羞带愧地让座，唤房中侍婢奉敬茶烟。

二人坐下后，章景珂向二人奉揖道：“承蒙引见，果然佩服二位仁兄的青眼高明。”

二人笑道：“岂敢岂敢！如今你们好事已成，我们转来索谢媒酒，这个须是赖不得的。”

章景珂道：“那是自然。”

边说边腹中寻思："既来之，则安之。我既做了入幕之宾，从来鸨儿爱钞，倘然没有一些点缀，那七十鸟绝对地不肯见容的。况且在她的面上，也似乎说不过去。"

正在忖度，荀、齐二人已接着问道："如此说来，章兄的谢媒酒，在何日才赏赐我们呢？"

章景珂被这一问，略不思索地回道："那亦无须问得，就在今晚如何？"

二人拍手赞成。

章景珂心忖："非钱不行，身边所带有限，今日即应当先开销一切费用，摆酒报效，还得回去取款。"因即将金凤鸣扯到床边上坐下，低声问她应该怎样开销。金凤鸣低声将开销的手续告诉给他，又说："摆酒一层，虽然是你给我充场面的事，然而究竟是多花费钱的。我的意思，总望你能够早些为我脱籍，我能从你早早回去，那才是真切办法。我劝你还是只此一次，下不为例，可以省则罢。"

章景珂被她这一说，顿如醍醐灌顶，格外觉得爱我情深，遂说："晓得。"当即起身将腰间带的银两交给金凤鸣，命她代自己照例开支，一面约荀、齐二人回下处去。金凤鸣坚留三人用过中饭再走，并将荀、齐二人的相好唤来相陪。这时节，三对你看着我生羡，我看着你生慕，好不快活。

直到饭后，三人别了各人的相好，一同走出群芳院，回转寓所。三人一致笑谈，荀瑞卿、齐世昌尽量地讪笑章景珂，说："我们早就有言，章兄你如今可不是也沉溺其中了吗？"

章景珂笑道："两位拖人下水，还要说风凉话儿，停会儿定要多罚你二位的酒。”

二人笑道：“那是自然，喜酒当然要多喝几杯的。”

说着，三人到了下处，各回本人的房间。

逸安见主人回来，欲待启问主人昨夜住在何处，但又怕主人嗔怪，因此欲言又止，却偷观主人的举动。只见主人进房后，即启箱取衣更换，又拿了银子。那桌上的书籍一眼也不曾看，即命逸安锁好箱子，匆匆出房，走向荀瑞卿的房中去了。良久良久，只见齐、荀二位也换了衣服，同着主人，喜笑欢天，一同走将出去。逸安深不放心，潜将房门带上，远远地暗暗跟着三人，转弯抹角，一会儿已到了群芳院门口，只见三人头也不回地走进去了。逸安心中明白，随即回转寓所，暗暗着急，担着满腹心事。

且说章景珂等三人到了群芳院兰亭别墅房内，这时兰亭别墅的老鸨早已知道章爷要摆酒请客，已是赶紧预备着。一听见龟奴高唤客到，急忙抢先迎接出来，满面堆笑地向内让，十分足恭巴结。三人目的不在鸨儿身上，所以也不很与她周旋，早有人报知荀、齐二人的相好，赶来伺应。

到得晚间，筵席摆好，门帘高卷，红烛高烧。主客入座后，章景珂说：“本人在客边，没有朋友，所以人少。”又说：“无有条子可叫。”齐、荀二位因所欢在面前，也推说不叫局。于是大家开怀畅饮，在席间谈论些香艳的诗词，以及前人狎妓的故事。谈到白乐天所作的“同是天涯沦落人，相逢何必曾相识”两句，不由得黯然神伤，格外觉得风尘知己，是不可多得。尤其是盛会不常，应该及时行乐。于是男女六人一般的同深感想。

当晚席散后，荀、齐二人各被所欢扯到香闺内去，章景珂仍旧留宿在兰亭别墅房内。由此后，章、金二人情切切，意绵绵，几乎一时片刻坐立都不忍相离。金凤鸣老是催章景珂速为自己脱籍，章景珂却因身居客地，力有未足，姑且应着，暂图目前欢悦，再作道理。如此已有半月，不料好事多磨，陡然来了阵罡风，要吹折这一朵刚开放喷香的花朵。

原来，其时京城有一位纨绔公子，仗着财势，专一寻花问柳。突然到群芳院与章景珂闹起醋来，竟吩咐手下带来的打手行强劫人，并将章景珂打伤，唱了出武戏，一哄而去。因此引出位怪侠崔名世来，给章景珂打不平，做出许多惊人之事。

毕竟那纨绔公子是谁，崔名世如何来历，请待下回续写。

第三回

急主难义仆求医
抱不平侠客出手

话说章景珂自从与金凤鸣订了啮臂之盟后，爱情正浓。只因此来是赴考失败，立志住在京城候考，所带银钱，原不过丰。如果为金凤鸣脱籍，一则银钱不足，一时难以举办；二则在家庭未曾通过以先，深恐娶回家后发生问题，所以只得姑且隐忍着，再想良策。

正在此时，不料来了个大煞风景的纨绔公子，与章景珂闹醋，大起争端，劫去金凤鸣，打伤章景珂。此人名唤恩库龙，乃是正黄旗满洲里人。他的父亲名唤恩库忠，在朝现充兵部侍郎之职，与当今第一宠臣大学士穆彰阿乃是郎舅之亲。恩库忠的夫人穆彰氏，乃是穆彰阿的妹妹。这恩库龙便是穆彰氏所生，生得虽然容貌丑陋，但因恩库忠夫妻只有这么一个独生子，十分珍爱，从小儿娇养长大。

那时满人本极势焰，下级的尚倚着势力欺侮汉族，何况恩库龙是兵部大臣的公子，又曾封过一等忠勇巴图鲁的职衔，实授过乾清门的侍卫，自然比别个旗人格外厉害了。他从小学习武事，略得皮毛之外，最爱踢汽球、弄丝竹，仗着母舅和父亲的势，专一在外闯祸生事。他也恐人家抵抗报复，特地请了两位镖师保镖，又养了三十名打手，专给自己保护和对付反抗的人。那些打手都是京城的青皮光棍，平常本以打架生事为生活要素，自从被恩库龙收罗到门下后，狗仗人势，格外地显得厉害，动不动便是攮子铁尺。反正闹出大祸，天落下来有人顶着，所以他们格外胆大妄为。恩库龙本人因有镖师保镖、打手护卫，格外地胡作非为，除去踢球、唱戏之外，专好与一班旗人公子在外拈花惹草，仗着财势，妓院中上自老鸨，下至龟奴，谁敢不奉承恭维他？因此他在京城各妓院内，真有赫赫威名。

也是合当有事，他在前时，即已打听得群芳院里有一个南边来的姑娘，唤作兰亭别墅，十二分的人才，又会吟诗，吹唱都佳。他打听着后，久有到院中一亲香泽之意。无如老被一班公子阔少们拖着，花天酒地，班子茶室，各处走动，抽不得身，绝对无空闲。及至有空闲时，又轮着他的班，须到宫内应值宿卫，所以不能如愿。过了好些时，方才值宿期满。他因渴望已久，遂于这天晚上，领着手下四名打手，径到群芳院来挑选姑娘，指名要见兰亭别墅。

恰巧其时章景珂正在兰亭别墅房内，与金凤鸣讲说本人入京应试的前因后果。现在力有未足，须得等候几时，功名成就，才能娶她回家的话。两人互相唏嘘，金凤鸣自悲命苦，正在用手帕拭泪，猛见鸨母进房，匆匆来附耳道："外面有恩侍卫指名要你应接，你快些出去，好生接待。此人是恩尚书的公子，穆宰相的外孙，有财有势，不能怠慢他的。快些出去，免得生事。”

金凤鸣闻言不悦，但因身居火坑，为势所屈，不能拒绝，只得应说：“晓得，即刻就来。”

鸨母出房后，金凤鸣忍不住双泪交流，对章景珂道：“外面有客人叫我，你不要走开，坐着等我会儿，我马上就来的。”

章景珂见她流泪，忙说：“何苦来？休要伤心，且自保重身体要紧。”

金凤鸣也不回言，立起身来，伸手将泪痕拭去，不换衣服，也不重施脂粉，懒洋洋地走出房外，到厅前去见恩库龙。

这时，恩库龙已待有一会儿，心中正气，及见一个姑娘缓步来到面前，龟奴报名，知是兰亭别墅来了，只觉得虽然人品极好，可恨她架子太大，既不请教行礼，又不让客到她房内去坐。恩库龙是到处受人恭维惯了的，从未被人冷淡过，此时很觉乏味，不由怒上加怒。但强忍着问道：“兰亭别墅，你的房间在哪里呢？”

金凤鸣没好气地回答道：“对不起，我房中正有客人在里面，不好请公子到里面去坐，只好请公子爷同着各位借别人的房间坐一会儿吧！”

恩库龙见她推托，即说：“不行，俺们在这里等一会儿，你快去将那个客人让到别人房内去坐。”

金凤鸣无奈，只得答应。回身到自己房内，将章景珂让到隔壁姊妹香女的房内去坐着，一面来请恩库龙等五人进房去坐下。应酬了几句，即推说有事，急急出房，到香女房间内来陪章景珂，再也不到隔壁房中去伺应。

恩库龙等五人坐了半天，冷清清地老不见兰亭别墅来，格外大怒，命侍婢老妈赶快去唤。无如金凤鸣发誓不肯来陪他们五人。老妈丫鬟回房，只得扯诳，说：“姑娘出局去了。”

恩库龙闻言大怒，再也忍耐不住，遂说：“好个不识抬举的贱人，这般放刁。俺总有一日，叫她试俺的辣手！”说罢，立起身来，带领手下，即刻走出群芳院。

恩库龙去后，金凤鸣在隔壁房内得知已走的消息，即便同着章景珂回到自己房内，二人有谈有笑。老鸨怀着满腹心事，来劝章景珂赶速回去，免得有何不便。又劝金凤鸣躲到别个房内去，以防不测。章景珂被老鸨再三相劝，正待回去，金凤鸣却将他扯住，附耳道：“这是鸨儿的鬼话，世界上哪有这般吃干醋的？你放心，定是鸨儿嫌你在此，阻碍了他们的营业，所以才要想法将你吓走。你如胆小，一吓就跑，他们下次还要用手段呢，那可不是上当？”章景珂见说，一想，却也有理，遂坐着不走。

正在此时，忽然外面一声吆喝，抢进二三十个大汉来，当头的便是方才陪恩库龙同来的四名打手。走进房门，喝令动手。即有个打手上前将金凤鸣拦腰抱住，飞也似回身就跑。又有十来个跟着拥护着同行，余人一拥而上，着章景珂按翻在地，喝骂：“好小白脸儿，你凭着谁的势，胆敢霸占妓女？那还了得！”边骂边动手，手足交加，打得章景珂遍体鳞伤，已将奄奄一息，大众才吆喝着一哄而散。

群芳院内的龟鸨、姑娘、老妈人等见来的打手群众已去，才敢凑着胆子陆续跑来探头探脑地观望。一见兰亭别墅被劫，章景珂又被打伤，睡在地板上不能动弹，大家吃惊非小。尤其是老鸨，心中最急，第一，姑娘不见，这笔损失极大；二则客人受伤，怕惹下人命，因此急急命人扶起章景珂到床上去安睡。一面命人到外面去打听兰亭别墅姑娘被劫后的下落，以及一切情形，一面急将荀瑞卿、齐世昌二人相好的姑娘唤到面前来，询问荀、齐二人与章景珂同居的寓所在哪里。两个姑娘吓得惊魂未定，见问，即将荀、齐、章三人的住处说知。老鸨忙命龟奴火速前往三人下处，飞请荀、齐二位到来。

荀、齐二人得信大惊，问明来人一切情形，忙着唤同章景珂随身服侍的书童逸安，赶到群芳院内，探望章景珂。章景珂这时虽受重伤神志稍清，因为心中挂记着金凤鸣的下落和被劫后的生死情形，精神上受着很深的刺激，所以并不过于觉得疼痛。但亦自知身受重伤，如果有甚不讳，与院中固然不便，即自己的名誉亦不很好听。因此见了三人，即先说宽慰三人的话，忙令逸安快些去唤苦力，用藤床铺叠厚棉被，抬自己回去。逸安答应着尚未转身，鸨儿已接口道："不用如此费事，俺们这里派两个人抬送章老爷回去就是了。"

荀、齐二人同声说："很好，烦你快去吩咐。"

鸨儿因院内的干系，恨不得立刻将章景珂送回去，了却一件心事，焉敢怠慢？立即快步出房，招呼龟奴，赶紧预备藤床、棉被、棕绳，随着齐、荀两位和逸安，抬送章景珂回转下处。章景珂蒙头睡在被卧内，沿途抬着走时，才觉得身上骨骨节节的生疼，有些寒热，心中才着了慌忙。一到下处，由逸安领导龟奴，抬到房内，扶到床上睡下后，章景珂命逸安开发抬送的人的酒钱，吩咐他们回去，一得到兰亭别墅的真确消息，即刻就来报告。龟奴谢了赏，漫应着径自抬着床回去了。

章景珂自知伤重，不能延迟，即请荀、齐二人谈话，商量延请医生医治。荀、齐二人都说："不能过于耽搁，但京城内哪位大夫最高明，是伤科能手，却不知道。"赶紧将居停主人请来询问。

房东道："本城杨梅竹斜街石月明大夫是治伤科的名家，但凡唱武行的戏子和练把式的人受伤，都去请他医治。"

章景珂闻言，即令逸安快些去请。逸安领命，向房东问明路径，急急飞跑出门。逸安年纪虽小，颇为忠心，因见主人受伤，心中十分着急，深恐内伤过重，大夫来迟了，有性命之忧。所以他一出门便飞步而行，埋着头直向前走。他只管自己要紧，走不多远，不料迎面来了一个大汉，逸安人小身矮，低首前行，未曾留意，一头正撞在那人的胸口。那人将手一推，几乎将逸安推跌，竟身不由己地倒退将转来。猛吃一惊，抬头见撞在人身上，也不曾打招呼赔话，仍旧低头前进，口中还自语道："倒霉，越要紧反而越慢！"

那人听他口中咕噜，不由大怒，喝骂一声："好小子，你撞了俺，不曾认错，反而咕噜些什么？"说着，顺手一把将逸安臂膀扯住。那人力大，并未用劲，逸安已被他抓得连声哎呀。慌急间不知说什么是好，开口即言："大爷别恼，快些放手，你抓住俺不放事小，俺主人被人打得寸骨寸伤，命在旦夕，急等俺请大夫去医治。你误了俺主人的性命，那事就大了。"

逸安一口气说出这几句急话来，不由泪流满面，珠汗满头。那人见他这般形状，不禁好笑，忍不住放了手，问："你主人是谁？被谁打伤了的？请哪位大夫医治呢？伤势怎么样？"

逸安急道："俺主人名唤章景珂，被恩库龙侍卫率领手下打手打伤了的，伤势极重，凶险得很。现在俺要去请石月明大夫，无暇与你多说，你问也没用，俺告诉你也是白说，你不独不会得医伤，且又不能给俺主人出气。"边说边走。

这本是逸安心急，说的实心话，不料却挑动那人的侠义心肠，一因逸安年幼，忠义可敬；二恼他说话藐视自己，忍不住赶步上前，将逸安一把拉了回来道："小厮，你说什么话，竟敢瞧不起人。俺给你主人医病去，然后再给你主人出气，快领着俺同去。"

逸安急道："好大爷，您老别开玩笑，委实俺主人伤重，不能耽搁，快放手让俺去请石大夫要紧。"

那人使诈语笑道："好糊涂小厮，你认识石大夫吗？俺便是石月明。你要请俺，俺叫你领俺去，怎么反说俺和你开玩笑？快些领俺去，难道说不好，定要到俺家请俺，俺搭起架子，乘轿到你主人家中出诊，你才相信吗？"

逸安被他一诈，望了他一眼，因自己本不认识石月明，故不定他是不是，但因他说得认真，不由得不信。心中一喜，遂笑道："大爷，您果真是石大夫吗？"

那人正色道："谁还哄你不成？"

逸安大喜，即说："俺领着大爷去就是，但不知大爷身边可曾带得药吗？"

那人道："俺的伤药原是随身带着，预备行好的，你快领俺同去，别再麻烦，多耽搁时刻。"说着，松手。

逸安大喜，立即领着那人跑回下处里来。苟、齐二人听说大夫已到，慌忙起身迎接，一见来人气象英武，身体伟岸，不像个行道的大夫，很像个练武的好汉，但心中忖念："伤科大夫，原系懂得武术的人，中途改行的多，也许此人亦系改行的，亦未可知。但房东既说他是名家，谅来总还不错。"遂向来人奉揖，让到章景珂床前，移张椅子过去，请他坐下。逸安忙着倾茶奉客。

那人也不多言，先将章景珂的脉按了按，即揭被解开章景珂上下的衣服看了一遍，着手按着骨节，问过一番，遂在身边摸出三包黄色末药来打开，命逸安："快去打上好的陈酒，将末药调和一包，给章景珂服下，余两包等半夜和天明时，分两次用酒冲服。"说罢，又在身边摸出几包青灰色末药来，交给逸安，命他用酒调匀，敷在章景珂身上的伤处，用布缚好。

荀、齐二人请问大夫："可要服煎药?"

那人道："不消。"

随即请问二人姓名，以及章景珂因何受伤情形。二人将经过情形说知，那人大怒，冷笑道："别人怕他是侍卫，仗母舅和老子的势，俺却不怕他，王法不能治他，俺却不能容他。二位请放心，章爷的伤虽重，但经俺的药，内服外敷，三天可以痊愈，七天即可复原。好歹在这七天之内，俺定要将这班害民之贼除却，为民除害，顺便给章爷复仇。二位再见。"说罢，起身拱手，扬长而去。

毕竟此人是谁，请待下回再写。

第四回

逢奇僧练武成游侠
宿客店深宵闻凄泣

话说那人走出门后，深恐荀、齐二人起疑，又去请石月明大夫来给章景珂治病，用药冲突，反而误了大事。因此复又回身进内，对二人道："现在病人既已服过俺的药，切不可再服别人的药，因为这不是儿戏的事。实不相瞒，俺并非石月明本人，乃是石大夫的师弟，因为救人要紧，所以才大胆冒名到来的。俺虽与石大夫一师传授，但治法却颇有不同，因为石大夫不曾学过武，俺却曾练过武的，所以治法彼此互异。"

二人闻言惊讶，即问："尊驾既非石大夫，那么阁下行道的大名是作何称呼呢?"

那人道："俺姓崔名名世，山东章丘县人。二位如不见信，不妨事后向石大夫打听，便可明白了。"说罢，告辞，匆匆走出门去。

二人送到门外时，已不知崔名世的去向。回身再到章景珂房内探视时，章景珂已呼呼睡熟，看神态，已不像方才那般痛苦。

二人也稍微放心，吩咐逸安好生伺候，二人遂各退回自己的房内。因为代群芳院担着心事，尤其放不下兰亭别墅的情形，但要去访问吧，又深恐恩侍卫的心不死，自己撞了去，恰巧碰着，无端受辱，不敢冒昧前往。没奈何，只得将心肠狠狠，准备守章景珂好了再说。但是结果仍旧被一个“情”字打动，二人晤面一商量，终究派遣手下人，悄悄前往群芳院去探访实在消息。

看官，这来给章景珂医治伤势的崔名世，突如其来，究竟是何等人物呢？

原来，崔名世世居章丘城内，他父亲崔明德乃是位不第的秀才，因为被生计所困，不能奋志功名，只得在家中教馆过活，终日坐着冷板凳，和一班学生厮混。书房内的学生年龄参差，程度不一，教授学生，原是件极麻烦辛苦的事。崔明德虽然以“先贤得英才而教育之一乐也”的一句话，为自己解嘲宽慰，但实际上亦是无可奈何，只得耐着性儿罢了。

崔明德在二十四岁上方才娶妻，只生名世一人。这名世自幼天生成一副蛮力和顽皮情性，从小即喜爱抛砖掷瓦，舞棍使棒，好动不好静。如叫他好好坐着，竟像那椅子上有针尖儿刺痛他的屁股一般，因此常被崔明德督责，强迫着他念书习字，不许他与市井群儿为伍，以免他习入下流。崔名世惧怕父亲的威严，没奈何，只得耐性读书，叵奈读了几年，老没有什么特殊进步，非但八股承破等文章不会作，便是四书论说，也作不好，只能写得普通信札。崔明德见儿子天资鲁钝，料来读死书断无益处，遂四下托人给名世推荐，到外面去学生意。人家因先生的情面，颇给他留意，因此便有位唤作成济仁的，将崔名世介绍到德州城内一家生药铺里去学生意。

其时崔名世才十三岁，但因他身体高大，虽然小几岁，人家总以为他已有十五六岁了。那生药铺招牌叫作济生堂，财东唤作成济生，与成济仁是本家弟兄。崔名世自进店后，因为依从严命，只得辛苦勤劳地忍耐着用心习学。他因自知这是他终身衣食饭碗、奉亲养家的根本，所以丝毫不敢怠玩，因此进店不久，店中上下人等无不交口称赞他好。他因为用心之故，所以不多时，已能将药名记清，药性了解，一切药材都能辨识。济生堂是兼做批发的铺子，所以店中堆积的药材很多，铺后虽有所小院子，但晒药时总嫌地方狭窄，因此总是借隔壁广福寺庙内的后面大院落做晒场。店东因为责任重大，每日总是命崔名世到广福寺去看守。这差使颇为闲静，崔名世因此得和广福寺内上下的僧众成为相识。日子一久，彼此见面总是有说有笑。

其时寺中有位从河南嵩山少林寺来挂单的行脚僧，那和尚形容丑陋，身材矮小，法名谛闲，云游到此。因为与本寺的知客僧松涛，俗家是嫡堂弟兄，故此被留着住下。谛闲道行颇高，每论佛典，往往使广福寺内上下僧众瞠目结舌，所以人人都佩服他。不过谛闲平时的举动行为极其奇特，不与人同，最好管人闲事，爱打不平。在寺中除念经打禅而外，总要练会儿武功，每天在后院太阳下面舞动他随身做行脚的镔铁禅杖、倭铁戒刀，光耀人眼，风响呼呼，最是特色惊人。崔名世在寺内见着，已非一日，他本自幼即喜拈棍舞棒，蛮练拳脚，只因无人指授，又被严父缚束住了，才将野性驯服。这时每天见谛闲舞得盘旋如飞，光亮一团，在太阳光下面滚来滚去，丝毫不见一些人影儿，不由有些技痒，颇想学着舞一回。

那天等到谛闲舞罢，老着面皮，大胆去拿禅杖来舞。不料那禅杖分量沉重，他拿将起来，已觉非常吃力，哪里能舞得动？只得叹息怨恨，但一转念：“俺空有学武的素志，现今乘着遇见这位谛闲师的机会，何不拜他为师，求他指授指授呢？气力原是练出来的，只要俺能苦练，谅来断无不成之理。”想到此，精神一振，放下禅杖，遂向谛闲申述己意。不待谤闲回答，即已双膝点地，冲着谛闲叩了四个头，口尊：“师父在上，弟子见礼！”谛闲见他行大礼，忙说：“且慢，你这孩子，好生鲁莽，我和尚不能收你，快些起来。须知练武不比别事，稍不留意，伤筋损骨，可不是玩儿的。”

崔名世闻言，复又叩头道：“弟子一片至诚，务求师父见怜，允许收弟子做徒弟，指授弟子的武艺。这是弟子自愿，即或伤损筋骨，弟子亦绝对不敢有半句怨言。”

谛闲定睛将崔名世仔细相了一会儿，便说：“也罢，你且立誓，如果将来学成本领之后，在外妄用，作恶害人，行不仁不义之事，该当怎样？”

崔名世闻言，不假思索，即发重誓道：“倘或学成本领，违背师训，在外行不仁不义之事，定遭天谴。”

谛闲听罢，即说：“也是本师与你有缘，既然你一片至诚，本师即收你为徒。你且起来！”

崔名世大喜，叩头谢过师父，方才起来垂手侍立。

谛闲道：“如今你在济生堂药铺内学生意，这乃是你正当的衣食饭碗，虽然你拜我为师，须要双方兼顾，你不可以私害公，好在你每天到此晒药，尽多闲暇。本师即在你空闲时候，逐日指授你的武艺。你须要用心勤习，不可中途而废。在未得本师许可之前，不准胡乱将武艺传人。”

崔名世唯唯应命。谛闲即问名世：“你以前可曾从何人学过何派的拳术?”

崔名世回说：“弟子不曾学过。”

谛闲道：“学武须气力兼练。你方才能拿本师的禅杖，可知力还可以，但你乃是蛮力，不能运气，等于无用。本师现先教你打坐运气之法。”说罢，即在空地上教授打坐运气练习内功之法，然后起身教授他练力之法。

崔名世一一牢记，从即刻起，如法练习。谛闲见他学武的资质并不笨拙，心中大喜，于是逐日传给他练腿、足、手、臂、耳、目、身诸法，同时传授《易筋经》《罗汉拳》。练习纯熟之后，即逐步教授他各种拳技，以及各派的武术。崔名世本来酷爱学武，十分专心，所以进步十分快捷。又加上谛闲肯尽心传授，故此他格外容易进步。

如此练有年余，崔名世已练就一身内外软硬功夫，又兼他身长力大，已非常人可敌。谛闲遂教他使用各般器械的武术和打接各种暗器的手法，同时又兼授各种熏洗药方和配制伤药的秘方。末了，又传授他的剑术。前后足足练有两个年头，崔名世的武艺已是练成。

那日，谛闲遂将他唤到面前，再三叮咛：“不可胡乱妄用，须守生意人的本分。本师因离少林寺已久，早已即欲回去，因你的学业未成，所以不曾回去。现在你的本领已练习成功，本师任务已了，明日即须动身。你在铺中，不必来送行，即使来送，也不过尽弟子之礼，但是送君千里，终须一别，反而误了你铺内的事。他日有缘，本师当可与你再见。”

崔名世闻言一惊，心中好生不舍，几乎迸出眼泪来。但因知道师父的性情古怪，不敢违背，当即跪地叩头道：“师父在上，弟子谨遵师命，就此叩头给师父送别，明日不再送行，望师父沿途珍重，祝师父一路福星。”说着，竟有些呜咽起来。

谛闲命他起身，吩咐：“不可如此，本师是出家人，本来来去都无牵挂，你亦不必惦记着我。”说罢，径向前面禅房内去了。

崔名世呆立着望了一会儿，忍住眼泪，无精打彩地看守着药材。当晚回铺，第二天一早即溜到寺内来探望师父，哪知谛闲已于黎明时动身了。崔名世只得悄悄到后面院内空地上，向空叩头，谢师父教授之恩，起来溜回铺内，照旧办事。

成济生忽然想着，崔名世进铺学徒已将三年，须命他学着当柜配药，将来满师后才能当同事。因此过了几天，遂令别个后来的学生去晒药看守，命崔名世在柜内学习。崔名世闲散惯了，这一来好似野马上了辔头，好不难受。但因切记着父训师训，不得不谨遵台命。但由此后，崔名世最感苦痛的，便是没有空地方可以练武，只得早晚在床上练气运力，稍微练习而已。

光阴荏苒，不多时，崔名世已是满师，成济生即将他起了薪水，命他捎信回家，禀告父母，好使父母安慰喜悦，崔名世依命捎信。崔明德夫妻俩接信大喜，因已别三年，平时极为系念，现在满师后，已可告假回来，遂回信着名世请假回家一走。名世遂据情禀知先生，成济生当然答应，并赠送他盘缠，命他带些东西，回家送给亲长。崔名世谢过收了，即日预备动身，将衣服包好，另外买了些礼物，包扎停当。第二天告别成济生各同事，以及众师兄弟，背上包袱物件，离铺出城上路。常言归心似箭，德州离章丘原不很远，崔名世思亲心切，迈开足步，仗着他练过武术的经验，当然举步如飞，因此不多日，即已赶到章丘城内，径到家中，叩见双亲，禀述三年以来的一切情况。

崔明德夫妻见儿子已是长成，又见儿子学生意极得先生的信爱，不由喜得笑逐颜开、心花怒放，忙着给儿子安排茶饭，又将名世带来的礼物分别赶紧送给亲邻。亲邻人家得信，陆续都来送礼物探望，好不热闹欢喜。崔明德当日提早放学，亲自上街买鱼肉沽酒，回家命老妻烧煮给儿子接风。当晚，一家人叙天伦之乐，畅谈至夜深方才安睡。

次日，崔名世到各亲邻人家去拜访问候，又到成济仁家中去谢过。由这天起，各亲邻人家，你请我接，崔名世好不有兴，几乎疲于酬应。他父母却喜得心痒难挠，乐意非常。过了几天，崔明德又置备酒菜，邀集亲友到家，回敬道谢，方才完事。

崔名世在家盘桓一月有余，方才谢别亲邻，叩别父母，动身到德州济生堂去服务。也带了些土仪，孝敬成济生。因此去是离家外出，不免有些依恋，所以迟迟吾行，不比得来时十分迅疾。一路安步当车地前进，顺便赏玩沿途风景。

当晚，在章丘辖境大王庙镇上投店住宿，在床上依旧打禅运功。正在闭目呼吸，猛然听得一阵阵惨厉的哭声从隔壁人家送进耳内来，不由一惊。留心听时，乃是妇人家的声音，口口声声，哭的是亲娘。暗说："想必系死了娘亲或是婆婆，所以才这般哭法。”正在思维，却听那哭声越哭越惨，断断续续，呜呜咽咽地哭个不住，仿佛听见泣诉道：“俺的亲娘啊，你怎么这般狠心，竟抛撇下俺去咧，叫俺独支这个门户，怎生办法呀……”

接着又听见有人劝解道：“大娘子，事已如此，夜深了，哭亦无益，不如早早安息吧！俺们明天帮你设法，寻找你婆婆的下落……”

崔名世听见这几句，不由起了满腹疑云，忖度：“这是怎么回事呢？可就难以索解了。”

毕竟其事如何，请待下回续写。

第五回

管闲事任侠反遭疑
肆技击仗义作快举

话说崔名世听见妇人的哭声，原不曾疑心，但听见有人解劝的声口，所言颇为奇特，不由动了疑心，暗忖："照此推想，分明并非哭的死人，却是哭的活人了。天下之大，真是无奇不有，反正俺不一定即要急急赶到铺内去销假，明天且将此事打听明白了再走，也没甚要紧。"因此遂将运气练功的课打断，脱衣安睡。

次日清晨，崔名世起身，小二进房打水泡茶。崔名世即说："小二哥，昨夜这隔壁人家因何啼哭不休，敢情是居新丧吗，这般伤心？她们哭泣一夜不要紧，害得俺一夜不曾合眼。行路辛苦的人，碰着这样的事，真是不巧已极。"

小二应道："时候还早呢，大爷何妨再睡一会儿呢？"

崔名世道："被她将瞌睡打过去了，这会儿纵睡也睡不着啦，不知这家是死了什么人，这般伤心？"

小二笑道："大爷听见哭的什么称呼呢？"

崔名世道："俺虽听了半天，可惜不曾听得清楚，所以才问你的。倘若听清，还问你做什么呢？”

小二道：“原来恁地，隔壁这家人家姓冒，昨夜是媳妇哭婆。”

崔名世道：“这就奇了，俺仿佛听见有人劝道：‘俺们明儿大家设法，帮着去找。’如果人已死了，哪有可以找得回来的呢？”

小二笑道：“大爷有所不知，媳妇哭婆，哭的是活人，并非死鬼，这会儿找寻不着呢。”

崔名世道：“俺也这般猜想，但是人不见了，寻找访问也就得啦，何用如此悲哭呢？况且大人不比得小孩子，既然是婆婆名义，当然年纪已老，总不至于会被拐子拐去。”

小二闻言，忍不住哈哈大笑道：“大爷这话很像有些傻气，难道不会逃走吗？俺告诉你吧，隔壁冒家，婆媳二人的年纪上下相差不到十几模样。原本那婆是继室，并没生过儿子，这媳妇的丈夫是前妻所生的儿子。这两年冒家父子二人相继亡故，婆媳两个靠着遗产度日，倒也很安闲快乐。不料那婆近来不安于室，弄得丑声四播，亲戚人家都瞧她不起。她不但不悔过自新，反而竟一不做二不休，索兴于昨日乘她媳妇回娘家去的机会，将家中金银首饰、绸布衣服，以及田单地契、细软物件，包扎起来，跟着奸夫卷逃去了。她媳妇回家，见此情形，思前想后，所以号啕痛哭。大爷你想，叫那做儿媳的，怎得不伤心呢？”

崔名世闻言大怒，暗说：“天下竟有这样无耻妇人，那还了得？”边想边说：“小二哥，冒家媳妇可也有外遇吗？有没有儿子呢？”

小二道：“媳妇如果也有外遇，那倒可以无事了，只因媳妇贞烈，极其贤惠，所以才生此变。要不然，奸夫夜来明去，无有顾忌，哪还有这般不幸之事呢？现在媳妇有一个儿子，已有七岁了，正在书房里念书呢。”

崔名世听罢，要再问时，小二已被别个住客唤去有事。崔名世心想：“自己学成技艺之后，从来不曾用过，如今遇着此事，岂可坐视？俺何不多管一遭？扮神装鬼，将那晚婆所带去的物件完全追回，警诫警诫那一对无耻男女，也好算是一件功德。”想定主意，遂决计管问这件闲事。梳洗后，命小二将房门锁上，径出客店，逛到隔壁冒家去探问情形。

其时冒家的亲戚正齐集在客堂里，议论纷纭着。一见崔名世进来，大家询问找谁。崔名世向大众奉揖，打过招呼，即说：“小可名唤崔名世，因路过贵地，昨夜住在隔壁客店里，听得尊府夜间悲泣之声。清晨起来，访问别人，才知大略，但语焉不详。小可往年曾到过湖南，曾遇异人传授，学得惊人本领，只要知道那逃去之人的年纪、容貌、去向，便可立刻追回，准能原璧归赵，所以不揣冒昧，登门奉访。如不见疑，将实情告知在下，在下定能将此事办理妥善。”

众人初听他说路过贵地，只道他是来求乞告帮的江湖之士，及至听他说是来帮忙的，虽然心中感激他的见义勇为，究竟彼此对面不相识，从来说的“其言过甘，其心必苦”，一时猜测不透他是真心，抑或假意，不由一齐面面相觑，一言不发。末了，由一位年纪稍长的回答道：“承蒙盛意，非常感激，但因这是家事，有道是‘清官难断家务事’，尊驾是过路之人，未便以此事耽延尊驾，只得向尊驾道谢。”

崔名世一团热心，被他婉言谢绝，好不扫兴，只得含着怒意，回出外面，心忖：“本不预俺事，俺不必多管。但因昨夜听得实太凄楚，不容不问，不料将热气换冷气，真是难堪。”边想边走到街坊茶肆内去品茗、用点心，预备中饭后动身上路，所以在茶肆内小憩，挨延时光，顺便和同座之人搭讪着谈些本地新闻闲事。那人问府居何处，崔名世将住在客店的话说了，末后又说到夜间听见哭声，自己想去多事，不料碰了一鼻子灰，真是意想不到。

那人见说，便道：“崔爷，本来此事多管不得，况且你是出门人，更加多管不得。”

崔名世道：“常言‘天下人管天下事’，怎么会多管不得呢？”

那人道：“别见气的话，足下年轻，入世未深，所以不能知道。出门人以省事为妙，自己的事还宜乎忍耐，何况管人家的闲事呢？所以说足下更管不得。讲到冒家这件事，本难管的话，足下是路过此地，当然不知道，本地人大概都有些明白。皆因那奸夫名唤白叔良，是本地著名的光棍，自幼练学过武艺，百十个人近不得他的身，手下党羽极众，在外方各处都有朋友。说句总话，他乃是本地的一霸，真是谁人不知，哪个不晓？别说昨儿有人看见他带着冒家的婆婆乘着骡车动了身，便在本地，也断乎绝对不会有人敢问他的。足下请想，这件事可不是管不得吗？”

崔名世闻言，才知其故，暗说：“怪不得那媳妇净哭，未曾去报官呢！原来有这么一宗原因，所以她不敢。”边想边问：“那白叔良有多大年纪？容貌如何？家住何处？有人看见他是往何处路上走的？那婆媳二人的娘家姓什么，住在何处呢？”

那人道：“说也可笑，这想是前世的孽缘。讲到那白叔良的容貌，真是蠢俗，高大个儿，黑大麻子，年在三十以外，家即住在本镇东庄上。昨日亲眼见着他们奸夫、淫妇动身上路的也不止俺一个，恐怕冒家的亲戚也有几人看见，亦未可知呢。他们是往上天津去的大路上走的，大约此去是往京津一带去暂居几时，谅来不久即要回来的。那晚婆娘家姓李，媳娘家姓朱，都住在本地乡间，据闻李氏的娘家很可过得去，那朱氏的娘家很为清贫，靠种租田做佃户过活。要不然，朱氏昨夜也不致那么痛哭了。讲到容貌，婆媳二人都生长得不错，李氏年虽三十外，但是生得少年，看上去最多猜她二十四五岁，才不会当她有三十几的；朱氏今年才只有二十四岁呢。”

崔名世听罢，遂说：“冒家的亲戚对于此事，不知如何处理？朱氏遭此变故，如回娘家，娘家太贫苦，哪能养活她母子两口？如在婆家，金银细软都已一扫而空，怪不得她要痛哭了。”那人叹道：“也是她的命中注定，该有这种磨折……”

说犹未完，恰巧茶肆外面走进一人，向那人拱手道：“老大哥，俺什么地方不寻到，却原来在这里呢！”

边说边走到面前，和那人附耳说了几句。那人立起身来，给过茶钱，同着来人匆匆走将出去。崔名世独坐着，又喝过两开茶，方才给钱回店。到客店房间里，即命小二去要酒菜，早些吃中饭动身。小二依言去叫，不多时，酒菜饭都已送来，崔名世吃毕结账，带上包裹物件，出店离了大王庙镇，径向德州进发。边走边想：“往天津原是从德州走过的一条大路，俺如脚下紧一紧，说不定许能在路上追着那一双狗男女，亦未可知呢。”想到此，不由一团高兴，迈开大步，飞也似向前登程。一直赶到德州辖境，路上十分留意，并不曾见着。就路旁人家铺子询问时，有的说不曾见，有的说不错，昨儿见有这么辆骡车过去的，或说今天上午见有这么辆车子过去的。崔名世问知其详，果然白叔良同着冒李氏是由这条路上过去的，精神愈振，足下格外走得迅疾。

当晚在路上住店，第二日大早起身，又急急赶路，一径赶到德州城内，并不曾追着。心想："所带盘缠不多，万一要追到天津，来去盘缠一定不敷，只好先回铺内再说。"于是径行回到济生堂内，叩见各师长，转述父亲问候道谢之意，又分送了些土仪，并问候了各位师兄弟。成济生命他吃饭歇息，崔名世本想扯谎，告几天假，借几两银子追往天津去的，但恐白叔良、冒李氏半路上转往别处去，自己到天津扑个空，况且自己薪水微末，借钱扣薪，简直一年白做。白做还是小事，空跑那才冤枉呢，因此只得将这条心思放下。

这天傍晚，崔名世因奉成济生之命，到西大街德隆皮丝烟铺内去接洽事务。崔名世奉命而往，事毕回来，迎面恰巧遇着个黑长大汉。两下撞个满怀，那黑汉大怒，骂声："瞎了眼的小子，走路为什么不看清楚？"

崔名世被骂，也不禁怒骂道："你撞着俺，还开口骂人。俺并不曾眼瞎，还是请你自己骂自己吧！"

那人更怒，一把扯住崔名世，扬手便是一个巴掌。崔名世使劲甩脱那汉抓衣服的手，侧身让过，骂声："狗娘养的，你仗着谁的势，胆敢这样蛮横无理？"

那汉大声道："好小子，有眼不识泰山，谁不知俺白叔良大爷的大名？俺便仗着俺的势，打你这小子！”说罢，伸张两臂，又来打崔名世。

崔名世听他自称是白叔良，口音果然是章丘人，不由大喜，暗说：“真正再巧也没有，俺正要寻他，他却自送将来。”边想边将身体后退，让过了来拳，忙进身使猿猴献果势，冲着白叔良的胸前便是一下。白叔良见他是个会家，这才着了一惊，不敢怠慢，急使怀中抱月式，架格来拳。崔名世两拳缩回，霍地飞跃到半空，使饿鹰扑兔式，落将下来，直击白叔良的头颅。白叔良忙将身体一矮，蹲在地下，就地一滚，让将过去。崔名世才立定脚跟，白叔良已就地使叶底偷桃式，来奔他的下三路。崔名世见来势甚凶，不及避让，只得旱地拔葱，倒退了几家门面，双足一垫，一个箭步，又蹿到白叔良的面前，伸两拳来击白叔良的两太阳穴，手未伸到，即已缩回，改使连环腿，取白叔良的下三路。白叔良只顾得上面，不及防御，早被接连两脚，踢倒在街心里。崔名世乘势使足尖儿一踢，点了他的穴道，说：“朋友，你如今输了，住在哪里？俺送你回去吧！”说罢，弯腰将他挟起，向僻静街道径行。

这时，街坊行人虽不甚多，但因见有人打架，却都立着看热闹。及见崔名世挟起白叔良走了，大家都一哄跟在后面，要看结果如何。崔名世见后面人多，遂将足步放开，改途飞奔出城。人家追赶不上，只得各散。崔名世将白叔良挟到城外一所树林内，放在地下，唰地便是两拳，打得白叔良哎呀连声。

崔名世指着骂道：“鼠辈，你奸拐冒李氏，唆使她卷逃，害她儿媳，俺从大王庙追踪寻你们一对狗男女到此。你如将藏冒李氏的所在说出来便罢，如不实言，立刻送你的狗命。”

白叔良无奈，只得招道：“俺将冒李氏带到此地，住在俺表弟何敏学家中。他家即在本城西大街像真纸扎铺后面，你将俺放了，领你同去就是。”

崔名世笑道：“不怕你不招，只要人赃现获，便可万事全休。”边说边将足尖轻轻一踢。白叔良活了血络，立起身来，撒腿想跑。早被崔名世一把按住肩胛，略用指功。白叔良已是痛得立不住身，只得嚷叫好汉饶命。

崔名世笑骂道：“好猴儿崽子，你敢放肆，想偷跑吗？俺担着你的手腕，同到像真纸扎铺去，看你敢想逃不想逃？”说罢放手，改搀着白叔良的左手，走出树林。

毕竟冒李氏的下落如何，怎样结果，请待下回续写。

第六回

刁妇诡词诬英雄
义士青眼识好汉

话说崔名世搀着白叔良的左手走出树林，其时已是天黑，崔名世脚程快，白叔良手被捏着生疼，痛得汗流浃背，只得连跑带走，紧紧跟着崔名世跑进城内，一径到西街像真纸扎铺内后进屋内。恰巧何敏学正在家中，和冒李氏说着话，一见表兄同着个少年汉子进来，便问表兄："这位是谁?"

白叔良气喘吁吁地不及回答何敏学的话，即说："好汉，这堂前坐着的便是冒李氏，人在这里，俺总算交给你了，你放了俺吧!"

崔名世且不放手，用目将冒李氏一看，果然容貌美丽，在灯下看着，格外显得好看。遂用左手先将白叔良的穴道点住，呆立着不能动弹，一进身，又将何敏学的穴道点住，口中打句招呼道："对不住，只好委屈你一会儿，可别着恼，容后赔话吧!"边说边抢步到冒李氏面前，伸手抓住她的衣服。其时，冒李氏早被吓得怔住，坐在椅子上不敢移动，一见崔名世来抓自己，吓得不敢开口，望着崔名世一言不发。

崔名世道：“你就是冒李氏吗？好个妖淫的妇人，这般不顾羞耻，跟着奸夫逃走。俺本待将你杀死，给你已故的丈夫出气，但因怕污了俺的宝剑，所以饶你的死罪。你将金银衣物带将出来，一齐藏在何处？快些招来，便饶放了你！”

冒李氏见白、何表兄弟俩都不是崔名世的对手，哪敢放刁？怔了半晌，才说出话来道：“所有物件银钱都搁在这边房内呢，你要时，就拿去得了，可别伤害俺们的性命。”

崔名世听罢，顺手也将她的穴道点了，索性到前后各处去查看有无别人，遇着即用点穴法将人点住，共计前后点住了七八个人。崔名世回到客堂里，反而觉得此事为难了：“人赃虽已现获，究竟怎样才可将冒李氏人赃一齐送回大王庙镇集上去呢？如将白叔良一齐送去，那地方是他的窝巢，恐怕反生枝节，弄巧成拙。如杀了他吧，这个祸可不闹大了吗？”想了一会儿，才想出个主意，先到前面，将像真纸扎铺的大门关好闩上，然后将被点过穴的人，男和男一起，女和女一处，挟着分别关在后面两边房内，带上两边房门，然后吹灭了灯火，这才走到天井里，纵身上屋，从屋后巷内跳下去，赶紧跑回济生堂。成济生正在说：“崔名世怎么去了这半天不来，莫非德隆皮丝烟铺内留着他吃晚饭不成？”及见崔名世回来，问他办的事如何。崔名世将接洽的情形回复过东家。

成济生道：“你怎么去了这么半天，到此刻才回来呢？”

崔名世乘机进言道：“正要禀告老伯。愚晚从德隆出来，在街上碰见一位由天津回章丘去的乡亲，他正在问路，要寻到俺们铺子里来找俺，因为他的女眷和小孩子都在路上染了病，现在客店里住着，要来求愚晚帮着照应，送他回章丘去。愚晚不敢擅专，特地向老伯请示，但因为这一耽搁，所以回来得迟了。”

成济生听罢，说：“这可不行，你才由家中来，哪能又回去？况且你那乡亲本人并无病症。”

崔名世见东家不肯答应，不好多说，只得不言。一会儿，用过晚饭，崔名世寻思：“既已做了这件事，哪能半途而废？自己倘仅凭着做药铺伙计挣几文，将来养老抚幼，定然很拮据。不如回转家乡，凭着自己学的本领，即做伤科医生，也能混饭吃，况且站柜台做生意，和坐冷板凳教学生，也是一般痛苦，与自己的性情本来不很相宜。”想到此，即避人写下封信，留呈成济生，说明自己送乡亲回去，到家即刻回店服务，绝不耽误。写好搁在账桌抽屉内，也不和人说，径自走出济生堂，往西街像真纸扎铺后面。仍从屋上进去，点上灯亮，当夜住了一宿。

次日清早，翻箱倒笼，寻了几十两银子，放在腰间，然后将冒李氏的原物逐件问明，遂说：“我送你回去，你放心，绝不难为你。只要你回去以后安分守己，即可无事。这里白叔良、何敏学等人，俺回来自然放他们，他们平时多行不义，给这点儿小苦吃，总算是俺有好生之德，他们有造化呢。你在路上休得多言，俺们以姊弟称呼，不可露出马脚。”说罢，即去前面开门，出去雇好骡车，讲明到章丘县大王庙镇上的价钱，自己又雇了一头骡子。深恐已露了什么风声在外面，路上须提防有白叔良的徒党来劫。那时自己赤手空拳，难以迎敌，因此又在何敏学的家里寻了两把单刀。这两把刀，乃是何敏学自己用的，分量颇重，崔名世拿在手内有数，知道尚能合手。当即佩在腰间，作为防卫之用，收拾齐全，即将冒李氏的穴道点活，先扶起她在房内走了几步，活动活动。然后去唤赶骡车的进来，将所有物件一齐搬将出去，点过件数，缚好在车上，这才督率冒李氏出门上车，吩咐赶骡车的等着，推说向后门出来，却将门依旧关好闩上，用大杠子顶好。到后面，仍从屋上跳出去，才出巷口，到前面跨上骡背。骡夫递过鞭子，又去将车帘放下，这才赶骡前进。

出城走了一程，崔名世吩咐停下，打过早尖，再行上路。中饭时亦复如此。当晚住店，分作两房住宿。

次日早膳后，又复上路。在路上村酒店里用过中饭，崔名世忽觉腹痛，要去大解，吩咐两名骡夫："务要等俺来，方可发脚。"说罢，问明堂倌，到店后茅厕上去屙屎。

在这时候，恰巧村酒店里有两名南方镖师，带着十来个伙计从天津保镖回头，一群人都是空身，只带得些礼物，是预备沿途送人和到家乡去送人的，正和冒李氏坐的桌子紧紧靠着。冒李氏见了这班人，陡然心中一动，忖念："自己被人押回家去，是死是活，完全不知，更不知押自己的人是谁。料来他定不是什么吃公门饭的，倘或是马快差人，定不会独自到德州办案，况且又未曾送官，请求递解，这是最显而易见的。素闻保镖的镖师傅本领总是好的，俺想押俺的那小子本领虽好，或许不是这两位镖师的对手。况且他们人多，总不至于吃亏。"因这一想，陡生一计，遂乘着崔名世不在面前的机会，悄悄向着两位镖师点头，尊称："二位镖师傅，请移坐过来说话。"

二位镖师不由一愣，即说："大嫂，有何见教？"

李氏假意垂泪，低声唤句：“二位镖师救命！”

二人大惊，遂走过来问道：“大嫂，因何有性命之忧？是被何人陷害？与你同行的男子是谁？”

李氏道：“俺是章丘大王庙镇上的人，这同行的男子也是章丘人，俺丈夫和他是朋友，相约到京城去做买卖。不料这厮中途变心，在路上串通羽党，将俺丈夫用接财神的手段绑了票去，现今不知生死。又威逼着俺与他姊弟称呼，说是将俺带回章丘去。他的意思，姊弟称呼，在路上才好遮掩人家耳目。带到章丘，即要逼俺与他成亲。俺虽是女子，颇知礼教，素闻人言，凡是当镖师傅的，极有本领，最爱打不平。今日见着，所以俺才不怕害羞，冒昧向二位请援。倘蒙二位援救，恩同再造。”

二人听罢，不由一齐热血上涌，怒冲霄汉，同声道：“光天白日，清平世界，竟有这般丧心病狂的奴才，那还了得！大嫂放心，好在俺们回南方去，从章丘走，虽然稍绕些路，但也可以走，反正俺们没甚要紧事，便从章丘走也无妨。俺们且到前站，看机会行事。”

李氏闻言，连声道谢。两位镖师回到本位，怒气不息。一会儿，崔名世已从后面回到前面，吩咐骡夫：“即行上路。”边说边掏腰与村店柜上结算给钱。两位镖师怒目相视，很注意他的行动，一见他两目炯炯有光，腰腿颇健，又佩着两口单刀，知道他也是个会家。看他面容上一派正气，目不邪视，绝对不像个行凶作恶之人。再看那妇人，双目流盼，虽然面带愁容，可是妖媚的神态仍旧掩盖不住，不时流露出来。两位镖师是走码头、闯江湖的人，正所谓见多识广，一目即能了然。这会儿将崔名世和李氏两下一比较，不由怀疑方才李氏的说话恐怕有些靠不住。见他们算账要走，各丢个眼色，也就赶紧招呼伙伴算账出门，一齐乘马上路，走到前面路旁等候。

不一会儿，崔名世跨着骡子，随在骡车后面，已到了面前。两位镖师将缰绳一带，纵马上前，将去路阻住，向着崔名世拱手道："老兄请了！"

崔名世见是一班镖行里的人，不由一惊，疑心是白叔良的同党，遂留心防着，赶骡超过车前，拱手向二人答话。回问："二位阻住去路，不知有何见教？"

两位镖师道："老兄可莫怪俺弟兄们好多闲事，因为方才在村酒店里，见老兄护送的这位大嫂面容与老兄完全不同，老兄称她为姊，颇是令人生疑。况车内所带物件，并无一点礼物。如说尊兄是迎接令姊归宁的，又绝对的不像，所以大胆奉问，请说明了再走。倘或车内女子并非令姊，有些来历不明，那么奉劝老兄，还是抬抬手，抛弃了的好。"

崔名世闻言，不由笑道："俺道二位为了何事，原来却是为此。这乃是二位热心举动，俺焉能错怪？不过俺们姊弟同行，与二位无关，二位何必多问呢？况且二位所问的话也太觉不伦不类啊……"

崔名世话未说完，冒李氏早在车内大声道："二位镖师傅，休听他的巧言，务求二位救俺一救啊！"

崔名世陡见冒李氏开口，知道纸包不住火，遂说："二位镖师父，实不相瞒，此事乃是俺多管的一件不平之事。倘或二位不能见信，俺们同行到章丘大王庙镇上，二位向地方上人一打听，便能明白了。”

二人见前后言辞陡变，软中带硬，料定那妇人所言定然不实，来人亦是位侠义之士，遂拱手请问崔名世的姓名。崔名世将名姓告知，接着即请问二位的姓名。二人中一位身体较长的道：“俺俩是嫡亲弟兄，俺是兄长，他是舍弟，我名金毓常，他名金毓英。老兄方才说自己亦是多管的一件闲事，不知老哥究竟多管的什么事？谁是谁非，且请老兄说明了，容俺们弟兄忖度忖度，看是对不对。”

崔名世见问，便将路过大王庙镇上，耳闻目见这事说了一遍，接着又道：“论理俺本要将奸夫、淫妇一同解官，押送到章丘县去办罪。但因白叔良在章丘地方颇有特殊势力，与其多一层麻烦，不如直截了当地私自和平处置，所以才这般姊弟称呼，送冒李氏回家，任凭她家中的公亲族长处理。”

二人听罢，方始恍然，暗说：“几乎中了这淫妇巧言奸计。”本来二人是当镖师在外走远道的，各地方特殊阶级中有雄厚势力的人，在二人的腹中，原是最记得清楚的。白叔良、何敏学的为人如何，做何事业，二人无须打听，即已明白。见崔名世说是白叔良所做的事，当然绝无谎言，因此即一齐拱手道：“崔兄此举，乃是侠义行为，足令薄海同钦，俺弟兄极其佩服。好！俺们大家一路同行。”说罢，招呼伙伴，簇拥着骡车，向前赶路。

弟兄俩和崔名世并肩同行，从来英雄识英雄，好汉爱好汉。金家弟兄原系江南的著名侠义，借着保镖为生在外闯道，专一任侠行义，也不知做过多少敢作敢言的事。这会儿与崔名世虽是萍水之交，究竟志同道合，因此边走边谈，彼此觉得十分投契。直到前面镇集上，同店住宿。冒李氏到此地位，自知求援已是绝望，诬陷不能如愿，只得死心塌地，等到回到大王庙家中再说。她心中牢牢记着，这押送自己回家的少年汉子，名唤崔名世，将来如得与白叔良见面，定要设法报今日之仇。

次日，一行人复又上路，如此趱程而行。

那日，到了大王庙镇上，崔名世请金家弟兄等在茶肆内等候，自己押送着冒李氏，直到冒家门口，下车入内。

毕竟冒家如何处置冒李氏，请待下回续写。

第七回

装怪癖远行作义侠
托滑稽游戏走京津

话说崔名世押送冒李氏到家，其时冒朱氏正在家中炊饭，突然见有个陌生少年汉子送婆婆回来，不由惊喜交集，忙着出厨房相见。原本乡间人家的灶屋，不比得城市人家的灶间，乡下人家的厨房总是在正屋前面的居多，城市人家的厨房总是在正宅后面的居多，因为乡下人家恐怕人到田亩中去工作，人少照应难周，所以将灶屋砌在前面，庶几烧饭的时候，可以兼顾着门户，这乃是常情。所以当时崔名世同冒李氏才走进门，冒朱氏即已看见，就是这个缘故。

那时，冒家的亲族因恐冒朱氏独自在家，寻觅短见，所以大众公议，除一面托人设法寻找冒李氏，并向冒李氏的娘家交涉之外，一面公众送些米银钱到来，给冒朱氏度日，议定公呈县署，清查冒家的田产，以免冒李氏在外将田契过户押卖。又派了两位老太太到冒家居住，陪伴冒朱氏，防她或有自杀的举动。所以这时冒李氏到家，除去冒朱氏之外，还另有两位老太太由里面出来相见。冒李氏此时只得老着面皮，自述悔过之意，并说带出去的东西丝毫未动，求那两位老太太在各位公亲族长面前代自己多说好话，宽容恕罪。两位老太太当然用婉语温慰她，一面请问崔名世的来历。崔名世将前后经过说知大略，即说："现在俺总算将事办完，该当如何办法，须待你们家中公议处理。至于白叔良本人，俺虽已降伏了他，但恐他日后回来于你们或有不利，依俺之见，不如将家搬到别处，或是本县城内居住，请求官厅立案保护，出示永远禁止白叔良回来，如回即行拘捕办罪，方才可以免祸。"又说："俺外面还有人等候，不能在此耽搁，就此告辞。"说罢，回身即行出外。

两位老太太和冒朱氏再三申谢，直送到门口。崔名世正在门口付给两名骡夫的银钱，以及酒力，命他俩将车中一切物件一齐卸下来，搬送到里面去。自己看着搬完，方才寻到茶肆内，与金家弟兄厮见，洗面喝茶，谈天进食。遂说："二位此去系往江南，俺不能奉送，还要即日赶回德州，一则解放白、何等人，二则回铺做事。俺们有缘，日后再见。"说罢，起身会账，告别二人以及众伙伴，即刻出茶坊上路。不分日夜，急急赶到德州，径到西街像真纸扎铺后面，仍从屋上进去，将白叔良、何敏学等人一齐点活血络放了。只因饿了几日，血脉又呆滞了几日，众男女已将到半死地步。崔名世也顾不得许多，将两口单刀，寻了几件衣服包好，挟在腋下，移去大门杠子，拔闩开门，走出像真纸扎店，径行回转济生堂药铺，见了成济生请罪。

成济生将面色一沉，说："崔名世，你这孩子，俺一向欢喜你，不料你现在这般大胆，不听约束，居然自由行动。你既送乡亲回家，还要来做什么？你的行李，俺已派人送到章丘成济仁那里，并有信给你父亲，现在想该已送到你家中了。俺这里用你不着，你还是回去吧！”

崔名世见东翁声色俱厉，所言如此，知道无挽回希望。况且自己也不定要吃生药铺的饭，故此只说了几句“承蒙老伯数年教诲，未能报答，心殊不安”的话，即便告别成济生，以及各同事、师兄弟等人，径行出济生堂大门。心中恐怕父母在家担忧，因此即行上路，早起晚睡地火速赶到章丘家中。

其时，成济仁正亲送行李及成济生的信札到崔明德的书房里来。坐下身还未说话，崔明德刚拆开信看罢，心中又惊又气。恰好崔名世已由外面到家，见了父母及成济仁，不待开口，即先叩头请罪。首先述明自己此番被解职的原因，以及一切经过，末后又安慰父母，陈述自己断不使父母担心，情愿往外方去辛苦赚钱，奉养父母。成济仁在旁也劝解安慰。崔明德见木已成舟，虽然心中不悦，但因只此一子，现在年已长成，俗说“儿大不由爷”，别说不忍怎样过于责罚他，便要严责，大错已是铸成，责亦无益，只得叹气道：“畜生，你哪知谋生不易，物力艰难？居然这般大胆，在外招是惹非，将来胆子愈过愈大，定要杀人放火、身败名裂，那还了得！”

老人家愈骂愈气，拿过戒尺，便要来打，被成济仁劝住。崔名世吓得跪在地上，不敢起来，说了许多悔过的话。崔明德方才叹息，说：“孽障，起来！”

崔名世叩头起身，将衣服、行李搬到房内去。成济仁又谈了些闲话，即便告辞而退。

崔明德放学后，将名世唤到面前，责斥了几句，问他："以后生计，该当如何？"

崔名世将本人的技能说了，末后说："想到外方去做镖师保镖，游历各地，可以多增见闻，一般可以多挣钱养家。"

崔明德叹道："你全不知谋事为难，当初俺求张托李，好容易才给你寻到一只饭碗，如今被你打碎了。要做镖师傅，虽然也是谋生之道，但你不比别人，乃是一子单传，须要自己留神，倘有不测，如何是好？"

崔名世应道："孩儿各事自当谨慎，绝无差池。"

崔明德叹道："好，一切由你自己做主吧，俺以后也不愿再问了。"

崔名世不敢多说，只好不开口。由此后，崔名世便闲居在家，住有几天，想着在家总不是事，决计往江南去访金家弟兄，投奔他俩，同做镖师。想定主意，即日禀明父母。老夫妻心中虽然不舍，但亦无法，只得勉强答应。

崔名世当日收拾收拾衣包，第二天，佩上何敏学的两口单刀，拜别父母，提了衣包，离家取路往江南而行。一路寻思："自己义侠性成，最爱多事，表面上太直率，容易得罪人，乃是取祸之道，不如此后改变态度，装作有奇怪癖好的人一般。庶几以后即得罪了人，人家因俺有些古怪不同常人的癖嗜，也好以此譬解，不与俺认真。俺一般地做了侠义之事，还可逃去许多怨恨，岂不是好？"想定主意，由此后，崔名世遂将态度变易，装出有奇怪癖嗜，好似有神经病的一般，言笑无常、飘忽不定、庄谐并作、半真半假、似痴似癫的，使得人家猜测不透，总以为他有神经病。崔名世却乘此进行他的侠义工作，沿途不知解救了多少被困受厄的男女，申雪了多少负屈含冤的事故。因此，不多时，江湖上人都已知道，你我相传，遂给他起了个绰号，叫作怪侠。等他赶到江南时节，这“怪侠”二字的大名早已喧传遐迩了。

崔名世过了长江，来到南京，寻访到金家镖局里。恰好金毓常、毓英弟兄俩都在局里，正忙着收拾，召集手下，预备出门，一见崔名世到来，便赶紧迎接，让到里面待茶，请问崔爷的来意。崔名世将来意说了，二金喜道：“好极巧极，现在俺们正接着一笔生意，保的是张家口外的一支远镖，俺弟兄正愁无人帮助。如今老兄来了，俺们正好有了助手，正是再好也没有了。”当晚即置酒席，给崔名世接风。当夜和崔名世商量出门保镖的办法，并传授崔名世的江湖切口，一切诀窍，以及各帮的规矩、访友寻人的术语方法。

崔名世自幼即喜以游侠自居，此番投身镖行，原是他生平的志愿，虽没有脚踢黄河两岸、拳打南北二京的野心，但是想扬名四海、任侠尚义，做郭解、剧孟的传人，却是他满心希望的一事。他既乐此不疲，又兼此番别父母出外，原想以保镖事业作安身立命之所，当然对于金毓常、毓英弟兄俩所传的道中线上的术语格外地牢记应用，故此不曾多日，即已熟晓详知，紧紧记着，比耶稣教徒读《圣经》还要专诚肯学，所以一教便会，居然成了个未曾出门走码头的少年老江湖。金毓常弟兄俩见他各种规矩已经明了，遂带着他同行。

这一次从南京保镖，直到张家口外，可算得是一支远镖，要是没有魄力交情的镖师，断乎不敢直接保送，定要在中途转托他人。金家弟兄仗着个人的本领和在外人线、胆大心细的经验，才敢担任其事。沿途除给崔名世引见介绍各路的朋友以外，更承揽些顺便带保的财物，沿途交割。崔名世仗着二人的力，在路上很结识了些水陆英雄，彼此一见倾心，都有些相见恨晚的态度。

崔名世沿途除帮着金家镖行押送货物财帛，与各路英雄相见以外，兼带地装怪癖、闹滑稽，遮人耳目。乘人不备，行侠作义，很做了些除暴安良的事业。有时金家弟兄也暗中臂助他成功壮举，故此，三人的交谊格外的密切。

及至由张家口外回来，崔名世顺便到家，叩见父母，呈送银钱，以及一切沿途码头上人送的东西，完全丢在家中，孝敬双亲。又在家中置备酒席，款待二金及同行的伙伴。盘桓两日，方才同行往南。崔明德老夫妻俩见儿子所交的朋友虽吃镖行饭，却还正派，不像下流社会的嚣张胡闹，也就将愁肠稍宽。

崔名世同着二金回到南京，接着又保了一支重要的浙闽两省的镖。浙江温台两属，民风强悍，如无大本领的英雄，绝对不敢承保前往。绍兴府属嵊县，尤其是盗匪的渊薮（编者按：清康熙时代，黄三太、天霸父子即嵊县人，现代上海绑匪，尤多嵊县人，可知其地盗匪之多，深望地方有司实行孔子所谓导之以政，齐之以礼，庶几可使盗风绝迹。如徒以齐之以刑治标，则犹是不教而诛，愚民悯不畏法，殊不足以策安全也。明达读者，想不河汉斯言？至于福建省风俗，南蛮鴃舌，形同化外，械斗之事，至今时有所闻，不但于地方治安攸关，抑且于国体有碍。编者深望当局者，有以善导，使归正轨）。讲到福建省，其时生番与汉族混居，民风比浙江省更形强悍，所以这一路镖格外比北路镖难保。金家弟兄仗着本领、交情，凡是南京及江浙往闽省的重要财物，都敢冒险承保，因此崔名世随行又结识了不少人物，增长许多经验。金家弟兄因仗着有崔名世这么一位硬里子，格外胆大，在福建省城闽侯县，得当地朋友的介绍，大胆又接受了一支从闽省往广东、广西的镖。到得广西桂林省城，格外胆壮，复又冒险接受从桂林经梧州、百色等处往云南滇池、蒙自等处的镖。到蒙自又接受一支往贵州省城的镖，紧接着又承担由贵省经四川到湖南长沙的镖，于是复由长沙担保押送沿长江东往江西、安徽、江苏三省的贵重财物。这一回保镖，正合着上海人俗语，叫作："城头上出殡，大兜其圈子。"崔名世因此一番长途跋涉，经过许多月日，很增长了许多阅历。

到得南京，金家弟兄觉得以后各路的镖，崔名世都可独当一面，十分欢喜，便多承受些重要镖银，派崔名世出门走镖。崔名世沿途除保镖以外，到处都做些侠义事业，因此格外声名洋溢，江湖中人几于家喻户晓，怪侠大名越久越震。如此经过了两三年，崔名世已是十九岁，历年所挣的银钱已是很有可观。想着双亲年迈，理应回家省视，孝敬甘旨。遂据情告别金毓常弟兄，多买江、浙两省的绸缎、食品，径回山东章丘故乡，到家叩见双亲。

崔明德老夫妻俩大喜，因为儿子年已将到二十望妻之时，又是独子单传，急急欲代名世聘娶。崔名世却因自己年幼，不肯即娶，推说："古人三十而娶，儿子现在还未过二十岁，理应再过几年再行聘娶。"他父母只得从缓。

崔名世在家住有两月，便又到金家镖行保镖，直到二十二岁，才又回家住了月余。他因想着自己家中已不愁温饱，财为身外之物，自己应该多做侠义事业，偷富济贫、锄强扶弱，给平民百姓、鳏寡孤独做一番援助，庶几不负生平所学的本领。因此拜别父母，出门远游，一路专以滑稽突梯的态度、奇怪不经的手段游戏三昧，行侠仗义，径往北京、天津一带而行，意欲做一番惊人事业。

毕竟此行如何，请待下回再续。

第八回

耳闻目击挥拳创侍卫
刀光人影遗柬警权奸

话说崔名世此番往各处任侠尚义，完全另辟蹊径，除去装怪癖、托滑稽以外，绝对不落以前窠臼。皆因他读过《孟子》，深知不顾父母之养，是为不孝，他所以在前几年努力地做生产事业，保镖挣酬谢，各码头吃各路人物的俸禄。经过几年的积蓄，他家中已成为中等资产阶级，所谓虽不大富，已是小康。他这时既无内顾之忧，因此想乘着年富力强，决计到外方去做一番惊天动地、震世骇俗、言信行果、诛奸锄恶的侠义事业，博一个真正英雄的荣誉。因此他每到一处，即能震动一处，作一番空前的壮举，所以在各处特殊阶级、秘密社会中，怪侠崔名世的大名几乎无人不知，虽不说人人惧怕、个个寒心，然而钦佩景慕敬重结交的心思，却是人人如此的。

崔名世在路上，有一次见一个土棍虐待乡民，用粪清灌乡民的口鼻，勒逼乡民缴纳租米，以及年常陋规。那时适逢荒年，乡民情非得已，实在无力缴纳，竟被土棍用粪清灌口鼻，说是乡民可恶，不如此不能以一儆百。崔名世亲目见着，心中大怒，思量以其人之道，还治其人之身，并且要他出钱赈济。

也是事有凑巧，那土棍于虐待乡民以后，忽然要登坑大解，急急跑到茅坑上解裤出恭。崔名世一见大喜，忙跟着过去，到茅坑上解溲，冲着土棍撒溺。土棍两脚踏在板上（乡间茅厕，往往以两块短板担在粪缸沿上两端，供人蹲身屙屎时踏脚之用）低头出恭，猛不防有人恶作剧。因为逃尿，赶紧闪让，急切间忘其所以，竟忘却身在茅厕上，双足一移，陡然落空，身不由己，跌将下去。幸亏茅厕不深，未曾淹没在粪内，但是一跌之下，已是连头带足，完全浸在尿粪之内。赶着立起身来，口鼻中已饱尝木樨香味。

崔名世急急束裤，望着他拍手哈哈狂笑道："好奴才，你敢恶做乡民，俺如今叫你也尝尝这个滋味，庶几以后不敢再这样狂妄。"

土棍怒不可遏，急从粪坑里爬到岸上，径奔崔名世死命相扑。崔名世因他浑身是屎，哪好迎敌？只得将身后退，急中生智，跃到土棍的羽党面前，一弯身，将羽党倒提起一个，紧握着双腿，冲着土棍便打，直打得屎尿四飞，秽气袭人。

其时，鸦片烟正是初进口的时代，烟土的价值极廉，差不多的人接洽事务，总是到烟间内一榻横陈，对面谈心。那土棍亦是个瘾君子，怎禁得起崔名世倒提人作兵器向他打来？早被打倒在地。那羽党被摔打得头昏眼花身痛，嚷唤饶命。崔名世大笑着将手一放，把羽党压在土棍的身上，一脚踏住羽党，喝骂："狗娘养的地痞土豪，你们竟敢仗势欺压良善。今日碰在俺手里，须不能轻轻放过，你们要死要活，快些说来！"

边说边俯身拾起块大砖头，向着土棍肩胛上使劲掷去。土棍怎能受得起？忍痛狂呼：“饶命，以后不敢放肆。”同时土棍的手下思量来救护土棍，大家一拥齐上，以为可以获胜。哪知崔名世的武技绝伦，又兼着两臂神力，对于拳术中摔跤一道，正如家常便饭，因此众人拥来时，被他两手一挥，竟摔倒了五七个。众人大惊，爬起身又拥上前，仍被崔名世轻轻一挥，摔倒在地。如此接连着五六次，众人跌得鼻塌嘴歪，头破血流，知道不是对手，只得四下站开，不敢再上。

崔名世一脚踏着二人，哈哈笑道：“你们这班狗才，依俺的性情，定要一齐打死，给地方良民出气。但因俺是路过之人，体念上天好生之德，希望你们悔过自新，不忍不教而诛，所以才手下留情，饶恕你们。”说着，脚下略一使劲，被踏的那人早已杀猪价狂嚷起来。崔名世笑道：“你们要想活命也不难，只要依俺一件事，马上可以放你们起来。”

土棍即说：“好汉请讲，俺们绝无不遵命之理。”

崔名世道：“你等快着一人去取银钱，至少须五千两银子，少一丝一毫也休想活命。将来交付乡民，赈济灾荒，如不依从，立刻将你们摔死。俺预备邀集乡民做证，到官厅自首，打一场人命官司。你们究竟依不依？”说着，俯身又拾起一块大砖头，冲着土棍的头颅一试，脚下一蹭。慌得土棍连说遵命，痛得被踏的羽党狂叫。

崔名世道：“快些着人去取，迟延片刻，俺绝不轻饶。”说罢，将手一掷，一砖又打在土棍的肩上，遂又在腰间拔出刀来，指着二人。土棍到此地步，不敢违拗，忙命徒党快去设法。

崔名世又笑道："你们众人如有不怕死或是本领高强的羽党，不妨乘此邀来，和俺比一比胜负。俺也好叫他们试一试俺的刀锋快利不快利。"

众人平日欺人，无非依多为胜，从未经过大敌，像这时遇着的阵仗，真是破题儿第一遭，哪还敢多言？急急你拉我，我扯你的，一齐说："俺们即去设法，马上就来。"说罢，急急同行跑去。

众乡民这时才敢走拢来观看，一齐拍掌称赞，说："此举真正大快人心，如非这位好汉出力，哪有这样的效果？"因此大家不约而同地跪地叩谢。崔名世连忙鞠躬还礼，口中说："诸位父老兄弟，恕俺脚踏着两人，不能屈膝还礼。"一面又用刀指着土棍二人道："俺有一言，你两人须得牢记，从此以后，不许再为非作歹、欺侮良民。如果再犯，俺下次由此经过，得到报告，断不甘休。"二人只得连声答应。

等了一会儿，土棍手下的徒党方才急急赶来，不知他们怎样想的急法，居然抬着一箱一箱的银元宝，合共凑足五千两银子。

崔名世等到众乡民走后，才将脚提起，放了二人，笑指着骂道："俺走之后，你两个奴才如果心不死，刨不着冬瓜刨苦瓜，寻乡民报复，俺定将你们这班狗头一齐杀死，不但杀你们的本身，且要杀你们的全家。你们如有胆量，试试看便了。"说罢，走到一株大树面前，唰的一刀，将树削成两段，倒在地上，指着对土棍等道："你们自问，脑袋可比这株大树还结实些吗？"说罢，将刀插在腰间，冷笑一声再见，便扬长而去……

诸如此类，崔名世一路也不知干了多少次数，所以怪侠的声名竟如雷鸣般四散洋溢出去。崔名世在一路上，经过许多都会及繁盛险要的地方，凡是有八旗子弟驻防的所在，总觉得满人虐待汉人的岂有此理，太侮辱强暴，因此他生了种族革命的思想，故此一路上对于旗人，无论是戈什哈、巴图鲁，以及高等职衔的官吏，他颇多杀害，给平民报仇。尤其是对于汉籍的旗人，因他们丧心病狂，献媚外族，虐特本族，所以格外地加以惩创，丝毫不肯容情。末后他走到北京，以为在当今皇帝耳目最近的地方，满汉不平等的事总该可以少却许多，哪知绝对的不然。京城情形，和外省二五等于一十。他这一气愤，恨不能将满朝文恬武嬉的汉族大臣一刀一个，诛尽杀绝，责问他们尸位素餐之罪。其时京城内的喇嘛和尚享受着清宫的供奉，安富尊荣，饱暖思淫，竟至无恶不作，像什么包庇烟赌、承揽词讼、结纳朝臣、勾通太监、奸淫妇女、运动官爵、诬害忠良、强索贿赂等等，几如家常便饭，视同分内应有事之事。因此，当时民间童谣有“在京和尚出京官”的说话。崔名世耳闻目击，义愤填膺，因此在京城住着，往往夤夜从客店屋上出去，暗杀好些喇嘛。他这番举动不打紧，早将京城震动，尤其是顺天府、九门提督军门，以及内务、兵部等大小衙门，格外吃惊，加紧限期破案。直弄得那些狐假虎威、专欺平民的兵弁差役们焦头烂额，五天一大比，三天一小比，总算他们的果报，屁股、两腿晦气，吃尽许多苦楚，始终不能破案。崔名世在暗中好笑，格外的胆大心细，智圆行方，任侠尚义抱不平、傲权贵起来。

那日他在路上，与书童章逸安迎头大撞，问知情由，冒充石月明伤科的师弟，给章景珂治伤走出之后，他因此想着：“久闻大学士穆彰阿权倾中外，朝中大臣、外省官吏，大半都是他的门下，只因他是首相，所以稍有顾忌，才不曾惩戒过他。如今他的外甥，小小的一名带刀侍卫，居然敢如此横行不法，可知他的势焰障天，炙手可热了。俺目今既以侠义自居，岂可因他是皇亲国戚、黄马褂子之故，便不敢动弹他分毫。况且方才所见的那章景珂主仆，主人的确可当才子之名，书童堪称义仆之类，就如此主仆推想，可知他家的世系，以及家庭的教育了。这种人不去救护结交，难道要交结伧父市侩不成？再则常言‘娼门之女，不可以语贞’，但是儿女多情，风尘中未尝没有灵质慧心、爱情专一的女子。像兰亭别墅之类，以南朝金粉，作北地胭脂，天涯沦落，身世可悲，正如明代的情妓玉堂春一般。目今她遭受磨折，不能够使得她和章景珂成就美满姻缘，虽然被恶势力所屈服，但是金钱问题，当然也是他们俩不能如愿以偿的劲敌。俺向来取不义之财，如探囊取物，何不赶紧去救援她出险，一面再偷盗穆彰阿的赃银，接济章景珂，使他给兰亭别墅赎身，成就终身伴侣呢？况且借此也好警诫那奸贼，使他有所惧怕，早早辞职回家，免得他盘踞要津。”想定主意，遂一径访问到兵部大臣恩库忠的公馆来拜访那恩库龙。

门上人回说：“侍卫并不住在公馆里，他另外有一所住宅，在铁狮子胡同。如要访他，须到那里去，才能遇着。”

崔名世问清地址，即刻寻到铁狮子胡同恩库龙的住宅门口。向门上人说知，本人奉两江总督之命，有秘密要紧的口信捎给恩侍卫。门上人见他衣服平常，心中半信半疑，欲待不向里面回禀，又怕他果然是真的，被侍卫知道，自己准得受严重的斥责。

因此只得命来人在外稍等，问明姓名，即刻报知传达处，向里面回禀。

其时天色已将昏黑，正是万家灯火的时候，恩库龙因为劫得兰亭别墅，满以为一块肥羊肉，已稳稳到口，不怕她飞出掌心去，故此十分得意，与手下两位镖师，以及三五个幕宾师爷，在大厅上饮酒高会，又赏众打手银钱酒席，在别室饮食。正在高兴时节，忽传达来禀，有一个从南京来的人，说奉两江总督使命，有要紧秘密事件，特地到此来见。恩库龙心忖：“两江总督和俺父亲向有来往，往时也常送礼来孝敬俺。此番着人来，莫非又是送礼和请托俺的事件，亦未可知。果真如此，这正是俺的红鸾星和财帛星同时进宫了。加上俺自己的福星，怪不得从前的人恭贺喜事，总说三星在户呢，原来是有道理的。”想到此，不由得意忘形，即说请，传达领示出外，告诉门上人。司阍即对崔名世说声请，即领着崔名世直入后面，径到厅上，拜见侍卫。崔名世单膝打千，请过侍卫的安，即说：“奉总督大人的命，特地赍送礼物到京，并捎口信。请侍卫屏退左右，方才好说。”

恩库龙遂命左右暂退，离位问来人：“总督有何事故？”

崔名世乘此机会，突然立起身来，冲着恩库龙双拳齐下，正打在恩库龙的前胸。恩库龙应手而倒，高嚷：“救命，快拿刺客！”崔名世早又脚下迅捷，用足尖儿使足气力，对着他的太阳穴狠命地踢了一脚，竟将他的脑浆踢得迸裂，死在地下。

及至大众闻声赶出来时，崔名世早已如飞相似的，奔逃出府门外面，夹在街心行人群众之中，穿街过巷，逃回下处。

到得晚间，预先写好字柬，藏在身边。等到三更以后，他即由客店天井里上屋，飞奔到穆彰阿的府上来。寻到书房，正值穆彰阿伏案打奏参两湖总督的草稿。崔名世跳下天井，踢开窗槅，冲将进去，抡单刀在桌上一拍，喝声："奸贼看信！"便将字柬丢在桌上，抽身回出天井，上屋回转客店安息。

毕竟后来如何，请待下回续写。

第九回

才子佳人有情眷属
波谲云诡无意冤家

话说穆彰阿正在书房内亲自起草，奏参两湖总督的稿子，字斟句酌，正在凝思用神，猛不防窗槅被人踢开，撞进一个穿黑色短靠、手执明亮亮单刀的人进来。奔到面前，用刀在书案上一拍，喝声：“奸贼看信！”丢下张字条儿，刀光一耀，人影儿一闪，嗖的一声，那人已飞身出外，忽然不见了。

穆彰阿陡吃一惊，吓得连嚷：“来人，快拿刺客！”等到家将、差弁们闻声赶来时，刺客早已不知去向。穆彰阿大怒，嗔怪众人：“吃饭管的什么事？怎么刺客来时，如此大意，一点儿也不知道？”吓得众人跪地求恕。

穆章阿将手一摆，众人告罪退出，大家提心吊胆地前后巡查，明知是贼去关门，无济于事，但在形式上，却不得不如此做法，减轻罪过。穆彰阿惊魂稍定，才觉得来的刺客非比常人，怎么能来去无踪影呢？边想边将桌上的字条儿拿来一看，只见上面写着几行道：

穆贼入目，尔自执政以来，贪婪植党，纵容宵小，贤路断绝。鄙人耳闻目击，义愤填膺，用特提出警告，限尔即日告退乞休。倘或故违，鄙人绝不宽恕，请以恩库龙今日所受之痛击为例。

鄙人言必信，行必果，倘老贼自恃官高位尊，保护周密，不以鄙人之言为意，则半夜飞头，在鄙人正如探囊取物也。

信末具名的，乃是“怪侠”两字。

穆彰阿看罢，一惊非小，暗说：“尝闻人言，有侠客义士之事，但俺从不相信，以为是人信口开河，却不道会轮到自己头上，亲自见着。照信上所言，恩库龙被他痛击，不知是真是假，俺且着人到恩家去问。如果真有其事，俺却不可不防。”边想边唤人来。

早有值夜家将应声而至，问：“大人有何吩咐？”

穆彰阿道：“你快些打灯笼，传俺的话，到恩侍卫府中去，请恩侍卫到俺这里来，有事面谈。速去速来，立等回音。”

家将应声知道，赶紧退出书房，急急去了。

穆彰阿又将那字条儿从头至尾细看，越看越觉得来人的确是位侠客。“倘没有惊人绝艺，断不至有这么大的胆量，堂堂相府，禁卫森严，他居然能够进出如入无人之境，即此可知，他的本领非比寻常了。”穆彰阿因这样左右寻思，心烦意乱，哪还能再做那参奏两湖总督的奏稿呢？只有坐在位上，点烟媒子吸水烟，专等家将的回话。

不多时，家将已从恩侍卫的家中气喘吁吁地跑来，打千儿回禀道："启大人得知，恩侍卫在今日天晚时分，被人踢死在客厅上。如今正忙着报官缉凶，收殓报丧呢！"

穆彰阿闻禀，不由大惊失色，哎呀一声，手中水烟袋竟吓得落在地上。家将忙将水烟袋拾起奉上。

穆彰阿道："咦！果真有这件事？青天白日，尚且如此，难怪黑夜里格外横行无忌了。"

家将不知相爷说的何事，又不敢问，只有垂手呆立着，听候差遣。穆彰阿略定了定心，即放下烟袋，熄了烟媒，提起笔来，写了封手谕，命家将拿去，即刻送到京城九门提督军门衙门内去。那手谕中叙明相府刺客及恩侍卫被人狙击身亡的大略情形，着令提督赶紧督饬所属，严限缉凶。家将领命，持手谕立刻去了。

穆彰阿这时心神不宁，思量："须防这怪侠再来。外甥聘有镖师保护，尚且如此，本府家将虽众，但可断定绝非刺客的敌手，须得赶紧设法。"边想边唤人来。早又有家将应声入内。穆彰阿令他传谕本府所有员役，从即刻起，须格外留意防备，一齐都要弓上弦、刀出鞘，火铳、鸟枪，一切武器，都要妥慎预备，防那刺客再来。一面又写张手谕，令他送到顺天府衙门，指名要怪侠到案，不可违误。如果延不破获，须受撤职处分。

家将领命去后，天色已将黎明，穆彰阿传命预备大轿，自己更换衣冠，往金殿去朝见天子。

其时道光皇帝龙体欠安，正在仁寿宫养病，已有多日不曾临朝。所有朝政，大半都由军机大臣大学士穆彰阿擅专做主，故此这日穆彰阿在朝堂之内，与恩库忠见着，即问外甥遇害的情形。恩库忠含泪将刺客行刺的大略告知，又说：“这都是根据家人的报告，并非本人亲目看见。”穆章阿遂将怪侠来送信警告之事说知。郎舅二人一商量，遂会衔奏知皇上，请旨缉凶。其实这道上谕不过是他假托圣命，但因这一来，将京城文武官吏忙得屁滚尿流，严限捉拿，格外地加紧。本来在前已经震动京师各衙门，这时事情越闹得大了，当然要格外震动。从来衙门办案的规程，总是上不追，下不紧。

这时，各衙门长官都十分加紧，那些差人的屁股可就格外地受无妄之灾了。无如大家虽知怪侠之名，却再也无从擒捉，只得明察暗访，一面联名请求长官，行文各省通缉，这无非是各衙差役们无法中的一法罢了。

且说崔名世送过警告书，急从相府屋上回转客店，自知祸已闯大，明日定然格外地缉拿得紧急，盘查公寓下处，乃是题内应有之事。自己须得设法预防，方才可以免去危险，因此想出一法。原因他初到京城住店时，并未说自己是保镖的镖师，乃是托词做买卖的客商，到京城采办京货的。现在事已紧急，不如即照此行事，一面夤夜轻轻将房间内地板揭起一块，将所带的兵器完全收藏在地板下面，以防各衙门来搜查。这一夜，崔名世竟不曾安睡，天明洗漱、早点后，他即多带些银子，到几家京货庄去采办各种京货，自称是山东济南省城新开聚丰永京货铺的驻京庄客。当即付金取货，命人跟着，送到他下处房间内，遮人耳目。果然他这番计划竟将各衙门搜查盘问的人瞒哄了过去，一点儿也不曾疑心。

等到晚间，崔名世遂独自问到群芳院去，随意挑了个姑娘。那姑娘芳名唤作小红，崔名世醉翁之意不在酒，借着打茶围的机会，以话答话，遂打听兰亭别墅的消息。

小红道："她已安然回来了，不过因为受惊，又惦记着她的恩客章景珂，所以现在已经生病，睡在房里，谢绝应客。"

崔名世闻说兰亭别墅已安然回来，心中大喜，暗说："人既回来，赎身一事，只要有银子，当然容易办理。但不知她怎么得能安然回来?"遂问小红："可知其中的经过情形?"

小红道："此事人人皆知，俺哪会不晓得呢?皆因昨日恩侍卫率人将兰亭别墅劫去，预备晚间行乐。黄昏时候，正在家中饮酒高会，十分得意，不料忽然来了个自称奉两江总督命令、到府拜见的人。恩侍卫将那人请进去相见，那人请屏退左右，有机密事禀告。恩侍卫因此遂将左右屏退，不料那人忽然变为煞星，竟将恩侍卫打倒在地，一脚踢破脑壳，死在地上。那人遂即逃去，无有影踪。恩侍卫府上陡生此变，吓得不知所可，忙着报案报丧，请恩尚书去主持一切。一家人都忙着这件大事，哪还有心肠再问得到兰亭别墅的身上?今日清早，恩侍卫的太太方才知道恩侍卫死前有强抢兰亭别墅的一件事，她说：'现在侍卫已经死了，还要这姑娘在家做什么?况且妓院中如果报案到官，于侍卫的名誉须不好听。'因此遂悄悄着人用一顶小轿将兰亭别墅抬着送回来了。可怜她因受惊后，在恩家寻死觅活，不甘受辱。昨儿一夜不曾睡，又不曾吃点水入肚，哭得像个泪人儿。她的身体本来不甚好，怎经得起?所以回来后即寒热交作，直到此刻，还不曾退热呢!"

崔名世听罢笑道："这也是她应受虚惊，但是那恩侍卫死得也很痛快，真可称谓眼前报应。"

小红忙低声拦阻道："你别说大意话，现在外面因凶手在逃未获，风声甚紧，这报应不报应的话，还以不说为佳，免得招惹是非。"

崔名世见她胆小，但亦很以为她的话有理，遂不再说，即刻别了小红，走出群芳院，回到客栈里，早早安息。次日早膳后，他遂到章景珂的下处内，探访章景珂。

其时，章景珂的伤势已大好了，况又因听说恩侍卫被人打死，兰亭别墅安然回到群芳院的确实信息，他心中一乐，那病当然格外容易好得快。当时见了崔名世，赶紧奉揖道谢他医治之恩。崔名世坐下身来，即说："恭喜章兄贵体痊愈，又兼爱人无恙，真乃双喜。俺此来无有别事，因为闻得兰亭别墅一心要嫁章兄，郎才女貌，正是天生佳偶，所以俺特地到来，想向章兄讨杯喜酒吃，不知章兄意下如何？依俺之见，章兄现在既然尚未有内助，不如乘此时机，即将那姑娘娶来，成就美满姻缘，岂不是好？"

章景珂闻言，红涨面皮，叹息道："崔兄之言虽然有理，但小弟身居客地，身边所带的银钱有限，这一向因为在群芳院留恋，已用去不少，哪还有钱可以给她赎身？况且家庭能不能允许，亦是个问题。唉！小弟处此境地，不怕崔兄见笑，正所谓心有余而力不足啊！"

崔名世道："章兄勿忧，尊府能否见容，虽然章兄虑得是，但是婚姻大事，为父母的，亦须征求子女同意。现在章兄既已愿娶，俺可保令尊、令堂绝不至不许。况且章兄已将她娶来，木已成舟，令尊、令堂当然亦只好承认，这一层可谓不成问题了。虽然古人说娶妻必告父母，方为孝道，但是昔日虞舜娶娥皇、女英，即不曾禀告父母，因为告则不得娶，后世之人，并不曾因此即说虞舜为不孝。章兄今日处境亦是告则娶不成功，所以只好从权。至于金钱一层，章兄尽请放心，小弟虽与章兄为萍水之交，但小弟极愿成人之美，章兄如有不足，不妨告诉小弟，小弟虽非巨富，然而这些微数目，也还拿得出。章兄即日可请人去向兰亭别墅的鸨母探口气，不论几百或是几千身价，以及一切开销，该当多少，小弟今晚来讨回信，明日准定送来，绝不误事。将来小弟要用时，不妨到丹阳府上去取。这是俺一团热心，望勿见疑。”说罢，起身告辞。

章景珂连连逊谢，留请多叙一会儿。崔名世推说有事，径自回转下处。等到晚间，遂又到章景珂寓中相访。章景珂见他果然来了，不由大喜，遂将白天托人到院中去探问的口气告知崔名世。

原来章景珂白天将崔名世之言告知荀、齐二位，托他二人到群芳院去探问老鸨的口风。二人回来，说鸨母索身价二千银子，其余一切开支，包括在内，须要一千银子，总数共计三千两，方才肯答应。只要银子送到，立刻人银当面交割。

章景珂得信后，专等崔名世来。这时将数目告知崔名世。

崔名世道：“不多不多，俺明天准定送来……”

正说着，荀、齐二位各从自己房内走来，彼此厮见，二人齐说：“崔兄此举，真令俺们佩服得五体投地，格外使章兄和兰亭别墅二人要感激涕零。以此推想，前日恩府之事，大概亦系崔兄所为了，崔兄真乃今世的古侠士呢。”

崔名世笑道：“二位过奖，小弟惭愧之至，不过见义勇为，是小弟的血性罢了。”说罢，即向三人作别而回。

次日清早，崔名世取了三千二百两银子，送到章景珂的寓内。章景珂刚才起身梳洗，一见不由惭感交集，反而不知说何言是好。崔名世丢下银子，即说：“章兄，这区区三千之数，算是俺借给章兄的，另外二百两，算是小弟的一点儿菲敬贺仪。小弟急欲动身回去，就此告辞。日后有缘，当得再见，那时小弟当向章兄索红蛋吃了。”说罢，起身径走。

等到章景珂追出来留他时，已不知去向了。章景珂不由赞叹感激，深佩此人侠义可风，真是英雄肝胆，儿女心肠，虽古之虬髯公，亦不过如此呢。因此他即日恳请荀、齐二位到群芳院去，对老鸨讲定银数，当日交清，即于晚间用轿子将兰亭别墅接到寓内来。彼此暂时分住着，章景珂将本人房间让给金凤鸣居住，自己却和荀瑞卿同居，预备一切衣物等件，择定吉日，正式结婚。从此有情人成为眷属，总算是如愿以偿。

当这时候，缉拿怪侠崔名世的风声却十二分的紧急，传到章景珂夫妻耳内，好生给崔名世担忧。

毕竟崔名世的名姓，官厅怎么得知，请待下回再续。

第十回

宸威独断权奸辞行
巨憝为患孝女寻仇

话说章景珂因得崔名世之助，得能娶金凤鸣为妻，姻缘美满，享尽闺房之乐。夫妻因感念崔名世，所以对于崔名世的消息十分留意，因为章景珂想将来回去后，好着人赍送银子去还崔名世，不过不知崔名世的里居籍贯，将来要还也没处还，所以对崔名世的下落时刻在心。不料其时京城内闹得满城风雨，到处张贴告示，悬赏缉拿怪侠崔名世，说：

> 崔名世外号怪侠，是山东省章丘县人，历在各省府县地方犯有奸盗人命案，罪大恶极，除已行文各省府州县地方长官，严令所属协缉外，特悬重赏，以期迅获究办。无论军民人等，凡知崔名世下落，通风报信，因而擒获者，赏银五百两；凡捉住崔名世送官归案者，赏银一千两；凡知情不举者，罪与崔名世同科。

这消息传到章景珂夫妻耳内，一齐大惊。章景珂特地亲到街头巷口去看告示，果然一字不差，心忖：“今日才知崔名世是章丘人氏，但是他现在鸿飞冥冥，已不知去向，但愿他能平安无事才好。”边想边走回寓所，对荀、齐二人及金氏夫人说知。

荀、齐二人道：“当日他来给你治伤时，俺二人即已在背后议论过，猜定他是位侠客。及至恩库龙被人踢死，穆相府夤夜闹刺客送信，俺二人即疑猜或许是他做的事。末后他到此探访，力助你二人成就好事，亲将银子送来，不等你谢他，他已回身扬长而去。像这般举动，如非大侠，岂有这样的魄力？不过当时俺二人即已暗暗给他担忧，料定他必有触犯刑章之事，将来恐终有被官厅通缉之日。却万想不到会悬重赏通缉得这般快法，这本是意中之事，不足为奇。料想他具有来去无踪的本领，绝非寻常人可以捉得住的。官厅悬赏捉拿，大约总不过是打打官话罢了，要捉他可不是容易的事呢。不过他的籍贯名姓官厅怎么会晓得如此清楚？这可就是个疑问了。”

章景珂道：“他既在各处行侠作义，当然有人能够知道，这也不足为奇。不过俺们的婚事是他的大力才能成就的，倘或有人举发，官厅查究起来，未免有些不妥，还宜未雨绸缪才好。不知二位老兄的尊见以为如何？”

二人笑道：“章兄此虑，好似杞人忧天。章兄府上非比贫寒人家，人家怎会疑心你娶亲是他借的银子呢？况且他和你见面不过数次，知道的人极少，哪会风声泄露？即或泄露，毫无凭证，又有何妨呢？”

章景珂闻言，心中稍宽，但是暗中仍给崔名世担心。

过了些时，忽然从外面得到消息，道光皇帝龙驭上宾，皇子已经即位，改元为咸丰。同时顾命大臣穆彰阿已被免职回乡，所有穆彰阿当朝执政时处置的刑政各事，一律审查平反。又因新君即位，传旨天下大赦。这消息被章景珂听得，不由暗给崔名世欢喜，悄悄对金氏夫人道："即使崔名世现在被擒到案，亦可无死罪了。况且他的主要重案是打死恩侍卫和夜惊穆宰相两事，如今穆彰阿已被免职，也许这件案子有平反的希望，或许能将悬赏通缉取消，亦未可知呢。"

金氏夫人闻言，也暗暗欢喜。

看官们，你道崔名世的籍贯名姓，官厅怎么竟会知道详细呢？

原来有个缘故，皆因崔名世在德州像真纸扎铺后面何敏学的家中，放了白叔良等人之后，他自己时过境迁，当然已不记在心上，可是白叔良、何敏学两人都咬牙切齿地痛恨，立誓定报此仇。故此二人于崔名世走后，血络活动，能够移步行走，即勉强着烧水煮粥，慢慢地进饮食调理。

过了几天，二人身体平复，遂同行赶到大王庙，一则哨探冒李氏的情形，二则打听那和自己作对的人是谁。结果被二人探知冒家已搬到城内去居住，冒李氏已送到观音庵内出家做尼姑子了。那押送多事的人名唤崔名世，是本城人氏，在德州济生堂药铺做生意的。

二人得知确信，依白叔良，就要进城去会冒李氏，叙叙离别之情。被何敏学阻住道："天下美妇人尽多，何苦定要迷恋着她？

况且她已出了家，你还要寻她做什么呢？俺们现在以报仇为最要紧。但是报仇亦非易事，崔名世的武艺实系高强，俺们要报此仇，须要先将本领练好了，才能够找他。不然，纵寻着他，亦是白饶，不如不找他为妙。俺看他的手法，完全是少林派拳术，你我须到少林寺学武，才可以报得此仇。总而言之，俺们既已失了风，要再想站码头吃俸禄，除非报过仇后，才能卷土重来。现在信仰已失，已是不行了。”

白叔良咬牙恨道：“不报此仇，誓不为人，亦无面目再回家乡。”

于是二人收拾银钱衣服，即日动身，赶到河南少林寺去，拜师学武。少林寺收徒的限制极严，见二人的气派不正，当即拒绝不收。二人愤极，没奈何，只得改向别处，访求名师。后来，被二人访着河南省黑石关王家堡老拳师王兴，现正在家立场收徒。二人遂赶到王家堡去，拜王兴为师。

那王兴亦是少林寺学的武，参以己意变化出来，竟自成为一派。当壮年、中年时节，在河南省城开设镖行，专保川、陕、云、贵，以及关外长江各省的重要远路镖银，在外从未遇过敌手，所以威名素著。近几年因为老境不顺，不能离家，所以才将镖行让给别人，自己在家中立场授徒，教练武术，借此自娱，兼得些束脩度日。

二人自拜王兴为师后，十分刻苦勤学。二人在前本已有了根基，这时再经过了几年苦练，自然成为尽善尽美的人才。二人学成本领之后，拜别师尊，回转家乡，在外一打听，崔名世曾在南京金家镖行当过镖师，南北各省谁不知名？已大非昔日可比。现在离家出门，专一行侠作义，行踪无定，各处码头上人都唤他为怪侠，不唤他的名字，即此可知，他的威名远震了。二人听得崔名世已经成名，心中妒怅交作，恨不得立刻将他杀死，方好自己报仇成名。因此二人商量，该当怎样才可以报得此仇？依白叔良之意，便要立刻到章丘县城内，将崔名世的父母全家杀死，先泄一口乌气，然后再找他本人对敌。

何敏学道："不可，谁无父母兄弟？俺们如果迁怒到他父母的身上，一则显得俺们的器量狭窄，被人家骂俺们野蛮；二则俺们不在家时，他如也学样照行，岂不连累了家中人口？冤有头，债有主，还以寻他本人报仇为是。"

于是二人离家出门，往外处访寻了好些时。无如崔名世此次出门，并非保镖，因此二人竟访寻不着，心中一恨，遂想出条毒计来。二人遂分途而行，从此各人每到一处，即做一件案子，奸淫掳掠，放火杀人，几于无案不做，每做一案，都故意留名，在墙壁上写怪侠崔名世的名字。二人这条计策，一半是借刀杀人，一半是要行那崔名世来寻自己，因此各省各处都有崔名世做的重案，官厅案积如山，不曾有一件破获，因此行文各处访缉。

白、何二人又暗暗在外放龙（术语，意即泄露风声），说怪侠崔名世从前是当镖师的，颇有本领，乃是章丘县人。这话被吃公门饭的朋友听见了，即根据着报告官厅，于是公文上遂有了崔名世的籍贯。公文到得章丘县，幸亏那时章丘县知县马敬从前曾游学到过章丘，附从崔明德读过书，因此他与崔明德有师生之谊，接到公文，唬了一跳，一转念生出一计，暗将公文按住，连夜做好手脚，代崔明德写了张控告忤逆的状子，倒填年月，告崔名世为逆子，请求立案，脱离父子关系。又在旧案卷上给他立了案，仿着前任县官的笔迹，写好一张准许立案的批示，连夜着亲信人送到崔家去，交给崔明德。崔明德弄得莫名其妙，第二日，县衙公差来捉他到官，向他要崔名世，他才恍然大悟，遂说："儿子忤逆不孝，早已在前任手里立过案，请查旧案，即可明白。"马敬本来心照，当即将崔明德放了，据情回复上司衙门，此事总算告一段落。

那时，正是道光皇帝驾崩，咸丰皇帝即位的时期，当道光临危时，钦命穆彰阿等大臣扶保太子登基，尽忠王事。穆彰阿平时行为，太子早已明白，故此咸丰才登大宝，第一道圣旨即将穆彰阿免职，限即日出京回乡，不得迟误。

穆彰阿陡然遭此晴天霹雳，怨望自不必说，因为圣命难违，只得即日出京，回到平原县家乡。毕竟他是做过军机大臣的，各处官吏多半旧僚门生，所谓百足之虫，死而不僵，故此他虽然家居，仍旧十分势焰熏天，贪赃索贿，卖官鬻爵，依然如昔。这话被那怪侠崔名世知道了，不由大怒。

原来崔名世当那日送三千二百两银子给章景珂之后，他急急回转客店，将店账算清，立刻起运货物动身。出得北京，到天津，即将货物亏本卖了，自己化名鱼化鹏，住在天津客店里，静听官中消息。见各处张榜，悬赏捉拿自己，他别的都不怕，只因告示上有他的籍贯名姓，不由想到家中双亲年迈，怎可受此连累，那不孝之罪，真就上通于天。因此改容易服，即日离津南下，赶到章丘县城内，暗暗一打听，家中并未有何事故，心中一块石头方才放下。等到夜间，遂由家中屋后上屋，跳到里面，轻轻敲窗，惊醒崔明德夫妇，问："是谁？"

崔名世应道："是俺。"

崔明德听见儿子声音，大吃一惊，下床开房门启窗户。崔名世入内即叩头请罪，问："家中怎得并无骚扰？"

崔明德将马敬做手脚的话说了，并狠狠地责罚了他一顿，又说："如不看在祖宗面上，一子单传，定将你捆起来送官问罪。"

崔名世诺诺连声，不敢声辩，当即叩头告别，仍由屋上出外，连夜出城，复又往京津大道上来。在路上听说穆彰阿已是免职回乡，不由大喜，即刻改道往平原县进发。本意是欲往穆家盗他一切不法的证据，亲自送到北京皇宫内去，呈奉皇上，好严办权奸，为平民出气。哪知一到平原，即得到穆彰阿在家仍旧横行不法的消息，不由义愤填膺，即于当夜写好字柬，怀刃从屋上径入穆彰阿的卧室，寄信留刀。穆彰阿天明醒来，起身下床解溲，见桌上插着把明闪闪的小匕首，匕首下面有张字条儿，吓了一跳，连尿也忘却撒啦，忙走去将刀拔下，拿字条儿一看，见上写几句道：

穆贼鉴：

闻你在家仍旧不法，鄙人替天行道，限你三日内自裁，保全尸首，过限即取汝首级示众。

怪侠白

穆彰阿看罢大惊，忙将字条儿塞在口内，用唾沫湿透了，吞在腹中，顺手将匕首藏在床下板肚内，急急穿好衣服。家人服侍洗漱后，穆彰阿正要命家人去请幕宾来商议怎样捉拿崔名世的办法，却见一个家人匆匆由外面拿着封信进来，双手奉上。穆彰阿拆开看起来时，是恩库忠写来的。书中大意说：

上意难回，恐有不利于兄，望速自策万全。

穆彰阿看罢大惊，暗说："这分明说皇上要办俺的罪，叫俺想法呢！"心中一急，忽然心生一计，说："不如这样自尽了吧，庶几可免怪侠之刺及灭门之祸。"于是改变笑容，吩咐家人退出。当日即命幕宾大写请柬，请柬上说：

本人应于后日午后寿终，特于是日谨设筵席，与诸君告别，务请台光。

人家接到他的请柬，托为奇闻，于是竟都来赴席。穆彰阿亲自招待，十分欢乐，丝毫无有病容。

等到酒席将终，穆彰阿忽然坐在正中大圈椅上，大声道："诸位请多饮一杯，老夫时辰已到，少陪了。"说罢，闭目坐定。大众看时，已是不动。再看时，已是僵了。大众大惊，一齐惊叹，说："穆彰阿是有宿慧道行的，所以能预知死期……"

话分两头，且说白叔良、何敏学二人冒着崔名世的名，专一在各处做杀人放火奸淫掳掠的案子。无意中在安徽寿州地方，竟给崔名世惹下场弥天大祸，引出位孝义侠三者俱备的女子寻仇诛仇、离奇不测、哀艳钟情的事迹来。

读者欲知其详，请看鳜生所著的《侠女诛仇记》吧，恕不在本书赘述了。

侠女诛仇记

自序

《侠女诛仇记》者，盖赓续《怪侠锄奸记》之作，以为南方书店武侠小说丛刊第二辑，而与嗜痂诸君相见者也。年来不佞传游侠之说部虽多，然记述女侠以宣传女子武化者则鲜，仅于各说部中间一记述耳。

兹本书则不然，以女侠为主人，巨盗为线索，盖举前书之怪侠崔名世为主人，章景珂为线索者而取之，非欲以笔墨为戏，实拟借此唤起女子武化，而全国男女同胞，咸能奋尚武精神耳！

书既付梓，因志其大纲如下。

民元十八年八月二十二日

张竹志于个侬编辑室

第一回

杀人越货巨贼留名
缉凶追赃捕头领限

“哎哟！不得了啦，这是怎么回事啊？为什么好端端的一个人睡在床上，门不开、户不开的，被人杀了呢？吓杀俺啦！你们快些来看啊！”

说这话的，乃是安徽寿州城外长寿寺隔壁巷内一家人家雇用的一个老妈。这老妈姓徐，人都唤她作徐妈，乃是凤阳府人。雇用徐妈的主人家姓汲，主人名唤汲大公，是位武举人，原在杭州做过一任将军，所以家道颇称殷实。这时，汲大公已经去世，一切家政全由夫人段氏主持，遗有一子一女，子名汲百川，女名汲慧珍，兄妹俩自幼跟随乃父练习武技，不但家学渊源，拳棒功夫都颇有根底，更兼青出于蓝，竟强胜乃父一筹。若就兄妹二人比较，汲慧珍可要比乃兄高出一头。汲百川娶妻王氏，乃是寿州本城旧家人家的女儿，知书识字，极其贤淑。

夫妻的伉俪爱情颇笃，生有一子，乳名芸儿。才牙牙学语的时节，不幸汲百川因赴省考武，在考场中被人掼跌了一跤，因此受了内伤，当时并不觉得，所以不曾医治。回得家来，经过了两三月，那日正值下雨，街路上泥涂泞滑，汲百川因为丈人家中有事，不得不去。他是个节俭朴实的人，平素向不乘车轿，当时他即穿起钉鞋，打着雨伞前往。及至回来，已是天黑，头上大雨倾盆，足下水可没踝，道路如何，哪能看得清楚？恰值一阵大风吹来，吹得他手中雨盖几乎飞去。汲百川忙将身体向前倾侧，意在顾全那把竹骨油纸雨伞，不料即因此风吹雨打的力量极大，脚下一不留神，恰巧踏在阴沟头上。那阴沟头是一块大方砖做的，本已有了裂痕，这时被汲百川的身体重量因向前倾侧，无意间增加了许多分量，又被那街道中积水流入冲击，哪能承受得起？只听得哗啦一响，汲百川已是失足陷落，右腿在阴沟里，身不由已地向前跌扑下去。幸亏他练过武，身体一使劲，拗住向上一提，左足在石上一蹬，右脚已从阴沟里提将上来。但因此一使劲的关系，却将先前所受的内伤震动了，而且又新添上一片硬伤，便是右腿膝盖骨和脚后跟踝骨，以及皮肤等，都受了重伤。那把雨伞也因此一倾跌撕破了。汲百川只得负伤忍痛，冒着风雨回家。

到得家中，连忙沐浴更衣，用伤药调敷腿足，并用酒吞服了些七厘散。无如内伤已久，发作起来，这一夜寒热大作，第二天遍体酸楚，不能动弹，赶忙请大夫诊治。

那伤科医生名唤秦仁，原是皖北一带著名的大夫。当时一诊脉，即说不用服药剂就会好的，随即走出房外，悄悄对汲段氏太夫人和汲慧珍母女，并汲王氏宜人等道：“病已重伤脏腑，无法可治，还是赶快办理后事吧！”

汲宅母女姑嫂还请秦仁设法，秦大夫道：“这是无法的事，医家有割股之心，岂有有法不肯想法之理？委实内伤已久，因身体强健，血气方刚，不曾发作。现在内伤发作，脏腑损坏，又加上感冒时邪，外伤筋骨，哪还能救治呢？便开方服药，亦是白吃。吃药医不好病，病人丧命，岂不因此害了我的名誉？这个断乎使不得。尊府如果不信，尽可请别位高明大夫来诊治，看是如何。”

秦大夫说罢走了。汲宅上下人等一齐惶急万分，赶紧另请别位医生，无如伤科郎中，寿州城内外只有两位，一位秦仁，一位胡若愚。

当将胡大夫请来，胡大夫因想将病人医好了，乘此出名，可以压倒秦仁，故此大胆开了药方。汲宅上下人等还以为有救，谁知药服下去，竟如石沉大海，延了几天，汲百川竟病重身亡了。汲段氏年老丧子，王氏少年孀居，当然悲痛欲绝。汲慧珍手足情深，也不禁拊膺大痛，无如死者不可复生，只得忍泪含悲，办理后事，举丧送殡，一切如仪。汲王氏事姑抚孤，茹苦含辛，乡里邻舍，亲戚男妇，谁不在背后称誉她贤孝！

那日因为段太夫人娘家有事，段氏打发女儿到外家去做自己的代表，自己同着媳妇在家。汲慧珍被舅母留住，不放她回来，哪知即在这天夜里，忽然来了个飞贼，劫去财帛，并将段氏老夫人杀死在床上。当夜并无人知晓，次日一早，徐妈推太太的房门，到里面去，意欲先倒太太用的便桶，再倒少奶奶用的便桶。原本段氏因为年迈，起身较迟，深恐仆妇使女进房有事不便，所以平常房门总不上闩。

这天徐妈烧好早饭，因欲先倒便桶，再做别的活计，故此推开太太住的上房门，走进去即见帐子上鲜红的血迹殷然，箱笼橱柜都已大开，不由吃惊，唤了声太太，走到床前一望，咳！老夫人已是三魂渺渺归地府，七魄悠悠上天台。咽喉已被割断，死在被内，枕褥被帐上完全是鲜血，连床前踏脚板上，以及地平板上，也都有血迹点滴着。徐妈这一惊，吓得唤声哎哟，狂呼："不得了，好端端的人，怎么被杀死在床上呢？"边呼边一口气跑出房门，说出上文的那几句话来，便跑到对面少奶奶房门外，咚咚咚一阵乱敲。

王氏早已被她惊呼的声音惊醒，正赶着爬起身来，问徐妈什么事，听得敲房门，忙连声应着，披衣趿鞋，走去将门闩拔了，问徐妈大呼小叫的为着什么。只见徐妈面色如纸白，喘吁吁地望着自己，连呼："少奶奶，不得了，不得了，太太被人杀啦！"边说边用手拍按胸膛，那光景竟像是吓昏了。

王氏被她这一闹，也不及穿好衣服，即趿鞋走过对面房内。刚走进去，即见箱橱大开，帐门上血迹鲜红，吓得她缩转身体，退了出来，赶紧命徐妈传唤家下全体男女仆人，一面强自镇定着，回房穿好衣服，看了看芸儿，深恐小孩子被吓，又多一件岔事。等到全体老少男女佣仆齐集在堂前，王氏命男仆当先，大家凑着胆子，才敢随着大众再走进太太房内。仔细察看，看见老夫人死在床上，又失去财物，主仆们不由得一齐失声号哭。毕竟王氏是大户人家女儿，见闻较多，很有见地，当时惊悸慌乱痛哭了一会儿，定了心，方才回身出房，吩咐大家且莫慌乱，想办法善后要紧。男女仆人被少奶奶唤住，一齐收了泪，问："少奶怎生办法？"王氏立命男仆同着徐妈，赶紧先到段宅去报信，迎接小姐回来，并请舅老爷、舅太太同来察看，商量办法。一面又命别个男仆老妈分头迅速赴到自己的娘家和各亲族人家去报信，请他们快来，一面镇定住家下人等，不许到太太房内去走动，以防乱了形迹，停会儿报官来踏勘时，看不出形迹来。更兼凶手是谁，阖家上下人等都有嫌疑干系，尤其是自己的责任最重。

正在忙乱间，芸儿醒了，在床上叫娘。王氏命使女进房去给芸儿穿好衣服，抱了出来，深恐小孩子受吓，忙命使女赶紧给芸儿洗脸，拿了些钱，命使女抱着芸儿到外面去买点心果子等食物，吩咐她在隔壁人家玩耍，非奉呼唤，不可回来。纵使芸儿闹着要回来，切不可抱他到太太房里去。使女领命，抱着芸儿去了。一会儿，汲慧珍已得信哭了回来，同来的还有段氏太太的兄嫂、侄儿夫妇等男女，以及仆役人等，乱哄哄地哭作一团，由王氏引导着，一同到太太房内去察看，止住男女仆人，不许进房乱看。

正在带哭带说地互相回答着，汲慧珍因痛老母死于非命，一见惨象，早已痛厥于地。众人又带哭带劝慌乱着将她灌救。汲慧珍哭了醒来，又厥了过去，同时王氏少奶奶亦因悲痛伤心晕厥于地，舅老爷、舅太太老两口子领导着大众，手忙脚乱地将她们姑嫂救醒，好容易方才住哭。王氏娘家的人和各亲戚男女都已得信先后赶来，齐集在一起，哭的哭，问的问，答的答，纷纷扰扰，乌乱了好一会儿，大家方才略定，一齐回出房外，聚集在客堂里，商量善后办法。当即先由徐妈向大众报告自己进房倒马桶，发现的情形，后由王氏陈述接据徐妈报告后的情形，这才由舅老爷会同汲家族长公亲人等，先后发表意见。于是派人传唤地保、保甲人等，会同拿了舅老爷同汲家族长的名片，前往寿州县衙门报案，请求踏勘缉凶，追赃严办。

知县得报，因为汲段氏是命妇，段、汲两家都是本城的大族缙绅，不敢怠慢，当即督率全班捕快仵作人等，飞速赶到汲家，由舅老爷及族长等人迎接入内待茶，陈诉案由。知县问了经过情形，即亲到房内踏勘，因为段氏夫人是命妇，又兼血迹刀伤显明，不必由仵作检验，再苦了死者，遂决定免验。汲、段两家的人当向知县大人谢了，知县即令捕头朱二进房，详细察视，侦查此案凶手是从何而来，内贼抑系外贼，再令仵作察看死者伤痕，是何种刀伤。仵作俯首一看，即报告系单刀所伤，食、气二管都被割断，委系生前被杀身死。朱二将箱笼橱柜等被砍破的地方一看，亦说："是为单刀劈破，贼人所用的快口，非常锋利。"说着，向房内各处张望，即指着一处对知县道："大人请看，凶手乃系飞贼，是从此处进来，并非宅内男女主仆人等所能为。"

知县的目光即顺着他的手势望去，只见屋脊正梁山头角上，望砖稍有与别处不同之处，颇有移动情形，遂说："捕头，凶手即系从此处进来的吗？有何凭据呢？"

朱二道："大人请看，这梁上的灰尘不是已被贼人身上衣服擦去不少吗？贼人从屋上揭瓦而下，即从这大衣橱上垫的脚。因他上下都曾借大橱垫足之故，所以这大衣橱的身体已有些倾斜，橱足已离开原来的地位。"

知县顺着朱二的手指方向上下观瞧，果然不差。朱二又道："凶手来意，像是不仅为财帛，颇像与主家有仇，而且来的并非一人。大人请看，这床前灯柜面前挂着的天仙送子条轴上，不是有手指蘸血写着‘崔名世’三字吗？这崔名世定系凶手无疑，分明他杀人劫物之后，怕主家不晓得，在葫芦里摸天，所以才特地留下名氏，使得主家知道是他所为，以免错疑别人。据下役推想，凶手纵不是崔名世，亦必与崔名世有关，或许是受他的指使，或许崔名世是凶手的仇人，这个，只要一问主家的人，便可立刻明白。”

知县看那条轴上“崔名世”三字果系手指蘸血所书，遂即出房，问汲家族长：“请老贤契查问尊府可有与崔名世为仇的事吗？可有人知道崔名世的名姓吗？”

汲家上下的人初听朱二说凶手是外来之贼，大家的干系即在这一句上脱卸了不少，一齐心中略宽。即见查问，齐回：“不知崔名世是什么人，亲友中并没有姓崔的。”汲家族长据情回复了知县，请求父母大人缉凶追赃，严加惩办。舅老爷也请求给亡妹申雪。知县当然准词，安慰了几句，即说：“二老且将死者收殓，成服发丧，办理后事。一面将失去的银钱物件仔细查明，开单具报，以凭追缉。本县回衙，当命通班捕快加紧侦缉，定必要人赃俱获。”知县说罢这番话，即起身作别，由族长和舅老爷打躬答应，并谢了知县，送到门外。候知县上了轿，方才回身进来，分头办事，一面查点失去物件，一面给死者浴去血迹，用线绞好伤口，更衣小殓，发丧举哀，办理丧事。

次日一早，即由族长和舅老爷同到县衙陈报失单，谢知县踏勘，并请缉凶。知县一一答应，当命捕头朱二访缉崔名世到案：“给三天限期，如访缉不着，本县决不宽容。”

朱二没奈何，只得请求宽限几天。知县当改限五天，不得违误，领限退到班房里，与手下捕快伙计一干差役等商量办法。

即在这天夜里，寿州城内又出了一起杀人劫财的重案，凶手留下名姓，亦是“崔名世”三字。第二天，知县早堂，即由苦主报案到来，吓得知县魂不附体。

毕竟后事如何，请待下回交代。

第二回

惊血案县令失色
缉巨盗孝女改装

话说寿州知县姓马名敬文，乃是两榜出身，到任未久，即已著有廉明的治绩，满望可以任满高升，不料官星不济，即在将要三年任满还缺三个月的光景，忽然连出人命盗案。第一件，便是上回书中所述的汲段氏夫人被杀一案；第二件呢，却是本城毛公馆的老夫人李氏，亦和汲段氏一般，黉夜被人杀死，劫去衣服首饰无算，而且那个凶手居然胆敢留下姓名，也是那“崔名世”三字。两案所不同的，即是段氏是被割断嗓子，李氏是被砍下左手，戳穿胸脯；汲家“崔名世”三字是写在条轴上，毛家“崔名世”三字是写在玻璃窗上；汲家凶手是从屋上揭瓦下来，毛家凶手是从窗口进来。

为什么马敬文接得报告，要吓得魂不附体呢？其中却有缘故。

因为汲家虽是大族，但正式苦主目前并无势力。就是段家，亦不做着现任官府，不比毛家是现任大官，势力雄厚。毛李氏是个七十多岁的老太太，膝下两个儿子都已五十上下年纪，长子毛全忠任江西巡抚；次子毛全孝现任京城谏台御史。哥儿俩一武一文，都是现任大员。尤其是毛全孝做着御史，身居言路，别说小小知县，就是督抚大员，也只消他递上个折子，立刻可以将他参革查办。所以马敬文得报后，要格外心惊，格外着急，马上传齐全班员役仵作，赶到毛公馆去踏勘。

毛全忠的儿子绍箕是本科新中的举人，正在家中，当即招待马知县，要求限日缉凶到案，吊回原赃，并说："已派专人分赴京赣报丧，如父母大人不能缉凶到案，为先祖母申雪，那时恐多有未便。"言时，声色俱厉，唬得马敬文诺诺连声，回衙催逼朱二，并悬下重赏，如限破案。

朱二叩头道："回大人话，并非下役推托，委实此案难办，这飞贼杀人越货，胆敢留名，可知其人本领非比等闲。本县所有差役，虽多半是壮汉，身子灵活，经验也不薄弱，但是要想捉拿崔名世到案，却是难上加难。便是再多加赏号，亦不能如期破获，只得请求大人恩准，宽给期限，慢慢访拿……"

马敬文不待说完，即将惊堂木拍得震天价响，厉声喝道："放屁！本县知道你们的习性，向来逃难就易，遇有稍微难办结的案件，便推三阻四，故意刁难。现在一案未破，一案又作。本县给你们的限已是宽恩，如再饶舌，不能如期破获，小心你们的狗腿。"

朱二没奈何，只得叩头退下去，同众伙伴们商量。众伙伴也都皱起眉头，半筹莫展，只得分头出外，严密查访。谁知这两案尚未有头绪，寿县城内外报的人命盗案竟在这两天之内连发生了五起。马知县好不着急，同时三天早已满限，朱二只得叩见知县，回话请再赏限。

马敬文因为自己的前程，和地方上治安，不得不严比捕头，当将面色一沉，狠狠地责斥朱二一顿，还打了他二十大板，又赏了三天限。朱二叩头下去，只得和伙伴们商议，多方设法捕拿。不料寿州县正在捕风捉影地赏缉崔名世到案，一面办公文分送邻近各府州县协缉的当儿，却接到省里转下京里的公文，说怪侠崔名世夜惊首相，并打死恩侍卫两案，着各省缉拿到案究办。

马敬文接阅省里海捕公文后，不由格外惊慌，忖念："崔名世胆敢在京城白天伤人，夜闹相府，绰号怪侠，可知其人本领远非寻常。朱二等委实难捕获他到案，便将他们追比死了，也断难捉获。"只得以此自解，将汲、毛两家的原告和各事主一齐请来，告诉他们京城里的事，并将来文给各家原告看了，末后说："崔名世现在既已是钦犯，各地都在缉拿，谅难逃出法网，早晚定必破获，请各家且安心耐心着。"

过了两天，马知县忽又连接邻近州县来文，也是说各该州县发生崔名世所为奸淫掳掠、杀人越货等重大案件，请饬属一体严缉务获究办的海捕文书。马敬文得到此等文书，正好给自己脱卸些责任，当又将汲、毛两家和各家原告请来，告诉他们各知县的来文，说："贼人不久定可获案，以各处来文而论，凶手现在已不在本管辖境内，只有请各处帮同访缉，请两家忍痛等候，将来一俟捉到，即行通知，现在只得暂缓催请擒拿凶手。"各家原告见各处都有崔名世犯的案，且敢闹相府，打侍卫，当然不是轻易可以即日捉住的，没奈何，只得说了些请求老父母加紧饬属严缉的话，即告辞去了，但因此却追比得松了许多，那捕头朱二等承办此案的差人等等也就宽松了许多。同时汲、段、毛、李四家和各被劫害的人家因为凶手已远走高飞，断非本城差人所能捉拿，且有京省各处的公文赏缉，谅来总可获案，此时催请，亦属无益，因此也就催请得松了些。

常言“上不催，下不紧”，苦家既松了，地方官也就跟着弛缓了。地方官一宽，那差役可就像没有这件事一般了，要不是各处都悬有重赏，差役们为得功贪赏起见，怕不从此淡然忘记了吗？这也不仅是当时寿州县衙门差役们如此，便是各地的捕快公人，又何尝不是这样呢？但因此一松懈，便延搁下去。

不多时，马敬文任满，调升到芜湖去做芜湖县遗缺，由一个姓孝的接充。官场习惯，前任手里的案子，后任向来视同不要紧，故此缉拿崔名世的事竟无形搁将起来。

时光易过，不知不觉地竟搁了一年多，别家且不谈，可是这么一来，却将汲慧珍激引得悲愤填膺，恨不能立刻将崔名世捉住，碎尸万段，方才能给老母报仇雪恨。怨恨各地官厅颟顸，捕快无能，每日在家，总得哭骂一起，几次三番，她要到寿州县衙门催问限缉凶手一案，如何情形，并预备不得要领，即要进省抗告。只因被族中亲长，以及舅母嫂嫂等劝止，并说：“凶手现已远扬，原也怪不得本县差役不能如限擒获。”又说：“京城部里和省里来文，各处访拿，且不能缉拿到案，即便进省控告，一时又有何益？”故此汲慧珍只得含悲忍痛地耐了下来。

但她是位生性至孝的女子，岂能目见老母惨死，凶手逍遥法外，长此置之不问呢？况且她又自幼学武，早夕练习，十来年从未间断，高来高去，马上马下，都有超群绝伦的功夫，非比别个柔弱无能的女子。常言“艺高人胆大”，她的武艺既高，胆子当然比别人大，往时她兄长百川伤重身死，她就常说：“可惜这是考武受的伤，不比私人斗殴受的伤。如系私人斗殴，被人暗算受的伤，这个仇，我不能给哥哥报复，便不在世间为人。况且又不知掼百川一跤的人是谁，所以也只得丢下。这回老母被人杀害，明明留下名姓是崔名世，此仇不共戴天，何能放下不报？初时还指望官府能缉凶到案，报却此仇，无如官府缉凶，不过仅凭一纸公文，毫无实际。虽曾限比，哪能缉获？凶手高飞远走，已漏法网，若要报复此仇，只有亲自出马，一则可以手刃仇人，比较借手官厅来得痛快；二则靠官厅捕拿，是件完全靠不住的。”因此她便打定主意，决计亲自出门去寻找崔名世报仇。但她是位胆大心细的聪明女子，深知杀人偿命，律有明文，自己如寻着崔名世，如被崔名世所伤，当然不成话说。假使如愿，一刀将崔名世杀了，虽然是为亲报仇，到官自首，可以减等论罪，但是这场官司，岂非多打的？与其事后麻烦，何如事先布置。因此她遂想定主意，即日瞒过家下人等，亲到县衙，求见知县。先催问缉拿崔名世的消息如何，然后进言要求孝知县，给本人一角协缉文书，情愿亲自前往各处访缉凶手。如访有确实，准许便宜行事，可以随时请求当地官署协助，如捉拿时，凶手反抗，可以格杀勿论。

孝知县听罢她的言辞，忍不住向她加瞧几眼，暗忖：“这么一位娇弱女子，居然有此心胸胆量，一片孝思真诚，实可敬佩。”因为怜念她的孝思，不忍不成全她的志愿，于是一口答应，立刻亲自动笔，办好一角海捕协缉的文书，当面交给汲小姐。汲慧珍叩头谢了孝知县，领了文书回家，即对嫂嫂说知，欲亲自出外寻访凶手，报仇雪恨。王氏听罢大惊，因她是个千金小姐，尚未许字人家，岂能轻易让她独自出门？须是自己的责任。因即加以劝阻，一面暗命徐妈去请舅太太和本族亲房的长辈，飞速前来，说知备细。大家都异口同声地竭力劝慰阻止。汲慧珍哪里肯依？只是流泪不语。末后，见大家劝慰得太厉害，遂止泪答应，说不去了。舅太太要她将公文拿出来毁了，她岂肯答应？但说："我既说过不去，不去就是了；要去，你们还真能留得住我吗？公文是知县交给我的，还得我明天亲自送回给他才合手续，哪能就此私下销毁呢？"

大众来劝她，无非也是场面上的事，其实她走不走，原与大众没甚了不得的切肤关系，所以当时见她说不去，也就趁此收科，顺水推舟，齐说："只要你不去，明白这个道理就是了。我们不过因你是女孩儿家，又从未出过门。那凶手家住何处，他的真姓名是不是崔名世，何等样人，都不能知道。现在你纵走遍天涯，亦未必能寻得着。即或崔名世和你当面说话，你也未必能认识他（伏笔）。辛辛苦苦地跑远路，做毫无把握的事，虽然是一片孝思，可是终有些前途茫茫吧！"

汲慧珍这时心中已有了成见，所以无论他们说些什么，总是一味地唯唯否否。一会儿亲族长辈男女人等都已散回，汲王氏也就处理家政。汲慧珍却乘此回房，先写下一张便条，压在砚台底下，将自己的体己银子和一切首饰，并几件衣服，都收拾在一个包裹里，放在橱内，方才到王氏房中，觑空偷开了银柜，取了六七锭散碎银子，塞在怀里，仍旧将银柜关锁好了。回转自己房中，又在那便条上赘明一句，免得嫂嫂不见银子，疑心别人。

当日无话，次日黎明，汲慧珍即已起身，收拾梳洗已毕，走到书房里，将父亲在日所佩带的那口防身宝剑从墙上摘了下来，悬在腰间，走回房内，开橱取了昨日收拾好的包裹，即行出房。

其时，家中上下人等，除去徐妈和一个小厮已起之外，别个谁也不曾起身。徐妈正在后面灶屋里忙着烧早饭，小厮却在前面低头扫地，所以汲慧珍一番举动，并无一个人知道。当时她走到前面，小厮抬头见了，问:“小姐往哪里去?”

汲慧珍回说:“到舅太太家去。”边说边命小厮开门。

小厮放下扫帚，开了大门。汲慧珍走出门外，回头命他仍将大门关好，随即紧了紧足步，一径走到寿州城外，在一家点心铺里打了早尖，顺便问明往山东省境去的道路，走将前去。当日在路上一处镇集上过宿，即在那镇上丝线店里买了根黑丝线辫结，又到估衣铺里查了两身时式考武相公共场穿的衣服，自己验了验，和自己身材颇为适合，又在鞋铺里买了双薄底快靴，带回客店里改换了装束。本来她是从老母丧后已好久不施脂粉，所以脸上并无脂粉痕迹，深恐人家看出她耳环眼儿，特地用膏药粘掩遮了耳眼，使人家一眼看去，像是一粒黑痣。脚上换了快靴，靴尖用棉花碎布等塞了，打散头发，改梳条辫子。收拾停当，命小二取了把镜子来，自己在镜内照看，颇像一个美少年，哪还像个女子呢？不由大喜。

次日一早动身，雇乘车子，乘便在车夫口中套问些路途情形。从此后，她每日行路，不乘车即乘马或驴子、骡子等牲口，并不急急赶路，却是每到一城，或一大镇集，即便住上一两天再走。在这一两天之内，她必须到各茶馆酒店里喝茶喝酒，顺便听人家些闲言，因为她胸有成竹，以为崔名世既各处作案，必定有人谈论，况且他既敢作案留名，必定不是个怕事之人，住处定然有人知道。只要耐着心性，慢慢打听，总可打听得着。她又常到各庙宇里去随喜，她的意思，以为崔名世各处作案，必定住庙宇时多，住店恐有不方便。她又想着，崔名世有如此本领，当然走江湖的人多有和他相识的，所以她对于走江湖的人又特别注意。常言道得好：“天下无难事，只怕有心人。”汲慧珍一片孝思愚诚，辛苦勤劳地在外奔走，不上几月，竟被她打听得了真实消息。

究竟如何得着确息，请待下回交代。

第三回

三镖师闲谈露消息
一侠女窃听得佳音

话说汲慧珍自改装远行以来，已有数月。她离家的时候，乃是九月下旬，这时已到隔年二月天气，论行程的日月，早应走了不少省份。只因她沿途多住时日，细心察访，所以虽然行程日久，却只不过来到北京。她从山东道上一路行来，因在路上听得行人传说，崔名世在山东胶州府属各处做了不少案件，遂从往北京的官道上斜刺里赶到胶东各处去打听时，崔名世虽曾确实做过些血案，但是这还是三个月前的事。现在该处官厅的访缉已是松懈了，汲慧珍扑了个空，只得又从胶东转到往北京的大路上来。更在路上听人传说，崔名世现在直隶大名府属一带劫财伤人，遂又赶到大名府去，哪知又扑了个空。诸如此类，竟像人家有意拿她开玩笑似的，往来奔波于直、鲁两省境内，何止五六次？无非道听途说，且有言过其实的。

汲慧珍连跑了几个空，心中虽然气闷着急，但是并不因此灰心，依旧抱着一片诚心，遵着她的预定计划前进。她的预定计划是什么呢？就是暂且以北京为目的地，到得北京，好详细打听，一则因崔名世曾在北京做过伤侍卫惊首相的事；二则因北京乃是国都，定必五方杂居，各处到京的各行各业之人必多，必易于打听。所以她预定方针，便是以北京为目的。当时她因在路上空跑了几处冤枉来回，又因沿途多住耽搁，所以经过了数月之久，才到达北京。

当日住在驿马市大街嘉宾客栈里，心忖："京城已经到了，可是那凶手的下落，却如石沉大海，了无影踪消息。倘或在京城再得不着消息，天气逐渐热将起来，这双快靴，势难再穿，岂不要露出马脚？"汲慧珍因为这么一忖想，心中便格外着急起来，可怜她睡在床上，翻来覆去，再也休想睡得熟。谁知却因她这一睡不安枕，满腹愁肠之故，竟于无意中得到真实的确的消息。这消息从何而来呢？却是从隔房旅客口中听来。

原来她睡在床上流泪忧急之时，却听着隔房有两个江南口音和一个山东口音的人说话。

一个山东口音的道："金大哥，你我在江西一别，到如今匆匆已有五年了，不料却在此处得能遇着，同寓在一处店里，真非意料所及。现在我有一件事要问金大哥，不知金大哥可知道吗？"

一个江南口音的道："刘爷问的是什么事呢？"

山东口音的道："我想此事金大哥必能知道，便是前些时在你们行里当过镖师的崔……"说到"崔"字，忽然将喉咙放低小了。

汲慧珍听得"崔"字，不由心中一动，赶着坐起身来细听。只听得江南口音的人低声道："刘爷，放轻些，这里是禁城重地，皇帝脚下，耳目众多，说话须得留神。你要问的，可是名世老兄弟吗?”

山东口音的道:“正是呢！他现在何处？怎么这几年不在你们镖局里给你们贤昆仲帮忙出门走道了……”

汲慧珍听得“名世老兄弟”五字，不由喜得跳下床来，走到板壁边，侧耳细听。

只听得又一个江南口音的道:“刘大哥，你难道不知道吗?山佳子已好几年不在我们局里做镖师了。他那年由我们镖局里回去后，直到如今，未曾见过面，只不过听人传说，他近来在各省区很干了些侠义事业。最惊人的便是那穆相爷夤夜被惊、恩库龙白天被打的两件事，真是北京城里人人皆知、个个乐道。我们同行中人谈论起来，谁不竖起大拇指，赞他一声好汉子呢?除却这两事之外，还有一事，为外间人所不大知道的，就是穆相回平原去后，发帖邀请亲友，辞行后才死。此事谁不诧为神奇，都说他是个有来历的先知先觉者，却不晓得他所以死的缘故，也是被山佳子老兄弟隔夜寄柬留刀，逼他自裁，他才乐得死得漂亮，一则免被朝廷谴责，二则免被山佳子所害。他表面上是能知死期而辞行，实际上他是服毒自尽（怪侠锄奸之事，到此一提）。”

山东口音的道:“二位和山佳子相处甚久，彼此交情甚好，来往南北各省，难道走山东经过，竟一次也不曾顺便到他家中去看望过他吗?像他的行为，虽然是侠义行径、英雄本色，可是近来他的名誉很不大好听。好好地将一位侠客身份做了奸淫掳掠的强盗，陡然变了态度，我真给他可惜。并非我在背后咒他，如果他在前些时，因为夜惊穆某的一件事上死了，江湖上人谁不要崇拜他？也许还在暗地流泪，给他开一个追悼会，做斋唪经地超度他呢！可惜他直到如今，并不曾死，反而将好好的名誉断送于一旦。像我呢，和他不过是泛泛之交，近来又为衣食所驱，真正穷忙得很，无有闲空，可以到章丘去望他，如有工夫到章丘去访他，或是能有机会，得在路上碰见他时，立要直言劝他及早回头。说句彻底的话，世间哪有做强盗一世不破案的？如果都不破案，天下还有一人不做强盗吗？休说他到处做事，都将自己的大名留下，就是不留下名姓，各处地方的捕快公人，他们吃的什么饭？岂能逃得过他们的眼？将来身败名裂，可不将一条好汉白白地断送在那狱神庙前吗？不是我好说直话，抱怨你们贤昆仲，但是春秋责备贤者，我也不怕你们动气。像二位和他交同刎颈，多年相处，向来是莫逆的。他的家乡，二位并非不知，为何不去寻他，力劝他洗手不干呢……”

汲慧珍听说话口气，知道山东口音的人姓刘，两个江南口音的人姓金，是兄弟俩。因此便在板壁上寻了个壁缝，就着壁缝向隔房观看。只见说话的共是三人，那山东口音的人约有三十外岁年纪，坐在床沿上，身上衣服也很齐整；两个江南口音的亦都在三十内外的年纪，衣服也很整齐。看三人服装，知道三人都是保镖的达官，金家弟兄俩一个年纪略大些的坐在另一张床沿上，一个年纪略小些的坐在靠着一张四仙桌的椅上，三个人三角形似的对坐着谈话。那姓刘的说以上几句话的时节，面色颇为严正，时不住地睃着金家弟兄俩的面上，意思颇像等待二人的答复。

只见坐在床上的那人笑道："刘爷只知其一，不知其二，虽然责怪得愚兄弟不错，可是刘爷在未曾问明以前，且莫先怪人。你说我们弟兄不应该不到章丘去访他，其实愚兄弟何尝不曾去访他呢？休说在近来听人传言他的名誉不好时节，要去访寻他了。愚兄弟在他夜惊穆相的一事发生时，恰巧也在京里，所以第二天就得到信息，吓了一跳，当日即在京城内外分头寻找了他一天，竟不曾寻着。当夜愚兄弟在客栈里会见，彼此一商议，料定他自己一时绝不会被官厅捉去，或许他已出京，但恐他当局者迷，忘却家有父母，万一有人知道他的家乡里居，说了出来，马上就得连累他的父母。故此愚兄弟次日一早即由这里赶到章丘，拜访他的老太爷、老太太，当将京里的事悄悄告知他的父母，害得他们两位老人家流泪担忧，哭了好久。愚兄弟当即催促他父母赶紧收拾细软，搬到别处去居住暂避，以免受官厅的啰唣。他的父母以为一动不如一静，如果搬家到别处，势必将家业完全暂时抛弃，必定田园荒芜，诸多不好，不如不搬。又以章丘知县马敬是他的门生，纵或有事，定然有些照应，总不至于十分危难，所以不肯搬家（与上集书中，如桴鼓相应）。当时愚兄弟力劝，二老不从，也只得罢了，随即拜辞回南。话虽如此，究竟有些不放心，故此每逢保北京的镖，总是愚兄弟亲自押送，一则怕有错失；二则好绕道章丘，拜访他的父母，顺探他本人的下落（写二金是好朋友，兼补前集所未及），如此已非一遭了。

"在最近的上一次，愚兄弟从南京保一支重镖到北京来，路过山东，绕到章丘去访问他的父母时，他父母对我说：'现在公事上已有了他的里居，行文到本县捉拿。幸亏知县贤明，不曾连累自己，如不然，此刻早就坐在牢里了，哪还能与二位见着呢？二位真有先见之明。’边说边又说明知县保全他二老的计策，是给他在县里做了手脚，写好一张准予告儿子忤逆脱离关系的批文，给他老两口子做凭据，应付了公差和各衙门。这是上一次到章丘的话，但是最近一次路过章丘时，却又生了变化，因为马敬已任满调升到济南省城去做山东首县，章丘县官换了人，‘照应’两字便办不到了。各处风声紧，办公事到章丘县要人，在他老两口子仅凭着一纸‘准予立案，脱离父子关系’的批文，哪能应付得了各处的公事？因此竟被章丘县衙门传了去，要将他老两口子押交。幸亏他的老太爷在章丘地方教读有年，地方人士感情本来融洽，门弟子又多，因此得被联名具保，保了出来（世之有父母而作奸犯科者，读此一回文字，能毋憬然悔过而力行向善否？作者馨香以祝之焉）。

“愚兄弟到章丘的时节，他二老刚从县衙放出来未久，见了我们，不禁涕泪横流，托我们找寻他儿子，定要叫他回去。总而言之，我们到他家中去探望，已前后不知去过好几次了。”

姓刘的诧异道：“咦！我又不明白了，平常听得人言，就是像二位也曾说过，他为人颇有孝思，岂有能孝父母的人而出外远行，没有一定地方，又损害自己名誉，连累他父母担惊受怕，几乎代吃官司的？他竟出外远行，多年不回家一次，难道连‘游必有方’的古训也不知吗？”

姓金的笑道：“我说刘爷只知其一，不知其二。现在我的话还未说完，你当然还是不能明白。这个疑团，休说你现在疑心，就是愚兄弟在一得到他在外做许多案子的消息之后，也有些疑心，怎么山佳子这个人变得如此之快呢？况且每每常有同时得到两种消息，比如方才在路上遇见某甲。某甲说某人现在河北一带，很做了些侠义事业，装怪癖，闹鬼趣；一会儿又遇见某乙，某乙说某人现在坏极了，好人不做，却当了强盗，专门在安徽一带无恶不作。这两个人我都问他这话确不确，他们都说的确得很，亲自从河北和安徽来，况且出事的人家还曾跑去看过热闹，墙壁上明明写有某人的名字和怪侠的记号，怎么不确实呢？这一来，愚兄弟可就如堕五里雾中，莫名其妙了。因此愚兄弟遂得到一种见解，料定他本人始终不曾改变侠义态度，定是和什么歹人结了冤家。那歹人要报复他，无从下手，所以特地用这条借刀杀人的毒计，好使山佳子将一条性命断送在官厅手里……"

姓刘的听到此，禁不住拍手道："着啊！我说呢，他怎么会变得这么快？有一回我也曾同时得到两种消息，一种说他在奉天省内各处很做了些把戏，收拾过几个恶霸土豪，一种却又说，他在长江一带打劫人家，时日竟是相差没有几天。我当时也曾疑惑，莫非有两个同名同姓的怪侠……"

说至此，忙又改口道："莫非有两个同姓名的山佳子不成？不然，他又不会分身术，也不会飞行术，怎么既能在东三省行侠作义，同时又能在长江一带做剧贼巨盗呢？现在被你这几句话说破了，果然颇有见地。如不是有仇人陷害，即是另有个同名姓的。但有一层，他为什么出外几年，并不回家一次呢？难道有人冒他的名在外无恶不作，他竟始终不曾知道吗？这一层真有些不解。"

年轻些的姓金的接口道："刘大哥，别说你不解，我们也想不出其所以然呢。”

正说着，猛听得房门一响，走进一个汉子来道：“你们不解，俺却比你们晓得清楚多呢！”说罢，哈哈一笑。

说话的三人齐吃一惊。汲慧珍却大喜非常。

毕竟来者是谁，请待下回分解。

第四回

老和尚游方暂挂锡
小强盗指路赚英豪

话说在隔房谈话的主人乃是三位镖师，看过本书上集《怪侠锄奸记》之人，大约总还记得金毓英、毓常弟兄是南京的著名镖师，这时说话的两个江南口音姓金的，就是金家弟兄。那姓刘的名唤刘步云，山东曹州府人氏，在济南省城开设一爿步记镖局，半仗本领，半仗人情，在各处颇能兜得转，生意亦颇不恶。往年专走长江一带的镖，近来才兼走北京的镖，所以他能和金家弟兄相识，并且也认识崔名世。

其时金毓英弟兄因为崔名世闹的事情太大，说在嘴边上，恐怕有些不方便，所以特将崔字拆开，说他是山佳子，这本是他心细隐秘之处。当时也是事情凑巧，他们两下都因保镖进京，恰巧同住在嘉宾旅馆里，不过金毓英兄弟住的是十一号官房，刘步云住的是二十九号官房罢了。

那天晚饭后，刘步云站在客栈门口，向大街上望着，适逢金氏弟兄从外面回店，彼此在门口会见，大家都说了句久违，各问了好，即问寓在何处，何时到京。刘步云说：“是昨儿才到，住在此地二十九号上房里。”

金毓英说：“巧极了，我们也是昨儿才到，也住在此地十一号房里。刘爷在门口望什么？莫非等人等得心焦，所以到门口探望吗？”

刘步云道：“正是呢！我此番进京，是同着我们的伙计皮老虎一齐来的。我因往别处有事，所以特地命他到住在东单牌楼敝同乡的下处里去，代我将他家中托带的物件和家信一齐送给他收受，不料他饭后就去的，直到我已将许多事办完了，回店不见他的影子。此刻晚饭已经开过，他还不曾回来，我有些不放心，因为他此番尚系头一次进京城走道，人地生疏，怕他走错了路，迟了不回店事小，怕他尽管在城里各处寻不着回来，被巡街的兵弁撞着，多许多麻烦。故此我到门口来探望，预备亲自赶到东单牌楼去寻他。”说罢，即说：“我们回头见吧！”拱一拱手，即举步如飞地赶往东单牌楼同乡住的下处里去查问。

皮老虎并不曾耽搁，老早已经回去了。刘步云忙着又赶回客店，问小二时，皮老虎并不曾回来。刘步云要想再去寻他，又不知他跑到什么地方去了。京城里地方大，如何可以寻得着？只得坐在房里发了会儿闷，忽然想起金氏弟兄，又想起崔名世来，遂吩咐小二：“皮爷回来，就说我在十一号房间里谈心，叫他就来唤我。”

小二答应晓得，刘步云即走到十一号房间里来访金氏弟兄。彼此见面后，金氏弟兄连忙让座。刘步云就床边上坐下，金毓常倾茶奉敬，顺问他：“皮老虎可曾同来？”

金毓英又问："皮老虎可就是历城县有名的拳棒教师皮虎不是？"

刘步云点头道："正是他，正是他。我到东单牌楼去找他时，他已老早走了，但是我跑回来时，他仍旧不曾回来，也不知他是到什么地方去了。二位认识他吗？"

金氏弟兄齐说："认识，他亦是有名人物。刘爷有了这么一位硬里子，将来的交易定然可以十分发达，这是可以预贺的。刘爷尽可放心，皮虎生得人虽矮小，可是他为人却很精明强干，断不致去时问得着路，回来却迷了路途，定系撞着朋友，邀到何处去有事，耽搁住了，一会儿准可回来，才不会有什么岔枝儿，我们可以保险。"

刘步云被二人提醒，不由笑将起来，自己干作急，真正急着岂有此理？世上岂有去时认识路途，来时反不认识之理？休说是皮矮子为人精细，凡是在外混饭吃的朋友，谁不是一经探道，便可认识路途，还能穿房入户的呢。因此放了心，和金氏弟兄谈问些闲事，遂问到崔名世的身上来。

彼此正在谈论，说有些不解，却不防房门一推，走进一个汉子来，接口说："你们都不解，还是俺比你们明白些。"不由齐吃一惊，看时，正是方才谈论的矮子皮虎。

这皮虎性喜诙谐，生得身材矮小，拳棒功夫极好，猛勇异常，平常数百个壮汉休想近得他的身。他在家乡地方设场收徒，教授拳棒，因此成了个著名的教师，各地英雄慕他的名和他结交的甚多。人家因他勇猛，所以唤他作老虎，又因他身矮，所以又唤他为矮子。刘步云本和他是知己朋友，开设镖局以后，就要请他帮忙，他推却不肯，后来屡次聘请，他也因教徒弟教得太腻烦了，想要出门去逛逛，所以才于这年正月里将一班徒弟散了，场子收起，受了步记镖局的聘请，充当了镖师傅。这一回到北京，尚是他保镖出门的第一遭。

当晚他由外面回来，小二告诉他："刘爷在十一号里，叫你回来了即去喊他。"所以他就移步到十一号房外。先在玻璃窗缝里向内一张，见和刘步云说话的二人都是熟识，本要就推门进来，忽然一想："且慢，先听他们在里面说些什么，然后再和他们开开玩笑。"因此站在房外，听了一会儿壁脚，听见三人谈论的乃是崔名世。皮虎和崔名世原不相识，但是名字却很熟悉，而且很企慕他，所以平时对于崔名世的行动言论，听人传说时，亦颇为注意。这时他听见三人齐说不解，遂推门进去，逞着他的诙谐口吻，接口笑道："俺比你们明白。"吓了三人一跳。

三人见是皮虎，方才定心。皮虎先和金氏弟兄厮见了，坐下身，刘步云即问他为何到此刻才回来。

皮虎笑道："你们不是在这里谈论山佳子吗？俺方才即是从他的师父谛闲和尚那里来，所以你们在此谈论他的行动，还不及俺来得彻底明白，就是这个缘故。因为俺给刘大哥将东西送到东单牌楼去后，从那里回来，迎面正遇着谛闲法师。这位老和尚，和俺论起来，要称是方外之交，在前年冬季里，俺才和他认识。当时俺正在家中教授各徒弟练习武艺，忽然有人通报，说外面来了个和尚，指名要见，大概俺们练武的人都有三不斗的信条（编者按：往时练武功之名教师，大都不与僧、道、女子三种人作争斗，因此三种人无技能则已，如有技能，往往非寻常可及。良以僧、道两种人之精娴武事者，大半为剧贼漏网，无可自全，乃以出家逃罪，故其武功迥非常人可及。至于女子，如非武术精娴加人一等者，何敢寻人作武术比赛？且此三种人，纵胜之，亦不为武，故都有三不斗之信条也），故此俺即命人出去回复，推说俺出门去了。不料和尚嗔怪，在门外大言说：'皮老虎原来是只纸老虎，年纪轻轻的人就这么不老诚，明明在家，偏回不在家，真是岂有此理！适才贫僧亲见他从外面回家，贫僧因和别人说话，所以不曾唤住他，不料他却如此放刁！快进去唤他出来，如不出来，可莫怪我和尚无理。'门上将这话又来告知俺，俺想：'和尚定要来找俺做什么？难道也来拆厂不成？'他既定然要见，避也避不了，只得出外相见，迎接进内待茶，说：'小可因在里面教授徒弟，门上知小可无暇接待，故此回说出门，请大和尚不要见怪。'随即请问他的贵上下，以及来意如何，即请当面指示。和尚说：'贫僧法名谛闲，此来一非化斋，二非拆厂，乃是慕居士之名，特地到此拜访，结个香火之缘，不料居士拒之门外。贫僧因闻居士在此授徒，意欲参观一回，开开眼界。贫僧世外闲人，既无荣辱之见，居士尽可放心。'俺因即让他到后面去，吩咐各弟子照常练习。

"和尚看了，点头称善，当即别去。次日又来参观，对俺说：'居士可惜白操心，这些子弟只宜学些花拳绣腿，炫耀炫耀，至于真实功夫，他们哪能了解？居士有暇，不妨到小寺随喜随喜。'俺当问他宝刹在何处，他指着俺隔壁道：'贫僧即在居士的东邻净土寺挂单。'当日别去，过后俺即到他寺内去回拜，彼此往来既密，交谈自深，他才告诉我从少林寺出外云游，结纳各方有缘，曾收过一个弟子，交的朋友却很多很多。因为居士有缘，所以特来结交，且因恐将来有件事奉托，此时不便说明，且到临时再说。后来俺过了几天再去看他，他对我说：‘即须动身，往别方去，和居士后年见吧！’

“此后和尚的去向，俺亦不知。日期一久，也就忘了。不料今天却在此相遇，当即被他邀到本城海潮寺他的净室内，对俺道：‘居士还记得贫僧前年说过，恐怕将来有件事奉托的话吗？如今却应验了。只因贫僧往年在德州广福寺挂单，收了个方内徒弟，名唤崔名世，这小子学成技艺，所幸还不辱师门，专一在外做些侠义事业，所以一向贫僧也不曾理问他。不料他因管的闲事太多，孺子居然侥幸成名。他成名怪侠，原没要紧，却不料结怨歹人，闹得各处满城风雨，都以为崔名世奸淫掳掠、杀人放火。其实小徒并不知道，只因他太糊涂，以为自己在各处做事，装着怪癖，总可以遮掩耳目。其实他怪侠的名气已出，人家哪还肯认他为怪癖呢？这个且不谈，但怪他离家之后，只到处派人送些钱财物件回去，自己只在前年贫僧与居士初会的时节回家过一次。因见家中有知县马敬师兄照应，暗中保护，给过一张批文，以为任凭自己在外做些侠义勾当，可以不致连累父母，且因既已有了存案脱离父子关系的话，当然不好在家久留，因此遂又动身。但他因此也就闻知另有一个同名的人，专在各处无恶不作，思量欲去除却，故此往各方追寻。他哪里知道？那个同名的歹人并不是一个，却有两个人呢。这两个人因为和他有仇，要找他报复，不晓得他在何处，故此各处冒名作案，一则借刀杀人，二则激引他去寻彼等，好当面决斗，或暗杀报仇。这两人在江湖上颇有名气，一个名喊白叔良，一个名喊何敏学，是表兄弟。因为往年吃了小徒的亏，矢志报仇，拜黑石关王家堡王兴老拳师学武，苦练了一身本领，才出来寻小徒想打报复。他们在江湖上交际广、识人多，德州及大王庙一带本是他们的窠巢，手下人众当即啸聚在一处，相率到涿州附近和山西交界的倒马山上去落草，以备小徒去寻他们时，好凭着倒马山的天险地势，使小徒吃亏。往日小徒所押解送回大王庙的妇人冒李氏，现在已经又被他们寻着，用小徒之名，劫到倒马山去居住，并且还将冒李氏的新姘夫杀死。小徒从家中出外寻访同名之人时，在路上遇见往年制伏的一个绿林中人，那人有个内亲，因强奸幼女，被小徒所杀，故此其人亦受其妻之托，得便杀小徒为内亲报仇，小徒却一些不知。他见了小徒，想下手却又怕不敌，也想借刀杀人，他因听得线上朋友传言，晓得白、何两个因在各处寻不着小徒，不知听何人言辞，说小徒被人聘请到关外去了，故此他俩赶到东三省去做血案。本来他们都是杀人不眨眼的魔君、贪色的恶鬼，原意只在子女玉帛，并不欲杀人放火。只因临时为自卫起见，所以动不动就发生伤人之事。那绿林人既知他俩在关外，即囫囵吞枣地告诉小徒，说有个和小徒同名的人，现在东三省做买卖。小徒听了他的话，便寻访到关外去了。小徒到得关外，恰巧在一家客店里遇着个人，自称是白、何二人的徒党，当用激将法激怒了小徒，告诉他说：‘有何、白二人要寻你报仇，所以各处的案子都是他二人派遣手下，和江湖上一班好友冒名所为，你如是好汉子，就亲到倒马山去找他俩去。他俩只要见了你，立刻就会派人分头到各处知照，停止作案。你如没有胆量，就不必去；如有本领，便亲自前往。倘或不认得倒马山在何处，我可以做向导。’小徒一怒，当即命他引导，在路上几乎将命送却。”

究竟其事如何，请待下回交代。

第五回

怪侠士被欺落圈套
名捕头受聘定计策

话说刘、金等三人听到此处，忙问皮爷："山佳子怎么几乎将性命送掉呢?"

皮虎继续说道："据谛闲法师对俺说，山佳子当时命那自称白、何二人的党徒领道，前往山西边界的倒马山。他自己倚仗本领，哪曾把那小毛贼放在心上? 谁知大谬不然。那毛贼原本是白、何二人手下的总头领，统管倒马山的一切头目喽兵，本领却颇了得，不但在各处的黑道中人头很熟，就是高来高去，上山下岭，船上江中，都能对付，寻常初出道的镖师傅恐怕还不是他的对手。提说起来，此人我们大家都该知道，就是山西娘子关一带有名的巨贼黑皮毛五。白、何二人做山寇的勾当，一切事务差不多全仗他做引导。当时他引着山佳子路过锦州府城时节，住在城外街头上客店里，半夜里忽然动手，要刺杀山佳子。原来那家客店本系黑道中朋友集股开设，专为各路响马做探子的，好算计那来往京奉道上的客商官宦的机关。那毛贼引山佳子来落店，暗向柜上的人一使眼色。大家都是线上的人，彼此又属认识，当然都能心照，因此这天夜里，毛贼悄悄偷山佳子的刀，要刺杀山佳子。如非山佳子练武有很精深的功夫，定必被毛贼所杀。幸亏他出门走道已成习惯，睡在床上，颇为醒促，被毛贼的第一刀砍在肩上时，已被惊醒，忙就势一滚，滚到床下。那毛贼身手却亦快捷非常，他见不曾砍杀山佳子，即忙缩手，大叫：‘崔名世，你这恶贼，胆敢抗拒俺吗？俺从大远的一路跟下来，为的是要捉你到官厅领赏。阖店的人们，你们快些来捉拿崔某，不可放他逃跑呀！’山佳子被他这一嚷，吓了一跳，一时又不知他是不是真正强盗或是公差，思量：‘万一大众奔来，或许竟难脱身，不如早走为妙。’于是不顾一切，鼓着勇气，开了房门，往外就走。店中人等原和那毛贼是一鼻孔出气的，本已心照，早就预备给毛贼打救应，各已拿好兵器，立在房外，一听见响动，即拟冲进房门。却见房门呀然开了，山佳子走将出来。他们大喝一声，拦头就是刀棍齐下。山佳子空手不好抵敌，只得向旁闪让，饶他让得快，手臂上已各受了伤，赶紧一垫足，从众人头上飞过，来到天井里，飞身上屋，逃出街头。直到一所大树林里，坐下身来，方才略定喘息，定了定神，才觉得手臂受伤，更觉得肩头剧痛。摸了摸，原来衣服已被刀砍破，里面皮肉亦破了，流血甚多，手上摸了一手血。所幸未曾伤骨，大吃一惊，在身边一摸，幸喜还有些散碎银子和一包刀伤药，赶紧将药取出，打开取了些，按在肩上创口，止住了血，遂又将手臂上伤处用唾沫涂敷了些药，将药包好收起，腹中寻思：‘这毛贼非常可恶，说他是贼党吧，他怎么又如此大嚷捉拿呢？如说是捕快，他一路言动，丝毫没有公门中人的习惯。’想来想去，竟有些莫名其妙。

“正在此时，恰巧这林内有一个短路的剪径贼想等个行人来，好打闷棍，却不料行人未曾等得到，来了个坐地虎，坐在林内不走，意像存心和他作对似的，心中一恨，即从暗地里走到山佳子背后，使棍往下打来。山佳子虽然受伤，究竟不比寻常，因此听见后面响声，即知有人暗算，忙将身体使鲤鱼打挺式向前一蹿，让过短棍，立起来回身径奔那剪径贼。剪径贼逃时，哪能逃得脱身？早被山佳子擒住，点了穴道，问他是从哪里来的，为何做这买卖，同党共有几人。剪径贼只求饶放，便信口胡说，家有父母，贫穷无业，不得已才做这买卖，并无同党。山佳子见他不吐实，遂用切口告诉他，说自已也是黑道中人，路过此地，打劫一家人家受伤，幸亏逃得快，不然得吃大亏。‘你我都是一家，不应说诳。’那贼看见伤口，又听了术语，也就用黑话答复，说自己是本地乡下人，进道才有两年，并说了名姓，求山佳子点活血络。山佳子忽然想起，问他可曾听见说过近来有个崔某，在关外一带作案不少。顺又问他自己今日所住的客店是不是道中人的耳目，再问他那对自己说是白、何同党的毛贼是不是真正毛五。

“那贼见问，却很直率地答道：‘不错，近来颇有姓崔的在各处作案，其实此事只好骗骗外人，俺们同道的朋友，谁不知道是倒马山来的人冒名做的呢？前些时俺曾亲自见着毛五。你所说的毛五形容，颇有相像，莫非就真是他，亦未可知。论班辈，毛五还是我师父的拜弟呢，所以我能认识他。’又说：‘那客店确系道中人的眼线。’随口即问山佳子的姓名和受伤的人家。山佳子捏造了个姓名，说：‘自己因系独行的大盗，所以向不结伴，和道中人亦素无来往联络，所以认识的人不多。今日因为劫一起客商，那客商请有四个镖师保镖护送，和我打招呼，俺不肯答应，彼此动手，因寡不敌众，才败阵受伤。’边说边将那贼点活了血络，向他借下身上的衣服，拿自己的衣服和他调换，方才放他回去。

“山佳子得到不破无血的衣服遮掩住了，看了看天上星月，辨正方向，遂取路连夜往关内大道进发。

“毛五当夜脱了险，却派手下到锦州府县各衙门去告发，说：‘山佳子曾在客店里行劫未成，据他告诉人的口气，是往涿州到山西省境的边界倒马山去的，请官厅飞速派人通知沿途各处水陆官署，加紧严缉，必能将山佳子获案究办。’

“在前山佳子虽因打死恩库龙、夜惊穆彰阿一案震动京城，成为钦犯，但因现在道光宴驾，新君即位大赦，穆相已死，这‘钦犯’两字已到一笔勾销之时，如非白、何两人冒名捣乱，山佳子尽可以太平无事。现在因白、何二人所做的血案累累，山佳子身为名累，成了个代人受过。他只知赶奔到倒马山去找白、何二人算账，却不知各地官厅因接到锦州府的快马紧急文书，得知他从辖境经过，陡然无形戒严，加紧踩缉，再加上各地绿林得到毛五通知，也在暗地等候。正是官私双方缉捕他上紧的时候，因此山佳子便又几乎将一条命送到通州境内了。

“只因那天他走到北通州境内季家市镇上，迎面遇见一个熟人。此人名唤李二，前两年山东道上因打劫一个孤客，被山佳子杀败，救了孤客，当时他只得拜服山佳子，情愿从此洗手，跟随山佳子同闯江湖，山佳子不肯领他同走，赠送他二十两银子给他做本钱，好做安分守己的买卖人，因此两下成为相识。这天在季家市遇着，李二坚邀山隹子到他家中去坐坐，略示报答他赠银之恩。山隹子误当他已真改过迁善，不好意思拒却，即随他到家。李二命妻子出来拜见道谢，并留山隹子在家用酒饭。山隹子未曾提防，被李二用蒙汗药酒麻倒，捆缚起来，再用铁尺打得山隹子寸骨寸伤，一面着人唤地保来看守，一面亲到城里报案请赏。

“山隹子药酒醒来，才知身受重伤，且又被捆缚，不能动弹，急得无可如何。幸喜李二报案未回，地保不曾亲自来，只派了两个伙计到来看守。那两个伙计因见山隹子受伤被绑，料可无妨，十分胆大，不曾留意。其时得信到李二家中来看热闹的人拥挤得水泄不通，内中有一个卖烧饼的，名唤成大。这成大当年因母丧无钱安葬，跑到通州大路上乞化，山隹子路过，亲自给他襄助，一切使费，都是山隹子资助的，故此成大认识山隹子，十分感恩。这时一见，思量报答山隹子的恩。他原是无家业的光棍汉子，小时也曾练过把式，这时见了，回身赶紧到家，将所有现钱衣服打在包袱里，背在身上，出门将门锁上，迈步走到李二家屋后，悄悄在柴房里放了把火，登时大乱起来。看热闹的人吓得抢先飞跑，那两个地保伙计即抬扛着山隹子到门外暂逃。成大早从屋后赶到前面来等候，一见扛抬着出来，即尾随在后。等两人将山隹子放下，蹲坐在一旁看守时，即出其不意，走到二人背后，使劲各踢了一腿。二人被踢，跌出丈外，成大唤声：‘崔爷，俺来救你！’即用力将山隹子扛起，迈步飞奔。那两个保伙本都是抽大烟多年的老枪，气力原极平常，又被踢跌了一跤，好容易才挣着爬起来。追赶时，已不知成大去向，急急分头追出街头，哪能追得上呢？

“成大扛着山佳子，一口气飞奔了三五里，走到一座大树林里，方才放下，先给山佳子解开绳索，扶着走了几十步。山佳子活了血络，运用气功，因为伤重，急和成大商议，借他的干净衣服，换穿在身上，同到附近的村庄人家讨了口热水，吞服了一包伤药，即请成大引路，从小路绕过通州城，且不到涿州，却直奔到天津独流县境去暂住养伤。养息多日，伤势方才平复。山佳子因感成大的德，特将武艺传授了许多给成大，命他离去北方，到南方去做买卖，南方地方繁华，商旅辐辏，做买卖容易挣钱，随后如有机会，彼此再图会晤。

“成大去后，山佳子遂又独自往倒马山来，当在季家市时节，将先时所得何敏学的两口单刀遗失了，所以在独流定打了两口纯钢的单刀，用绿鱼皮鞘装着，佩在腰间，改了考武相公的打扮，沿途逃避人的耳目。

“那日到得涿州附近的乡镇上，突然迎面遇着一位老者。这老者乃是保定府衙的一位告退的著名捕快头儿，外号人称单刀李，本名李明昌。从前亦系绿林出身，为人正直，使得一手好单刀，后被保定知府用计收服，做了捕头，专办一切疑难重案，极其干练，遂成了名捕，在直隶省区域内，当推为第一名捕。自从白、何二人在各处捣乱，崔名世各处作案的文书如雪片般飞到保定府衙门，保定境内亦发生了好几起留名崔名世做的人命盗案。其时知府非常廉明正直，准状后催比各捕快破案，非常严紧，各捕快受比到无可如何之时，遂又商量在知府面前公举李明昌，请他帮忙。知府遂派幕宾持本人名片、聘书到李宅奉请。李明昌说老了，已告退多年，现又多病，实不能胜任。再三推却，不肯受聘，急得知府亲自到他家中面请。李明昌无奈，只得答应出来多这一次事，声明以后不再多问。

“知府当日将他请到府衙，询他破案的方法。李明昌回道：‘大人明见万里，下役承办此案，先得向大人禀明，并非下役回护崔名世。其实这许多案子，并非崔名世所为，不过作案的贼人冒用他的名罢了。大人请想，崔名世一人，岂能同时在各处做许多案子？况又到处留名，可知绝不是他亲自所为。下役在大人未来呼唤下役之前，闻得这个消息，即曾暗暗调查，已知崔名世是现代一位青年侠士，并不做人命盗案，即有被他杀的人，亦不过是些奸夫、淫妇、逆子恶媳、土豪恶霸之类，从未杀过好人。大人请想，似这等一个侠义人物，岂有做许多凶恶案件之理？下役据调查所得，这许多案件，乃是绿林中人和崔名世有仇的人所为，意在借刀杀人，并激引崔名世去寻他，他好乘势报仇。下役又探得做这些案件的人现已远扬，不在属下，他们的窠巢在倒马山，那地方属涿州管辖，与山西毗连，非常险恶。做案子的人据说是两个山东人，名唤白叔良、何敏学，本领高强，远非常人可及。休说本府的捕快官兵，以及武职官员不是他俩对手，就是下役有些虚名的，自知亦非他们的对手。如要寻捉他们到案，只可计擒，不可力获。’知府吃惊道：‘原来内中这许多曲折，难怪他们缉捕不着了。现在依你的意思，该用何计，方才可以将凶人捉拿到案呢？’李明昌道：‘回大人的话，下役确有一计，可擒凶手。’”

未知李捕头有何计策，请待下回续写。

第六回

老英雄智激小英雄
众好汉议救一好汉

“话说知府问道：‘你有何计呢？’

“李明昌道：‘下役之意，要擒凶手，结束许多案件只有一条计策。如大人能依从下役意见，给下役全权，下役便可效劳，否则下役即无从为力。’

“知府道：‘本府既将你聘请到来办案，当然给你全权，便宜行事，一切听从你计策。’

“李明昌喜道：‘这么便好办了。下役愚见：第一，要求大人宽给限期，不能急求破案，因为现在凶手已远走高飞，徒然追比，并无实益。即使陈报上宪，惊师动众，调大队人马去剿捕那倒马山，车不能双轨，马不能并行，人马虽众，仰攻却非容易，所以下役说，只可计擒；第二，要求大人恩准，可以保全崔名世，使他将功折罪，他定能竭力图报。只要崔名世肯来，白、何两贼极其容易获案，不须调兵，亦不必派大队捕快，只消几个有能为的人同去，即可将贼巢剿灭。’

“知府点头道：‘本府都依你办理就是，但不知你须多少时日，并用什么手续，怎样能将崔名世找到？’

“李明昌道：‘下役愚见，在未曾寻着崔名世之前，破案的日期断不能预定，只要崔名世一到，贼人便可如期到案。现在只要将崔名世先行归案，便可水到渠成。讲到崔名世到案一事，大人可无须虑得，下役料定崔名世不知何、白两人冒他的名在各处作犯法乱纪的事则已，如果晓得，必定能亲到倒马山去寻白、何二贼算账，这日期绝不会远。现在下役愚见，请大人通知本府控告案情的各事主，就说正会同各处官厅，加紧踩缉，因为捉拿崔某，不仅是保定府一处地方的事，乃是各处地方的事，如是获案，即当通知各家。现在徒催无益，官厅给人民办事，绝不空言搪塞。如此一通知，可以免得各事主常来啰唣，一面下役请大人签发两张拘票，并给下役一角随时可请当地官厅协缉，方可便宜行事。两张拘票，一张是拘白、何二人及其党羽的，一张是拘崔某的，大人办好后，下役即便动身，往别处去访拿崔某。’

“知府大喜，当即命师爷办好，交付李明昌，又支付李明昌一百两银子给他做盘缠使费。李明昌领了银子、公文、签票，即到班房里约了现在充当副捕头的吴二，一同出门去走遭。

“那吴二本也是绿林出身，先前曾在李明昌手下当过头目，极其胆大悍泼，勇凶力强。现在虽已四十七岁，但是勇悍仍不减当年。李明昌洗手做捕快头儿时，即带他同来吃公门饭，当了马快。李明昌辞职时，力保他升充副头儿，故此这时办案，李明昌要约他同行。吴二不能不应命同去，遂即入内禀见知府。知府又另外赏给他三十两银子，以备使费。

“当日，李、吴二人各自回家收拾了包裹、行装，及应用兵器，丢下些安家银两。次日，即由吴二到李家来会齐，一同动身。

“吴二问：‘李前辈，此去先到何处？’

“单刀李道：‘不用远行，只要到涿州左近地方去走遭，便可得到确实消息。’

“于是二人同到涿州，住店后打听消息。单刀李本与绿林中人相识的极多，近来人家都已知他辞了职，不再当差了，所以见了他的面，差不多的实情话都肯直言相告。因此李明昌不费吹灰之力即已打听着白、何二人率手下头目毛五等同往东三省去做买卖。

“李明昌既知其事，即对吴二道：‘现在何、白等到关外去了，崔某定必也追往关外，俺们只消往关外的路上去打听，必可得到信息。’

“于是二人将笨重点儿的行装丢在涿州客店里，轻装改服，扮为做小生意的人，一路向往关外到涿州来的路上行去。沿途得到两次消息，一是由绿林人口中说出，毛五赚崔名世同到倒马山，在半路上动他的手，不曾成功，毛五现在已往倒马山去布置等候他去拜山时交战的计划；一是从衙门中人道及，崔名世在通州属境被寻、被救的事。李、吴二人听得，遂中途折回涿州，单刀李料定崔名世绝不会到城中住店，必定住在城外乡镇上客店里。因此二人即从城里客店搬到由大路往倒马山去的路上乡镇客店里居住，在有意无意间，向黑道中人打听白、何等人回山消息，和崔某来不曾来的信息。

“知道何、白等已回山，崔某却不曾来，李明昌对吴二道：‘崔某定在什么地方养伤，伤势一好，必定马上就来，日期已经不远，你我等着吧！’

“过了些时，那天下午，李明昌独自在街头闲望，远远见一个少年汉子飞步而来。他是个多年的捕快头儿，又在绿林中混过，见多识广，迎面一见来人，即已猜定是个精于武艺的人。崔名世的面容身段，他在先前即已打听明白，此时见来人颇有些相像，忖念：‘来人莫非就是崔某？’故此崔名世才到镇上，他即迎住拱手道：‘小哥莫非姓崔吗？’

“崔名世见老者招呼，不能不驻足回答，自己此来本系寻找白、何等人的，所谓怕事的也就不来了，又应着个艺高人胆大，所以他丝毫不曾惧怯，见问即拱手回礼答了个：‘正是，老人家何以得知小可的贱姓？莫非曾在何处见过不成？’

“李明昌暗喜自己的目光不错，边想边笑道：‘并非曾在何处会过，只因你小哥的声威远震，所以老朽能久已闻名。今幸得见，真是老朽的造化。但是此地往来人多，站立街头，谈话诸多不便，老朽意欲请小哥移步到老朽的下处，有言奉告，不知小哥能不吝玉趾吗？’

“崔名世一时不知老者的真意，但亦毫不迟疑地大胆回答道：‘既蒙老爷招呼，小可当得追陪。’

“于是李明昌前行，引着崔名世到自己的下处里。恰值吴二未曾出去，当即立起迎接，让座奉茶。崔名世这回又心细了，不敢喝茶，即请问二位姓名，有何见教。

“李明昌将自己姓名绰号及吴二名姓说了，然后叹道：‘小哥

如此一表人才，为何情愿代人受过？老朽真有些不解。久欲访寻小哥一问，因无缘拜会，现在得能遇着，所以要当面请教。’

“崔名世道：‘老前辈问小可代人受过的话，莫非即指何敏学、白叔良二人吗？’

“李明昌点头道：‘正是问的此事，试想他们到处作案，给你扬名，分明和你有仇，用借刀杀人毒计。你为什么还不到官自首，分清理白，或是寻二人理论呢？’

“崔名世道：‘老前辈有所不知，并非小可不欲出来理问，只因小可有过去的历史，有不便出面自首之苦，所以只得默不作声。在前原不曾知道，近来才知二人冒名的事，因此独自前来此地，即是要到山上去理问，不然小可又何至到此呢？’

“李明昌竖起大拇指来赞道：‘毕竟小哥年少力强、艺高胆壮，真正可佩可佩。小哥所说过去的事，莫非指往年京城里的事吗？这事在老朽看来，真不成问题，一则穆相已死，恩家亦已去职，二则当今天子即位已大赦过，小哥还怕什么呢？只不过现在因有各处的案子，遂致连前事掰扯在一起罢了。依老朽之见，小哥现在私自上倒马山去寻何、白二人，虽然是好汉的行为，可惜就是好汉得不彻底。’

“崔名世道：‘依老爹该怎么才算得彻底呢？’

“李明昌道：‘有是有一个彻底的方法，只怕小哥没有这个胆量去做，纵说出来，亦是枉然。’

“崔名世笑道：‘老前辈何以知道小可无此胆量呢？知小可胆怯，还到这里来做什么？’

“李明昌道：‘依老朽，小哥现在可到官厅去自首，声明一切罪恶都是何、白等所为，现在情愿戴罪图功，将功赎罪。小哥如有此胆量，不但可以洗清了自己的罪过，收回名誉，还给地方除去大害，仍不失为侠义身份。如无此到官自首的勇气，徒凭血气之勇，上山去访何、白二人交战，倘或胜了，小哥不过仅能除去冒名之人，对于小哥的名誉并无人证明，可以收回更正，各处官厅仍旧要缉拿小哥。小哥家有父母，害得二老为小哥受累担忧，小哥仍旧不能出头露面，做安居乐业的快乐人民，始终不能正式做生人事业，好好一生名誉，都代人受过，就此断送，岂不可惜？倘或打败，或伤或亡，那时令尊令堂无人赡养，且还落得个死后的坏名誉，岂不更可痛惜吗？所以老朽说小哥是好汉得不彻底。'

"崔名世被这一番话说得恍然大悟，觉得李明昌说的乃是至理名言，当即拜服谢过道：'老前辈的话好比黑海明灯，使小可一旦觉悟，小可准定到官自首。只恐怕官府糊涂，不信小可是自首，反而将小可趁此办理。小可死不足惜，只怕诚如老前辈所言，父母无人侍养，绝了香烟后代。冒名之贼复又逍遥法外，小可连这个冒名之仇都不能报得，岂不终身遗恨吗？老前辈既能为小哥可惜，不知老前辈能为小可想一条出路吗？'

"李明昌忙扶起还礼请坐道：'小哥果真能到官自首，老朽便敢以老命担保小哥的安全。实不相瞒，老朽同这位伙伴乃是专为小哥的事才出来的，小哥请大胆放心，听老朽说明情形。'

"于是在身边摸出保定府签发的两张拘票和文书来，放在桌上，请他过目。并将以前经过情形详细说知，又说：'老朽因知所有各案都是何、白等所为，故此在知府面前力为小哥辩白，并力保小哥立功赎罪。蒙知府允许，给予老朽全权，得能便宜行事。小哥如发生危险，老朽愿以身家性命担保，不知小哥能信老朽的话吗?’

“崔名世初见公事，不由错愕，后见李明昌说得如此斩钉截铁，不由肃然起敬，寻思自己也只有这一条出路，非如此不能洗清罪名。尤其是李明昌说的，顾念父母之话，最足打动崔名世的心。因此崔名世毅然决然地愿意跟随李、吴二人到官自首，并愿竭力捉拿何、白等贼到案伏罪。

“李明昌道：‘现在崔爷既肯见信，事便好办，诚恐何、白的党羽多，耳目众，一经自首，他们得到风声，即有许多防备。不如崔爷随老朽等到保定投案，表面上将崔爷囚入狱中，暗用别人替代，将崔爷换出来，改容易服，悄悄同老朽等再到此地来行事。那何、白二人在山上，如去捉他，当有许多难处，最好能将他们诱下山来。如无法引诱，只有夤夜上山，合力行事，崔爷能见信无疑吗?’

“崔名世初听此言，颇疑李明昌或有加害之意，骗自己入狱，后想他与自己并无仇怨，单刀李之名亦所素知，颇闻他亦是侠义一流人物，谅不至甘言欺人。因此略一沉思，仔细察视李、吴二人的面容目光，并无不正之处，深信他们不至见欺，遂即答应。当日即跟着二人动身，赶到保定，由二人引崔名世先到班房里，上了镣铐。由李明昌悄悄进内衙告禀知府，将崔名世提来的情形，要求知府定要保全崔名世。又禀明所定的计策。

“知府闻听大喜，立刻点鼓吹角，升坐大堂，故意张扬，命差人分别悄传各事主原告到堂听审，即刻审讯崔名世，由崔名世陈诉自首到案的原委，并声述一切案件系白、何等所为的话头。知府假意不信，吩咐：‘且将崔名世收下大监，今夜在二堂用大刑严讯。’

“到了晚间，将崔名世从牢里提出来，说是密审，其实即趁此换了个犯人冒名顶替，代崔名世坐牢，严禁有人探访。一面由知府当面勖勉崔名世，派他随从李、吴二人，改装易容，悄悄连夜动身。三人扮为逃荒的难民，一路乞化。李、吴算是伯叔，崔名世算是侄儿，寻到涿州城外靠近倒马山下的一座土地神祠内，做了栖息之所。三人商量：‘因一时无法可以引诱何、白二人下山，只得半夜偷上山去。’

“崔名世当先，二人后随。不料崔名世误落陷坑，中了埋伏，被几个毛贼用套索套住，滚钩滚住，由毛五指挥着用牛筋搓就的绳子捆绑，将崔名世放在山后石洞里，意欲将他活活饿死，报往日何、白等人在德州被囚禁在房内多日之仇，现在已有一日一夜了。”

金、刘等三人听皮虎说到此，不由齐说：“哎呀，皮爷，我们不知道也罢了，既已知道，应该就要设法去救他才好。不然，五伦之内，还要有朋友这一伦做什么呢？”

于是四人会议，商量救崔名世的办法。

究竟四人去救否，请待下回再续。

第七回

破贼窟侠士立功赎罪
越监狱巨憝暴动逃刑

话说皮虎转述谛闲之言，告知刘步云、金毓英、金毓常三人，崔名世现在因为自首赎罪，在倒马山中了埋伏，被毛五率手下捉住，用牛筋捆绑，更用水浸透的细麻绳加缚，见何、白二人报告。依何敏学，就要命手下用乱刀分尸，斩成肉酱，因被冒李氏知道，从旁插嘴，要将崔名世饿死，以报他往日囚何、白等在房内饿了多日之仇，此即以其人之道，还治其人之身。眼前的报应，叫他尝尝这个滋味。何敏学还要说杀了他爽，免得被他逃跑的话时，白叔良已接口拍手道："好法儿，好法儿，准定这么办。"

毛五也附和着说："杀不如囚着饿着为佳，一般都是死，让他多受些罪。"

何敏学一人争不过三人，遂任凭他们办。当由毛五指挥手下，将崔名世抬送到山后石洞里放下，用大石堆塞了洞口，只留一个大碗粗细的孔眼流通空气，使崔名世不致闷气死在洞内。毛五看手下人弄好了，又怕崔名世有同党来救，立即乘势命手下在石洞四面掘下阔二丈、深二丈的陷坑，上面用枯竹担好，盖上芦席。席上撒满沙泥，遮了痕迹，预备擒人。布置定后，即到前山去了。

崔名世被囚在山洞里，断绝饮食，到现在已有一日一夜了。

皮虎说到此处，即被刘、金三位截住了话头，齐说："皮爷此言，你从山佳子的师父处得来，当然是很确实的了。他如因为犯法，被拘囚在监牢里，我们纵有天大本领，也不能做犯法乱纪的事，只好徒呼荷荷。如今他被囚在匪巢里，并非犯的国法，乃系为国家办事，我们不晓得也就罢了，既已晓得，岂可坐视不救呢？凭着我们的足步速率，明早天亮动身，晚上也就可以赶到倒马山了。凭着我们的能耐，大约白、何、毛五等一班人总还可以对付得了。休说二丈阔的陷坑，便是再宽些，也未必能阻得住我们。我们此去一则救了崔老弟，二则成全了他的名誉，不知皮爷可愿同去走一遭吗？"

皮虎笑道："俺当然追陪同去，你们三位且别大惊小怪地慌乱，俺还有下文咧。"

三人齐道："快说快说。"

皮虎道："谛闲和尚对俺说，他徒弟被人囚在石洞里，现在已饿了一天，颇为危急。李、吴两个捕头当时远远跟在后面作二队，不料误踏滚板跌下陷坑，幸喜伏路的贼兵因都忙着去捉崔名世，不曾想到后面还有两人，遂被二人从陷坑里跃跳到上面，但因此受了伤。又远见山上人声鼎沸，顺风吹来，听出是欢呼捉住头儿的仇人了。'崔名世呀，你也有今日吗？俺们早已料定你要来，所以老早就挖下陷阱，等候着拿你了，这是你自愿到此送死，可不能怨俺们狠毒。走走走，俺们拿他同去见头儿，再送他的狗命。’二人听得清楚，知道崔名世已被山上捉去，欲待追上山去救护，怎奈身已带伤，山上人众倘见有人来救，顺手先杀了崔名世，再来迎战，岂不反而做了崔某的催命符箓吗？二人一商量，只得下山回庙，另想别法。天明后，二人从绿林人口中探得信息，知道崔名世被囚在山后石洞里。二人心中稍宽，但因山上的路径不很熟悉，贼人又多，难于下手。现正在庙中着急，思量计策呢。”

皮虎说到此，又说：“谛闲法师所以今儿特地将俺邀到他挂单净土寺的僧舍里，留俺在寺中晚膳，即系因为此事。要俺通知刘爷，据他说：‘因为本人持着杀戒，不能够为了徒弟破戒，恐怕一经破戒，自己须得多修若干年道行，还恐不能证果。所以在前年即结交居士，说将来有事奉托，便是预料有今日之事。现在拟请居士回店，通知刘爷，自然有别个能人会见，同去救小徒出险。’当谛闲和尚说话时，从身边摸出三粒丹药来给俺带回，说：‘三粒药有三件用处，一粒是给小徒服下治伤疗饥的，一粒是给俺们同去的人大家公用的，只消用水化开，大家喝一口水，便可抵御贼人的刀枪，不会伤损，只管上前冲杀，保可使山上贼党望风披靡，一粒请交崔名世，命他收着，将来在路上遇见一个寿州口音的少年，中了毒药暗器，倒卧在路旁一所破庙的山门里，命在垂危，可将药给他吞服，救活他的性命。’这三粒丸药现在都收藏在俺身边呢。”

皮虎又道：“谛闲和尚真有些道行，居然能将过去未来之事算得如此准确，别说不谈，但讲他说俺回店见了刘爷，便可遇着别个有本领的好汉，并说，居士回店时，他们也正在那里谈论着小徒呢。果然俺回到此地，你们三位正在议论崔名世的事。他说的话既已应验如神，所说崔名世被囚在倒马山的话当然是千准万确的。据他说：‘居士回店会见刘爷，得遇着的别个英雄还和小徒是知己朋友呢，只要居士将小徒被拘囚的话说出，他们必定马上就要不请自去。’果然俺的话尚未说完，你们三位已经跳起来，说天亮动身了。”

三人听罢，喜道：“皮爷肯同去，我们已有四人，再加上单刀李和吴二两个，山下纵有千军万马，也可以断定他们是死期临头了，我们准定天亮就走。”

皮虎道：“谛闲和尚还说叫叮嘱崔名世，不许用剑术杀白、何等人，因为他们犯法的事做了何止数十百件，理应受国法制裁，但他们的命中注定不该死在刽子手的刀下，也不该死在崔名世的剑下，却须将来死在一个少年侠女的宝剑上。此乃上天怜念那女子一片的孝心，要成全她的孝道，劝勉世人，所以特地改注那两个恶贼死在孝义侠女之手。据说不久即有应验，俺们大家都可以见着呢。时候不早了，俺们各自安息吧，天亮好起来动身。”说罢，便约了刘步云，同回二十九号房内去了。

汲慧珍在隔房窥探着，听得明明白白，仇人下落已得到确息，正可动身前往，不由心中大喜。但因听说寿州少年被毒药暗器所伤的话：“不知所指何人，倘或应在我的身上，岂非我将来在路上还须受何种危险吗？”

汲慧珍边想边回身走到床面前，上床安息，把心一横道：“管他什么危险不危险，现在且能把手刃仇人的痛快事情办过再说。”心既定了，登时栩然入梦。一觉醒来，天光已是大亮，赶紧起身梳洗。偷窥隔房时，金氏弟兄已是不在，忙用罢早点，结账动身，出京往涿州而行。

毕竟汲慧珍不比得金、刘等人是当镖师的，坐下有能行的快马、健骡、叫驴等牲口，那些牲口又都是挑选来的佳种，行程速率极其快稳，又是先行，无论汲慧珍怎样着急加紧追赶，再也休想追赶得上。等到她赶到涿州时，已听得当地街坊人士纷纷谈论：“倒马山的盗魁已被个自首赎罪的崔名世，同着一班朋友，及本地各衙门的官兵、差役捉住，解到保定府省城去了。倒马山贼巢也被放火烧了，从此地方上总可太平了呢。”

汲慧珍深悔自己雇乘骡马等牲口，行走太慢，以致不曾追得上，落在后面，失去手刃仇人的机会。又未曾看得着这场厮杀的热闹，真是可惜，因此在涿州只住了一夜，第二日，即又动身往保定府去。

那日到得保定城内，住了客店，即取出寿州县的公文，亲到保定府衙当堂投递，请求协缉崔名世归案讯办。知府不便袒护，即命人传唤崔名世上堂对质，并到监牢里提出白叔良、何敏学二人来，当堂责问口供。崔名世上堂陈诉：“自己远行在外，并不知有寿州犯案的事，委系白、何二人冒名作案陷害。”

何、白二人此时身带重伤，深怕用刑取供，因此一律承认。本来二人在各处作的案子极多，自己也有些模糊记忆不清，只不过思量起来，似乎曾经做过这么几件事，故此不打即招。官厅取过供，当堂即批给汲慧珍一纸文书，申明：

寿州各案系现获巨盗白、何二人冒名所为，崔名世实不知情，已对证明白，望贵县查照销案。

汲慧珍收了公文，叩求知府从早定罪，随即叩头退出衙门。因这一来，汲慧珍遂在堂上认识了崔名世、何敏学、白叔良三人，虽未曾交言，但已当庭对质过，深觉崔名世年少英俊，一种英雄气概颇可钦敬，因此不免多注视了他一眼。至于何、白二人，乃是仇寇，所谓仇人相见，分外眼红，当然格外认得清楚，看得明白。只因在公庭之上，不好动粗，如在外面，早就要将他戳上几个透明的窟窿了。

当日她回转客店，思忖："仇人虽已获案，但尚未定罪，自己不如在此住几时，等他们定了罪，看他们伏了法，再回寿州去。但因向下去天气渐热，脚上快靴势难再穿，穿鞋子须露马脚，不如从早改了本装，免得将来不便。"于是即在客店里改了装。她本系一位婀娜多姿、妩媚动人的千金，这时改装后虽然穿的素服，然而那种天然美丽和生成的雍容华贵的神情态度，却仍由那刚健之中流露了出来。客店里的人见她突然复了本装，心中虽多有疑惑，但因一住店，即到府衙投递公文，又身佩宝剑，一时摸不着她的来头，所以疑惑只能疑惑在肚内，口中却不敢询问多事，便在背后亦不敢议论。

汲慧珍在客店里住了几天，在闲人口中听说崔名世被囚在石洞里被救的情节，才知当日天亮，金家兄弟俩同着刘、皮二人动身赶到涿州，各命手下伙计们在京接洽生意，约定在天津某处会齐，先到先等，于是四人同行赶到倒马山下附近的土地祠小庙内，寻着了李、吴二人。大家虽不曾会过面，然而却都是慕名颇久，所以一经道破，便很契合。六人在小庙内席地而坐，商量办法，当由皮虎在身边将丸药取出，拿碗取水化开，大家喝了药水，立刻胆壮力强。刘步云出主意，命李、吴二人进城去投文，请派捕快、官兵埋伏在山下大小路上，预备捉人，所有官兵捕快等人统由当地捕头、武官等负责率领，李、吴二人立刻照议办妥。

当日六人在庙内聚齐，绕路到后山，杀将上去，先到石洞内救了崔名世，给他服下一粒丸药，分给了一口单刀。说也奇怪，崔名世服下药后，登时伤愈痛止，力强起来，立即走出石洞，越过陷坑，七人同杀到前面去，主意只在捉人。所以见着大小头目、贼兵等，一律都用兵器将他们砍伤打倒，有那逃跑下山去的，却都被官兵、差弁等捉住了。当时毛五因奉了二人之命，往山下去有事，不曾回来，所以不在山上。此外各头目贼兵伤亡之外，大半都被捉住，何、白二人亲自拒敌，无论他俩的本领如何高强，怎能敌得过这七条好汉？因此被刀剑劈刺，受了重伤，当被捉住，其余冒李氏等一干贼妇亦都被捉住。官兵上山搜捕查点后，即举火烧山，当将所获一干男女人犯押到城内，过了一堂，即派兵弁跟着李、吴、崔三人，押解到保定府去讯办。

刘、皮、二金等此来乃系友谊作用，本无到保定必要，故此不曾跟去，只在涿州休息了一天，即回到天津去等候伙计们，回济南、南京去了。

汲慧珍所得着的消息，原也不是从一个人口中听得，乃是从许多闲人口中传闻得来。综合自己在北京听见的话头一参详，便得到真实可靠的确信。那日，她听得衙门中信息，知道何、白等一干首从男女人犯都已定罪，分别收监，只等秋令，即当处斩。崔名世已宣告无罪，住在知府衙中当差，补了李明昌的缺。汲慧珍心忖："所闻和尚说的手刃仇人之言，未必真能应验了。"

过了几天，已是三月中旬，天气和煦，已换夹衣。汲慧珍闲中无事，暗藏宝剑，在街坊闲逛，只觉得街坊上人不似往日镇静，颇露恐慌神态。正在不解，忽然听见街坊上沸沸扬扬地传说："昨夜狱中囚犯忽然暴动，杀死牢头禁子，逃走了好些犯人。内中最重要的盗犯何敏学、白叔良两个亦被越狱逃跑了，所以今儿城门开得极迟，官兵、差弁全体出动，非常忙碌。"汲慧珍大惊。

究竟囚犯越狱的真相如何，请待下回再写。

第八回

名捕智料众逸犯
侠女巧诛二寇仇

话说汲慧珍闻得警讯，不由大惊，暗忖：“巨匪逸去事小，可是地方民众准得大遭蹂躏，而自己的杀母之仇却又要因此延搁下去，不知何日才能得报。”想到母亲惨死的一事，不禁两泪交流，忙用手帕拭泪。忽又转想到皮虎转述的谛闲和尚所说手刃仇人之言，不由又惊为神奇，几乎破涕为笑。但因此却强自宽解，减少了许多伤心。拭干眼泪，回走到保定府衙左近去，探听昨夜越狱的详情。

看官，你道怎么回事？原来白、何等人分别首从定罪后，依李明昌意见，大监内须加紧防守，派人不时梭巡，隔绝白、何等死囚与外间的交通，并须穿他们的琵琶骨，以防变化。不料这话知府的夫人听得了，大不谓然，原因这位夫人是位迷信佛教慈悲的，应了句成语，叫作“妇人之仁”。她听得这个消息，即对知府道：“既已下在大监里了，还怕他们插翅飞去不成？何必再穿琵琶骨呢！你现在的官阶也还不算大，总要积些德，望它高升才好，何苦来罪罪过过地穿上囚犯的琵琶骨，活不活，死不死的，拿囚犯受罪？未免太狠毒了些。依我只要常派人巡查巡查也就得了，何必听他们当差的人的话，这么小题大做呢？”

知府平时的廉直也多亏这位夫人的内助，这时被夫人一说，觉得不错，遂把穿琵琶骨的事丢在一边了。不料为时未久，即果真闹出这场乱子来。皆因毛五奉命下山办事，办毕回山，在路上撞着山上漏网的伙伴，将他扯到僻静处，悄悄将被剿捕的事说了。

毛五大惊，暗忖白、何俩头领平时待自己极好，他们现在有难，岂可只顾自己，不去救他们？被绿林中英雄闻知，骂我太无义气。

因此扮为商人办货的模样，到保定省城住了客店，深恐被崔名世看见，认出来非常危险，故此在眼镜铺里买了副墨镜戴上，又在膏药店里买了张小膏药贴在脸上。在镜子内照了照，连自己也看不出是自己了，不禁大喜。恰巧其时狱中有个禁卒，和他是同参弟兄，平时素有交情，毛五遂投禁卒家中，送了他一副厚礼，探问他白、何二人在牢内的情形，知道案情重大，牢内防守甚严，刑具亦都是用的头号重枷镣铐。二人虽做盗魁，因为身边无钱，又无人给他花钱铺监，所以在牢内十分吃苦。又说：“他俩伤势甚重，每天吃饮食亦不多，恐怕拖下去，不等到秋天处决，就要病死在牢中了。”

毛五听了，十分伤感，当即和禁卒商量，用钱多少，一齐由自己承当，花费银钱铺监，并给二人医病养伤，求他设法，好进去探望，彼此会会。

禁卒说："现在上面命门岗查禁很紧，须要设法是来访看别个囚犯，方才可以进去。只要能混得进去，便可以谈心。"

毛五遂请问他有无别个死囚的姓名案情可以记忆。禁卒想了想，说："有个谋杀亲夫的奸妇已定了罪的，恰巧号房在白叔良的号房隔壁。又有个打死人的案犯，也定了罪，在何敏学的号房隔壁。你可冒充是那奸妇的兄弟，到来探监，便可以进去，里面一切都有我给你打点。"

毛五当即告别，回店拿了三百五十两银子、两大包伤药，再到禁卒家中交禁卒二百两银子，请他带进去铺监，又孝敬他五十两银子，请他引自己同去。于是一同前往，推说是访那奸妇的，当即敬送门岗十两银子。公门中人，只要见了银钱，公事便可不公办，乃是常例。因此毛五毫不费力地混进大监，得会何、白二人，各给一包伤药、五十两银子，遂即别去。于是每隔二三天，即去一遭，每去一回，总用上百十两银子，所以得毫无阻碍。

那日毛五到监里去会见二人，说已定了斩罪，只等秋天执行。毛五见无人在面前，即悄悄对二人道："以二位的本领，这镣铐枷锁等刑具岂能控制住二位？何不约个日期，越狱逃走呢？"

二人听了微笑，当即约定："再过两天，等身体复原，即便越狱。"

过了两天，毛五白天进牢去约定，准定夜里来接，并说："兵器已准备好了，夜里带来。"

三人约定，一不做，二不休，索兴大做一下，于是当夜毛五从屋上进监，拍手为号，白、何二人运功将铁索挣断，扭开镣铐，肩头一耸，两手向下一扳，破碎了铁枷，各从毛五手中接过一把快刀，遂按着死囚的号房，一房一房地劈开房门，放了囚犯。命他们放火、放人，夺各狱卒的兵器，冲杀出去。各囚犯已定死罪，乘此想死里逃生，一齐依命呼啸冲杀出来，杀死了管狱吏及牢头禁子和几名值班狱卒，又伤了十几名值班狱卒，一路放火喊杀。幸亏官厅防范严密，得信即调兵四面兜拿，扑灭了火势。

众死囚跟随白、何、毛三贼拼命冲杀出城门外面，各自分头逃散。等到崔名世、吴二率领通班捕快赶到城外追缉时，只捉住几个逃跑得慢的囚犯。

早堂知府查点，才知逃跑犯人的数目名姓，以及损伤官兵、狱卒等人名姓数目、被波及的民家损失，一齐查清报告上宪衙门，又行文各处缉拿逃犯。深悔不听李明昌之言先事防范，因又将李明昌请来商量缉贼善后办法。

李明昌想了想道："下役愚见，白、何等人越狱，定有外应事先约定，否则绝不能如此灵速。此层须大人派干员仔细侦查，务将通线之人从严根究。至于白、何二贼，下役料想必不至于远行，定然仍旧隐藏在本府左近的辖境地方，他们和崔捕头有仇，知道崔捕头在此当差，他们必要在辖境地方多做重案，使崔捕头受比限官刑，他们即乘着这个机会混进城来，或是刺死崔、吴二位，或竟大闹官署。便是下役的家中，也有些危险，如果他们远走，必定前往章丘崔捕头的家中去捣乱。"

知府道："你何以料定他们必不远走，远走即系到章丘地方去呢？"

李明昌笑道："大人明鉴，白、何二贼的武功极佳，他们倚仗本领，必不肯轻轻将崔捕头放过，这是一定之理。如果他们只要逃命，绝不至自己越狱，释放许多罪犯，又放火大闹了。这分明已是故意多犯重罪，使崔、吴二捕头无法捉拿到案，多受比限，此乃显而易见之事。他们如走，定系前往章丘，亦是可以预料的。”

知府尚未开口，崔名世已是吃惊，说：“李老前辈之言有理，俺在此当差，纵受比限，亦系分内之事，但恐贼人去害家父母，那时俺的不孝之罪可就上通于天了，这便如何是好呢?”

李明昌道：“崔爷不必忧虑，老朽有个门徒，名唤快腿孙凤，武艺虽平常，但是脚程极快，是个天生成就的飞毛腿，比俺们练过精深武功的人跑路还要迅速。崔爷可差他到章丘去一遭，并将在此当差赎罪的情形写信禀告你们老太爷、老太太，使得二老放心，并请他们火速搬家，以防意外。崔爷可急速去写信，这里踩缉二贼的事，老朽冤家已结，要解也解不了，能帮忙的地方，无不帮忙。”

崔名世闻言申谢，忙回下处去写好信札，取了二百来两银子，跑回府衙，当面拜托李明昌：“二百两银子是捎回家去的，多下的是给孙凤做路费的。”

李明昌收了，又和知府计议了防备缉访的办法，方才告辞回去。当即命孙凤动身，飞速赶往章丘，照信封上地址投递，须取回信为凭。

孙凤动身后，李明昌深恐白、何二人来寻自己打报复，特意将本人的几名得意门徒一齐唤来，日夜分班保护家眷，自己却衔上旱烟管，带上单刀，亲自出外去帮着崔、吴等访缉逸犯。崔、吴二人身当捕头，责任重大，当然格外留神，命令手下全体捕快，分日夜两班防守府衙，亲率干练人员，分往城厢内外踩缉，同时由知府函请本城各武衙门，调兵值夜巡街，出城搜查追捕。

不上几天，虽幸又捉住几个逃犯，但又不出李明昌所料，在府属各县及直辖各乡村集镇地方上，又连出许多重大的人命盗案，每案都留下字条，指名要崔名世、李明昌、吴二三人缉访破案。故此各处报案的人都纷纷赶到府衙告状。知府惶急万分，只得请李明昌竭力帮忙，命崔、吴二捕头加紧破案，如非早被李明昌说破，崔、吴二人的比限官刑是逃避不了的。

如此经过了十来日，仍旧不能破案，而贼踪飘忽不定，各处闹得满城风雨，几乎睡不安席。

这天，崔名世正在府衙见知府回话，却见李明昌急匆匆地领着一个行人打扮少年人走将进来，先命那人叩过知府的头，后命向崔名世行礼。崔名世忙回礼请问姓名，李明昌给引见道："这即是小徒快腿孙凤，他已到章丘尊府，取得尊大人的回信在此。现因令堂老太太身体欠安，尊大人特命小徒寄语，着令崔爷赶紧辞差回去视疾呢。"

崔名世闻言大惊，赶紧一面拜谢孙凤的跋涉之劳，一面接过书信，未曾拆开，两眼已流下泪来。拆开看过，不由大哭。当将书信双手呈奉给知府观看，跪拜在地，要求大人恩准，辞去差事，回家去省视母疾。

知府看过信，不由左右为难，只得劝慰崔名世："休得流泪，令堂的病，照来信所言，虽似很重，但吉人天相，谅来无忧。本府亦系人子，当无不准你回去之理。但现在此地逃犯凶横，指名要你破案，你如走了，此事如何得能结束呢？况且你在此还闹得乌烟瘴气，你不在此地，不知要闹到什么程度。现在本府意见，你要走不妨，须得请一二能人代替你的职务，等你回来销假，辞去差使的话，可以不必提起。因为本府看你是个好汉子，年少英俊，埋没岂不可惜？本府意欲俟有机会，即保荐你去替国家立些功业，庶几可慰令尊、令堂的期望。”

崔名世叩头道：“大人恩典，下役非不知道感激，本应竭力图报。怎奈家母病重，为人子者，不能回去侍养汤药，来日方长，下役将来未始无报答高厚大恩之日，仰求大人恩施格外，准如所请。”说罢，流泪叩头。

正在此时，忽然一个衙役领着一名女子和属下龙王庙地保匆匆进来禀见，二人叩头罢，首由那女子跪着发言，口称：“大人，女子汲慧珍给大人叩头。因为从寿州领本官的文书，改扮男装，出外访缉盗劫杀人的凶犯崔名世一案，在大人台前，得知在寿州作案的凶人乃是白叔良、何敏学两贼冒名陷害好人，并非真正崔名世所为。曾奉有大人的批示回文，女子因关系杀先母之仇，不共戴天，故住在此地客店未走，拟守至凶人正法后再走。不料恶贼越狱逃走，专一在四乡各属作案。女子因报母仇心切，并为地方除害，暗中帮助大人衙中的一切捕快，早完此案，故此大胆在城厢内外各乡村庄镇集访寻。幸于昨日在属下龙王庙地方，巧遇二贼。当时女子因恐生擒或有不敌，急切中只得杀死二贼，特地到大人台前报案，并自首擅专之罪，仰求大人恩施格外，从宽发落，并派员检验，查考是否白、何二贼正身。”说罢，叩头万福。

知府闻言大喜，即问那差役、地保二人的情形。差役回禀：

“下役奉命缉访各逸犯下落，昨日在龙王庙地方，闻人传说，有一女子杀死二命，并不逃走，现正请人去唤地保。下役随即跑去观看，果见女子坐在一家村酒店内等候地保。两个尸首亦在酒店内地下，下役仔细一看，认识正是大监越狱逃去的首犯白叔良、何敏学二人，因即上前拘住女子。女子自言一切情形与适才所禀大人言辞无异。”

地保回说：“小的周发，是龙王庙地保，昨日在家处理家事，忽得报告，说田家酒店里有女子杀死二命一案，女子不走，着我去同她进城报案。小的因即飞命伙计们跟随同去，查看明白。现将女子及酒店东伙与各该街邻目击之人一同带进城内，到案质证，请大人发落。”

知府闻言，当即传命升堂。

不知汲慧珍如何得手刃仇人，请待下回再写。

第九回

老学究正言训令子
小青皮谑语戏娇娃

话说三人相继陈述毕后，知府大喜，笑对崔名世道：“真乃孝行自有天助，你要回家省母，因此案未完，急切不能摆脱，却幸天从人愿，已由这位姑娘代劳，将凶犯杀死。只可惜不曾捉住活口，但是即此已可告一段落。省城各地的治安可以无忧，你也可告假回去省亲了。”

崔名世当即叩谢大人恩典：“即请大人赶速派人到龙王庙检视，验明后，下役即可动身。”

知府点头答应，命大家起来，传谕升堂，命李、崔、吴二、孙凤等人立在身后，即传田家酒店东伙及街坊众人上堂，逐一问了姓名口供，一律具结做证，无罪开释，责问差役地保，为何昨日当天不来报案。

二人叩头回禀：“昨日事出之后，已将近黄昏，龙王庙离城有六十多里路，万来不及进城，所以延至今日天亮动身，直到此刻方到。”

知府问差役："死者是否是白、何二贼正身，你可曾认明？"

差役回禀："下役认识清楚，果然不差。"

知府命他具结，又命汲慧珍具结，如系杀害别人，须依律治罪，如杀得不错，准无罪给赏，并说："本府早有布告在外，准许人民格杀勿论，不论捉获、杀死，报案到官，准分别生死奖赏，谅来你总该看见过了。"

汲慧珍应了个"是"字。知府遂对崔名世道："现在此事已可算完结，你可即日动身，本府顾念你的孝思，特给长假两月，假满即须到差，不可违误。"

崔名世思忖，走后可以托人代表辞职，此刻多言无益，不如不言。于是叩头谢了。知府命人取五十两银子，算是知府本人送给崔名世做路费的，并命李、吴二人代表知府本人相送。知府的意思，乃是欲以恩给崔名世，使他假满后即来到差办事。果然崔名世被知府这么一笼络，感激得不好意思再托人辞职，只即预备回家后再定来不来的办法。当因老母有病，不敢在路上耽延，竟迈开大步，施展陆地飞行的本领，日夜趱程，赶奔到章丘家中。哪知门庭依旧，主人已非，打听邻居时，才知父母因孙凤来后，恐怕被匪党捣乱，特意搬到城外，赁人家房屋居住。崔名世遂央请邻居引导，径到家中，叩见父母。只见老母精神康健，非但不曾生病，而且面容、身体比先前反发福许多了。不由惊讶起来。

崔明德老两口子见儿子来了，不由流泪，切实责斥了他一顿，骂得崔名世跪伏在地上流泪，不敢抬头。崔明德骂了半天，气冲冲喝声："起来，老跪着做什么？你难道还真有父母在眼角里吗？好浑蛋的东西，你老子娘有了你这么一位好儿子，弄得担惊受怕，经官动府。如非你老子在地方上人缘好，行为正，早就欲被你这位孝顺儿子连累着坐长牢了。”

崔名世被骂得以头碰地，自陈悔过，从此不敢多管闲事，结怨歹人，叩求二老息怒。好容易才敢抬头起身，立在一边，经崔明德命坐，方才敢在下面椅子上坐了半个屁股。崔明德夫妻问他这一向在外的情形，崔名世将好告禀的择几件回了，其余怕父母担忧，一句也不敢多说。

崔明德道：“你母亲并不曾害病，因欲唤你回家，所以才托病招你。现在你已到家，该从此改习归正，不必做镖师，也不必当捕快，安分守己地还是做你的本行药材生意吧！你现在二十多岁，也该娶亲完配了，难道竟这么当一辈子的光棍汉不成？大英雄、好汉子，我都不希望你做，只望你做个正正式式的商人。你如能遵着我的话做，便是崔门之子。如不然，你历年带回来的银钱都由你母亲收管着，分文未动，你还是如数拿了去，从此断绝关系，免得我们老夫妻俩将要死的人了，还老是提心吊胆地代你受许多危怕。你能遵是两个字，不能遵是三个字，片言立决，没有什么游移。马敬在此做知县的时候，曾有批文给我，现在只要你不遵我的话，这张批示立案的文书可就正合该用得着了，快些说来。”

崔名世见老父如此正言厉色，哪敢说“不遵”两字呢？只得又跪下地去叩头道：“儿子一切都依遵二老的慈意，绝不敢有所不遵。”

崔明德笑了笑，伸手将他扯了起来道：“这样才是我崔门的好儿子，现在你母亲已给你说了一头亲事，姑娘的人品模样儿、性情儿、能为儿，你母亲都已很仔细地调查访问过，都很够得上‘好’字，专等你回来决定。再有，我几个门生现在集股要开一爿生药铺，并到省城开一爿药材行，意欲找我们父子主持其事。本地的铺子由我教馆余暇代为料理，济南的行栈，我想命你去管理，又怕你野性难驯，旧习不改，几天饱饭一吃，又要多问闲事。所以要将你喊回来，切实问你个明白，你究竟愿意不愿意？”

崔名世原不情愿做买卖，但这时被老父一责骂，觉得自己在外做侠客义士虽然痛快，究竟强预人事，有越俎代庖之嫌，且连累父母受惊，实非人子之道。现在壮年，父母年老，也正应及早治生人产业，免得将来一事无成。保镖当差，好似给人家做看家犬，实亦非本愿。当初原不过是随遇而安，现在有此机会，岂可违背父亲意旨，拒绝严训呢？因即满口答应：“儿子如到济南去做生意，绝不敢再多闲事。至于婚姻一层，既是二老做主，儿子亦不敢推却。只求二老十分仔细留意，将来能侍奉二老，承顺颜色，性情贤淑，能主家政就得了。那容貌一层，却在其次呢。”

老夫妻闻言大喜，当日即由崔明德着人邀请各门生到来，商议股东资本、开行铺之事。议了两日，订好合同议据，约期交款，即先在章丘赁屋，筹备药铺开张一切手续。崔名世并偕同一位股东名喊吉祥的，前往济南省城去。

崔名世出门行路，向来除包袱而外，行李却时带时不带，唯有兵器、伤药等等，却是必须携带之物。当时他和吉祥动身，往济南大道而行，从章丘到济南府路程并不甚远，如系崔名世一人独行，却非常快捷，只因吉祥是个有家业的文人，行路连牲口也不会得骑，只会乘山轿小车，所以行程便迂缓了。

这日行至中途，二人因为口渴，想寻个茶坊喝茶，远见路旁有座古庙，命车夫快走几步，到门前下车。二人同走进庙，一看那庙屋已成荒凉残破的古刹，山门里正倒卧着一个美容华服的少年，口中哼哼不绝。有一个香火道人立在他面前，问他可是发了时症急痧。那少年已口噤身战，不能言语，面色如纸，只摇摇手，指着小腿。只见那右边小腿裤管上有一个小洞，洞内看得出里面皮肉上也有个小洞，由这洞内流出黑水来，一条雪湖纺绸裤子淌了许多黑水。道人看了，再也不明所以。

崔名世见着，即问吉祥可知这是何病症。那吉祥原是精于岐黄术的，但只通内科，对于这样病症却是初见，哪能回得出呢?即摇摇头。

崔名世笑道:“这个当然你不能知道，就是普通练把式的人也不能知道。要在平时，俺即见了，明知亦无法解救。真叫事有前定，家师谛闲和尚因俺受困在倒马山，特地请俺的几位朋友带给俺两粒丸药，一粒给俺吃，一粒命俺待将来在路上破庙里救一位寿州口音的少年。现在此人是不是寿州人，虽不曾知道，但家师能有先机，当然不会算错的。俺告诉你吧，这少年所受的乃是毒药暗器所伤，伤势非常之重，再延几许时辰，便难得治。比如俺在平时见了，明知他是毒药暗器所伤，但因无解毒的药在身边，亦只好望着他等死。因为去寻解毒药，一时无觅处，现在恰好俺带在身边。”边说边从衣袋内取出伤药包来，打开将皮虎当日交给自己的一粒丸药取出，复将伤药包好收在衣袋内，对道人说:“知此人是受了毒药暗器的伤，你快去取碗水来，俺有药可以救他的性命。”

道人已早听见崔、吉二人所说的话，见说点头答应，飞跑到后面去取了碗开水来道："巧极巧极，俺们烧了冲茶的水，恰巧才滚，合该他有救。"边说边走来递给崔名世。崔名世早将丸药咬碎，涂了些在小腿剑口上，立将黑水吊得直淌下来，淌湿了一大片，连地上也汪了一大块。伸手接过开水，试了试，将丸药和匀了，递到那人口唇边。那人虽不能说话，但神志尚清，尚将口张开，喝药水下去。不多一会儿，只见他一声作呕，呕出许多黑水来。接着面容转色，身体亦能转动，又接着已能说话，唤声："哎呀！好狠的毒王八，打了俺这么一镖。俺如早用梅花针打他，或可不致吃亏。但俺又何能早知他这么狠毒呢？"边自言自语，边翻身爬起，望着崔名世便拜，叩谢活命之恩，请问姓名。

崔名世因此番在家说过，不再多问闲事，虽然此刻是救人命，但因救了一人，定必得罪另外一人，生恐又因此多事有事，所以不肯便说姓名。一边回礼扶起，一边回说："小可施惠不望报，何必留名呢？"

那少年道："老兄不说，小弟亦能猜想得着。老兄的大名，莫非就是人称怪侠的崔名世吗？"

崔名世大惊道："足下何以能知贱名？"

少年笑道："老兄方才自言家师谛闲和尚，小弟虽痛得要死，不能开口，然小弟的神志甚清，听觉也还聪便，所以能听得清晰。素闻谛闲法师只有老兄一位高足，所以能一猜便着。"

崔名世见他说出理由，遂转问他的名姓里居，及受伤之故。

少年回说："小弟寿如松，乃是寿州城外高桥地方人氏，此行出外，乃是为的老哥，要寻你老哥给先父报一刀之仇。到处打听，所以对于老兄的本领来历颇能明了。幸而在今日遇着，如在前些时会见，小弟定要和你老兄动武，虽然鹿死谁手，不得而知，但因为父报仇，却也顾不得许多。讲到此次小弟受伤来由，真叫多事有事。俺从济南府来，意欲到章丘去拜访老哥，表示仰慕侠义之意，经过前面孟村镇上，因口渴到一爿茶馆里喝茶，顺便吃些点心，吃好刚要动身，忽听得门外人声哗笑嘈杂，遂走到门口观看。见有一个青皮，一手提鸟笼，一手扯住一个少年过路女子，硬说那女子曾借他一百串印子钱。现在已一年多不曾还本解利，并曾面许他亲事，为何现在不认，难道避面不见，逃出外方去冒充外路人，便可以完事吗？今日既已见着，可不能轻轻放过。青皮这么胡说，引得满街的人狂笑。那女子大怒，喝骂：'无耻的狗青皮，瞎了眼睛的贼！'俺听那女子是寿州口音，一则动了乡情；二则目见不平，岂能忍得住？因此走上前去，分开那青皮的手，喝骂他：'青天白日，不该如此胡说八道，欺负过路女子，须知恼怒了俺少爷，马上就可以送你的狗命，叫你知道俺们寿州人不是轻易可以惹得的。'那青皮撒赖道：'好个娃娃，怪不得她赖了俺的婚姻呢，原来有你从中作祟，你将她拐到寿州去住了一年多，便算她是寿州人了，拐卖人口，赖债霸婚，你这个罪名可真不小。好好好，俺和你结辫子打官司去……'当时小弟不待他说完，即唰的一下巴掌，打上他的嘴巴。他将鸟笼一丢，掷在茶馆里桌上，即来打小弟。那王八颇有本领，一只鸟笼掷在桌上居然能丝毫无损，竟像轻轻放好的一般，而他那面上受了俺一下巴掌，竟如不曾打着一般，反是俺的手掌有些发麻。俺不由着惊，幸喜那女子从旁飞起一脚，踢在那王八打小弟的手腕上。

那王八方才护疼缩回手去，径奔女子拼命。女子却也乖巧，拔步如飞逃走。小弟深恐女子被他赶上吃亏，因此追上前，从那厮背后一把抓住，不让他追赶。他说：‘很好，你是什么人，敢来硬出头拖住俺，放走了俺口中的一块肥羊肉？俺和你拼命，亦是一样！’于是与小弟死命相扑，未及三五个回合，陡来一人劝架。”

毕竟来者是谁，请待下回再写。

第十回

豪杰愤怒除强霸
侠女义勇锄凶顽

话说寿如松正和那戏侮女子的青皮交手，来了一个汉子，大声嚷叫住手，冲入圈内，将两下分开，问为了何事争斗。那青皮一口气便说出他歪理十八条来，寿如松遂将目见之事说了个详细。

那来者亦是个流氓，见说，笑了一笑，即嗔怪那青皮："不该当街调戏过路女子，休说别人看见动气，要打不平，便是俺看见了，也要管问。现在女子已走，你们两下还拼什么命？依俺劝，大家就此了结，不许再动手。谁先动手，俺就先打谁。"说罢，即对寿如松道："你是过路之人，还须赶路，何苦来为了一个同乡女子和人斗殴？请先走吧！他有俺拖扯劝住，绝不会去追那女子，也不会再找你厮打，你放心走路为是。"

寿如松既被劝开，乐得就此收场，当即说声再见，往镇外就走。刚走出镇外，经过一座枣树林边，猛不防从林中飞出两支钢镖。寿如松吃了一惊，赶速让时，右边小腿上已中了一镖。心中一怒，回身奔进林内，却见方才的青皮和流氓二人正拍手望着自己哈哈大笑，一见寿如松进林，拨转身跑出林后，跃身到另一枣树林内去了。寿如松欲追时，觉得小腿发麻，不由一惊，忙将镖从腿上拔下，一看镖上镌有“大王”二字。因为腿上发麻不痛，知道中了毒药镖，心中惶急，赶紧出林飞速前行，意欲到一镇市，设法解救。不料跑到这庙外，已麻木不甚能行，且又痛彻心腑起来。没奈何，只得跨进山门，意欲找本庙香火，求他想法。不料才跨进门即麻木痛倒在地，一声响，将香火道人惊动，从后面赶到前面来看。见一个少年，穿着满身绸衣，背着个小包袱，跌倒在地下，面色神情颇像中恶，误当作是时气，所以立在他面前，问他是否发痧。

即在此时，崔、吉二人走进庙内，见了情形，由崔名世取药解救，当时寿如松将受伤经过说了，请问崔名世：“可知这孟村的青皮流氓是谁？镖上‘大王’二字，是何取义？”

崔名世想了想道：“老哥原来所遇着的是孟村地方两个痞棍头儿，名唤胡法、胡天，乃是堂房兄弟。这二人都是从一个专用毒药暗器的大盗鄂直学武，鄂直本领在绿林中，当他未正法前，要算得是数一数二的人物，非常凶狠恶毒，故此他的门徒都会用毒药暗器。胡天的武艺虽不及乃师的厉害，然而在现今的黑道人物中，亦可算得起个角色。这两人在孟村一带，自称为王，独霸一方。胡法自称为太岁，胡天自称为大王。二人生平最爱女色，无论看见哪家女子，只要有几分姿色，他们必要调戏笑谑，乃是常事。所好他们有一件从不在本地调戏女子、打劫村庄，只逢时按节，强迫地方人民供献一笔陋规，此外别无他事。但如有外路女子打从孟村一带经过，被他们看见，定难幸免。今日那个女子，谅系不知本地之事，如果知道，绝不会不绕路而行。但是那女子能踢胡天一脚，可知亦非寻常女子了。他两个所用暗器都镌刻记号，胡天的刻‘大王’，胡法的刻‘太岁’。据老哥方才说的容貌而论，和老哥交手的就是胡天，这镖即是他的暗器，那劝架的便是胡法。往年兄弟跟着金毓英、金毓常两位镖师出门走道保镖，曾在山东、江苏两省交界的地方遇见一起强人，即系他俩率领的，绝对不肯讲交情义气，他们的理由是说：‘逢着镖行，便讲交情，人家都请镖行保镖，俺们生路即可从此断绝，死在你们这班达官手里，你们便可享大名、发大财，真是名利双辉。俺兄弟俩因此立愿别人不劫，专劫镖银，有名唤作专吃镖师的太岁、专抢镖局的大王。’金家弟兄大怒，当即和他们交手，杀了二百多合，不分胜败。俺不能不动手了，因此上前助战，以三敌二，才将二人杀败，从此二人再也不劫金家的镖。这是已往之事，近来可就不知他们怎样了……”

讲到此，香火道人忽然插嘴道：“他们现在比从前的胆量、面皮都加大加厚了，从前须在外方做事，现在近处也不问了。从前戏谑女子还须在落乡无人之处，现在即在街坊人众之处也不问了。新近他们信奉了天主教，一经吃了洋教，仗着洋鬼子的势，格外横行无忌，这种丧心病狂的洋奴，简直可杀。不说别的，但讲俺们这庙，从前香火还兴旺些，自从这两个流氓吃了洋教，传知各村庄居民，不许到庙宇烧香，也不许追祭祖先，因此俺们这里的香火便冷落了。”

崔、吉、寿三位初听他的言辞颇激，以为此人虽做香火道人，却还有一点国家思想，比较那些专门仰外人鼻息、情愿欺压国人、讨好洋人的官员还来得贤良些。及至听到后来，为了本庙香火衰落，心事如见，不由腹中暗暗好笑。当也不再多说，崔、吉二人即向香火讨杯茶喝。香火让三人同到后面去坐，那推吉祥的车夫也就跟了进来。

大家在后面喝了些茶，寿如松道：“小可到章丘去，原是为的拜访崔爷，如今崔爷在此会见，小可当然不须再往章丘去了。但是小弟有事相求，不知崔兄可肯见允吗？”

崔名世道：“老哥之意，兄弟已经明白，只因兄弟此次从保定回来，受严训不准再预外事，所以只好遵命，还请老哥原谅。”

寿如松见崔名世不待开口即已拒绝，不由怫然道：“小弟前因先父一刀之仇，故此千里投奔，欲寻老兄报复。因在路上遇见寿州县衙的捕快头儿，奉差办案，从别处回去，彼此相值，谈起所有寿州各案都是冒充大名的大盗白某、何某所为，实不与崔某相干。现在已水落石出，何、白两人已被擒获，下在保定牢中。当时小弟还不大信，后在济南遇见刘步云，说起老兄的事来，才知详细，本想到保定去的，因此遂改向章丘。此刻小弟不怪老兄，只怪小弟不该以耳代目，过信人言，以为老兄是顶天立地的大丈夫，五湖四海的真侠义，一心想拜谒荆颜，结交结交，哪知天下的事总是千闻不如一见，既见君子，才知老兄是个怕事之人，小弟真懊悔不该腿贱，冤枉多跑这许多路。青山不老，绿水长存，俺们如有机缘，日后再图会聚。今日多蒙活命，当面谢过。”

说罢，起身拱手，一揖到地，带怒取出一锭碎银，交给香火道人，做了香金，头也不回，举步往庙外走了。心中越想越气，不由发恨道："崔某将二胡说得厉害非常，活似天神一般，还说他帮着二金打败二胡，真太欺人，分明笑我无能，中了钢镖。又畏首畏尾，不敢相助，打败二胡的话，真正是信口乱吹，谁能信他是实有其事呢？现在我且显一点儿本领，灭却二胡，为孟村地方永远除害。"因此逞着一口气，返奔到孟村镇上来。走到镇上，天色刚晚，人家正在掌灯。寿如松想在镇上落店，说也奇怪，竟无一家客店肯留寓他。寿如松恨怒已极，思量："二胡真霸道得厉害，非除去他不能报一镖之仇。但又不知他二人家居何处，却也无可如何。"

正在镇上走来走去，投宿不着，早有人报到二胡面前讨好。二胡闻信，一齐骇诧："怎么这个寿州蛮子中镖竟不死呢？"遂率手下十来名，各执兵器，飞步赶到镇上来，迎面正和寿如松撞着。寿如松恨怒已极，正应着"仇人相见，分外眼红"话头，岂肯甘休？早跃身迎上去，大喝一声，从一个小青皮手中夺过一口单刀，霍霍霍盘旋飞舞起来。顷刻间被他砍倒了三五个小青皮，大吼一声，拼命直扑二胡。二胡来时已有了些惊诧，所谓气已虚了，此时又见他如此神勇，吓得乱了招儿，手中兵器一松，早被寿如松唰的一刀，将胡法砍翻在地。胡天拔腿就跑，首领一伤一跑，手下人哪能不走？早就呐喊逃走。寿如松深恐胡法不死，索兴再赏他一刀，将胡法的前胸戳了一洞，直贯到后背，插竖在他身上，即拾了胡法的刀，飞步追赶胡天，直追到镇外。

胡天忽见他追来，忙又打镖，无如心慌意乱，镖竟不能打准，早歪到旁边去了。寿如松此时一鼓作气，无论胡天逃上屋也追上屋，逃进林也追进林。正追之间，忽从前面路上来了条黑影子，矫健如飞，到了面前，阻住了胡天去路。只听得娇滴之声音喝骂："狗贼！往哪里走？寿州的汲慧珍小姐在此，特来取你的狗命！"

胡天见了，认识来者正是白天扯住调戏的那个少年女子，吓得手忙脚乱，急切中将手中刀直向汲慧珍扑去。汲慧珍应手而倒。寿如松在后面追赶，早已看见，深恐同乡女子被害，在身边摸出那支镖来，一扬手，已飞向胡天打去。胡天因见汲慧珍应手而倒，心中欢喜，猛不防背后飞来一镖，正中后心，同时忽然汲慧珍的双脚一起，竟将他从地上踢到半空中落下来。这一跤直掼得胡天折臂断腿，又中了寿如松回敬他打出去的原镖，任凭他是铁打金刚，也难保全性命，何况是一个酒色淘虚的肉身强盗呢！因此一瞑不视，追随胡法于地下去到枉死城内，做青皮流氓的头儿去了。

寿如松赶到面前时，汲慧珍已经立起身来。两下厮见了，寿如松才知汲慧珍不但未死，且并未受伤。

原来汲慧珍见来势甚猛，故意向后跌倒，将双脚一起，使用兔子蹬鹰的解数，向上一踢，结果了胡天的性命。

看官，汲慧珍怎么会到这里来的呢？原来她在保定城里，得到何、白二贼越狱逃跑的消息，愤恨已极，打听着确实情形后，也和李明昌一样意见，料定二人绝不会远走，故此带上银钱，出城到各乡村镇去访寻。又听得白、何作案的信，自喜所料不差，因此访查愈加竭力。

那日她走到龙王庙镇上，迎面见一个贼头贼脑的人望着自己身后唤声："毛五爷，头儿叫你呢！"不由心中一动，同时听得背后行走的人应道："晓得了，俺即来。"那贼头贼脑的人即回身往来的路上而去。汲慧珍心忖："头儿大约是白、何二贼，毛五爷大约就是毛五了。"因回头望了一眼，只见毛五走到一家铺内进去了。汲慧珍目的本不在毛五，遂放下他追上那贼头贼脑的人。只见他走进茶馆内去，遂跟着走进，一眼见白、何二人堂皇高坐，在那里用点心呢。见那人回来，便问他如何。那人低头小声地回话，不知说些什么。

汲慧珍仇人见面，岂肯错过？当即悄移莲步，来到二人身后，急亮出剑来，说时迟，那时疾，出其不意，一剑挥去，白叔良竟被挥伤跌倒。何敏学立起身要走时，汲慧珍进步使白蛇吐芯法，一剑直贯何敏学的前胸，立刻栽倒。那贼头贼脑的人吓得拔步飞跑，大呼："杀死人了，快拿凶手啊！"他却借此脱身，逃得无影无踪。

毛五闻信，吓得急急逃走，哪还敢来呢？汲慧珍乘此又将二人各戳了两三剑，都结果了性命，吓得田家茶馆的东伙一齐要逃走，被汲慧珍高声唤住，说："俺不害你们，请你们快传地保，同去报案。"同时差役访案到来，当日来不及，次日进府衙报案，知府派吴二及二卫等去检验查考，果系正身，当即放了汲慧珍。

汲慧珍等案结之后，即离了保定，取路回转寿州，一路无事。

这日路过孟村，迎面遇见胡天。胡天是个色鬼，一见即扯住胡说八道，因此惹出这场祸水来。

当时寿如松同她厮见后，因恐到官自首，生别的枝节，于是二人同行。寿如松才知汲慧珍是在附近尼庵寄宿，打听明白胡天的住宅所在，特意回来行刺。寿如松因恐男女不便，只送到尼庵门外，即分手连夜行走。

看官们，只因二人有此一段姻缘，后遂生出一宗侠女钟情的奇幻事迹，更种下日后小侠千里寻亲的根，正是佛说因果，不可说，不可说，如是如是，究竟将来如何，请读者阅拙编的《女侠钟情记》吧，恕作者在本书中不再辞费了。

图书在版编目(CIP)数据

千里独行侠／张个侬著. -- 北京 :中国文史出版社,2022.3

(民国武侠小说典藏文库. 张个侬卷)

ISBN 978－7－5205－2918－1

Ⅰ. ①千… Ⅱ. ①张… Ⅲ. ①侠义小说－中国－现代 Ⅳ. ①I246.5

中国版本图书馆 CIP 数据核字(2021)第 067482 号

点校整理：清寒树　旷　野

责任编辑：薛媛媛

出版发行：**中国文史出版社**

社　　址：北京市海淀区西八里庄路 69 号院　邮编：100142

电　　话：010－81136606　81136602　81136603（发行部）

传　　真：010－81136655

印　　装：北京新华印刷有限公司

经　　销：全国新华书店

开　　本：720×1020　1/16

印　　张：17.5　　　字数：178 千字

版　　次：2022 年 3 月第 1 版

印　　次：2022 年 3 月第 1 次印刷

定　　价：63.80 元